KB140288

시는 어떻게 오는가

한국대표시인 22人이 들려주는 시적 순간들

시는 어떻게 오는가

김언 외 지음

시인동네

차례

김언

1973년 부산에서 태어나 1998년 《시와사상》으로 등단했다. 시집 『숨쉬는 무덤』 『거인』 『소설을 쓰자』 『모두가 움직인다』 『한 문장』, 산문집 『누구나 가슴에 문장이 있다』 등이 있다. 〈박인환문학상〉 〈미당문학상〉 등을 수상했다.

그 여름에서 여름까지 짧은 기록 몇 개·3

내가 시간에 관해 말하는 것은, 그것이 아직 존재하지 않기 때문이오.
내가 한 장소에 관해 말하는 것은, 그것이 사라졌기 때문이오.
내가 한 사람에 관해 말하는 것은, 그가 곧 죽기 때문이오.
내가 시간에 관해 말하는 것은, 그것이 이미 존재하지 않기 때문이오.
—레몽 크노, 「은유에 관한 설명」에서

*

"시는 상실이 있고 주인이 없는 말이다" 어느 평론가의 글을 읽다가 문득 떠오른 생각. 그의 말이자 그의 말이 아니기도 한 저 말을 떠올리면서 드는 생각. 시는 먼저 상실이 있어야 한다는 것. 상실이어야 한다는 것.

아니 상실 자체라는 것. 상실 자체이므로 상실마저도 상실해버리는 것. 이별이든 결별이든 사별이든 분실이든 소실이든 상관없이 상실을 상실하는 곳에서 다시 망실되는 말. 망실했기에 주인이 없는 말. 주인이 없으므로 떠돌아다니는 말. 제멋대로 떠돌아다니면서 제멋대로 돌아오는 그 말을 어찌 붙잡을 것인가. 시는 그걸 붙잡으려고 매번 손을 내밀지만 번번이 실패한다. 실패하기 쉬운 곳에서 한 번 더 손을 내밀고 또 실패하는 것. 좌절하는 것. 좌절하면서 손을 벌리는 것. 붙잡기 위해서가 아니라 이번에는 놓기 위해서. 붙잡은 것도 없이 놓기 위해서 손을 벌리는 것. 도로 놓은 손을 내버려두는 것. 마치 그물처럼. 어쩌면 공기와 다름없이 벌린 손. 붙잡으려다가 끝내 놓은 손. 놓친 손이자 놓아버린 손에서 우연하게도 말이 생겨난다. 제멋대로 돌아다니는 말이 제멋대로 들어와서 얌전히 질서를 찾아간다. 놓으려고 놓은 그 손에서 얌전히 들어와 말을 늘어놓는 말. 그 말을 붙잡으려고 손을 내밀면 다시 달아나는 말. 다시 달아나는 말을 붙잡으려고 내민 손을 다시 놓는다. 다시 놓으면서 붙잡는 말의 주인은 그러므로, 앞으로도 내가 아니다. 그 손도 아니다. 그러니 주인이 없는 말. 그 말을 붙잡기 위해 다시 손을 놓는다. 놓는 힘으로 그 말을 붙잡는다. 붙잡기 위해 힘을 키우는 말이 아니라 놓기 위해서 힘을 키우는 말. 상실의 말이자 떠돌이 말을 키우기 위해.

*

시는 이별에 대해서 말하지 않는다. 시는 고독에 대해서도 말하지 않는다. 그렇다면 시가 사랑에 대해서 말하는가. 아니다. 시는 사랑에 대해서도 증오에 대해서도 말하지 않는다. 시는 무엇에 대해서 말하지 않는다. 시는 무엇 자체다. 시는 고독 자체이고 결별 자체이며 또한 사랑 자체다. 증오도 애원도 슬픔도 모든 감정도 시는 말하지 않는다. 시는 그것들 자체다. 그런 점에서 시는 저항하지 않는다. 항의하지도 않는다. 절망은 더더욱 모른다. 시는 저항 자체이자 항의 자체다. 절망을 모르는 시는 절망 그 자체다. 우리가 절망에 대해서 얘기할 때 그 시가 잠깐 동원될 수 있을 뿐이다. 저항에 대해서도 항의에 대해서도 시는 있는 그 자체로 잠깐 동원된다. 그 이상을 위해서 헌신하는 시가 있다면 그 또한 자유겠지만, 시는 자유에 대해서도 모른다. 왜냐하면 시는 자체니까. 그것 자체이자 무엇 자체로 시는 말한다. 말하는 것 자체로 그것은 있다. 시가 있어야 한다면 바로 그 순간에 있기 위해서 있다.

*

따지고 보면 모든 것이 인과이지만, 또 그러고 보면 모든 것이 따로 있다. 외따로 있거나 떨어져 있거나 전혀 없는 상태. 나는 그것이 두렵다. 생각하지 않는다. 있는 것이라서 없는 것을. 혼자 있어서 함께 있는 것을 기대도 하지 않았다. 함께 있다니. 같이 있다니. 목소리는 한 구멍에서만 나온다. 구멍은 좁고 깊고 넓고 희미하고 엉망인 상태로 이도 저도 아닌 상태로 한 단어에 열두 개도 더 넘는 의미를 거느린다. 수십 개도 더 되는 생각이란 생각을 뿌리치면서 겨우 한마디 진창을 얻었다. 종이 한 장도 갈아 끼울 수 없는 공간이 필요했고 그보다 더 깨알 같은 시간들이 동원되었고 뭉쳐졌고 뭉개졌고 풀어헤치면 풀어헤칠수록 처음 나왔던 단어는 외로워질 것이다. 이름이 남을까. 사랑이 남을까. 아니면 실체도 형상도 없는 사람이 남을까. 너는 궁극의 허무를 알지만 허망함도 알지만 부정을 탈까봐 부정하는 자세로 앉아서 안부를 전해야 할 곳과 무조건 잘 있다고 대답해야 할 사람과 아니면 이건 사랑도 아니라고 들쑤셔놓을 벌집 같은 마음과 기분과 겹칠수록 서로소인 일월과 칠월. 십이월과 팔월. 삼월과 사월. 어쩌면 언제 만났어도 상관없는 두 사람의 첫 날짜는 아직 오고 있다. 되풀이해서 오고 있다. 지나간다. 이 모든 인과가. 따지고 보면 나부터 시작해서 나라는 단어까지 포함해서 세상의 모든 문제와 중심이 한꺼번에 소실되는 상태를 끝까지 밀어붙여서라도 획득하는 공멸. 자멸. 아무리 눈뜨고 크게 봐도 자업자득의 연대. 그것도 친구라고 우리는 부탁했고 우리는 들어줬다. 어차피 우리는 여기 없으니까. 없을 테니까. 무책임하게 무책임하게 책임질 줄 아는 자세를 높이 쳐주었다. 무책임하게 원인은 결과를 곱씹는다. 결과는 원인을 방치한다. 헤아려보면 한두 가지가 아니었으니까. 눈앞에서 허리 구부정한 노파가 크고 무거운 종이 박스 뭉치를 끌고 간다. 질질 끌고 간다.

*

좀비는 유령을 물어뜯을 수 없다. 유령은 좀비를 뜯어말릴 수 없다. 오로지 물어뜯기만 하는 좀비를 방관할 수밖에 없다. 방관할 수밖에 없는 유령을 좀비는 의식할 수 없다. 의식한다면 좀비가 아니므로. 간섭한다면 유령이 아닌 것과 마찬가지로. 유령의 시선은 좀비를 향하지만 좀비의 이빨은 유령의 몸에 영원히 닿지 못한다. 왜냐하면 몸이 없으니까. 몸이 없는 시선, 그것이 유령이고 시선이 없는 몸, 그것이 좀비이므로. 여기서 한 가지 고민. 좀비와 유령의 존재 방식이 과연 나 없는 세상의 글쓰기의 한 방식이 될 수 있을까. 유령으로서의 화자는 이미 한국시에 차고 넘쳤다. 시적으로 공략할 구석이 별로 없다는 말이다. 그렇다면 좀비는? 거의 무주공산이다. 좀비라는 단어가 들어간 시는 제법 보았지만, 좀비의 방식으로 작동하는 시 쓰기의 현장은 아직 체험하지 못했다. 좀비의 방식으로서의 시 쓰기. 그것은 어떤 것일까?

*

2011년 5월 11일

지금 무슨 생각을 하고 계신가요?

아무 생각도 안 합니다.

2011년 5월 1일

재앙 상태에서 재앙에 대한 글쓰기. 사랑할 자격도 없는 상태에서 사랑에 대한 시 쓰기. 어떤 이야기도 늘어놓고 싶지 않은 상태에서 서사에 대한 글쓰기. 이번 계절에 청탁받은 것들이 이처럼 아이러니하다. 내면의 재앙. 사랑 근처에도 가기 싫은 계절. 그리고 어떤 이야기도 귀에 들어오지 않는 상황에서도 풀어내야 할 이야기. 덧없음으로 인해 세워지는 윤리. 더 없기 때문에 매달려야 하는 사람. 이렇게 털어놓으면서도 앞뒤가 안 맞는 이야기의 주인공.

2011년 6월 19일

1) 종교와는 스치듯 만나야 하는 문학의 운명. 완전히 깨닫는 순간, 말은 필요 없어진다. 그리고 요즘 첨예한 화두인 시와 정치의 기묘한 동거와 영원한 딜레마. 둘이 한 몸이 되려는 순간 어느 하나는 반드시 죽는다.

2) 종교의 이기성. 정치의 이기성. 문학의 이기성. 과학의 이기성. 사실상 유전자의 이기성. 그것들은 모두 자신의 생존과 번식을 위해서 존재한다. 문학은 궁극적으로 문학 자신을 고민한 문학에게만 후대에도 고민거리가 될 수 있는 자격을 부여한다.

3) 문학이 스스로 갱신을 위해 다른 것과 손잡는 경우에도 마찬가지. 결국엔 문학 자신을 위한 고민인가 아닌가로 자신의 자식을 판별하는 문학. 그것의 이기적인 역사를 극복하려는 모든 노력과 고민조차도 문학은 자신의 입장에서 고려한다.

4) 인간의 삶에서 비롯된 것이 문학이지만, 거기에는 문학 자신의 삶도 함께 들어 있다. 문학의 역사가 누적될수록 그 비중은 점점 커진다. 문학은 문학 자신의 삶을 우선한 문학으로 진화해간다. 인간의 모든 산물이 인간을 추월하거나 배제하면서 번식해가듯이.

2011년 7월 17일

비슬라바 쉼보르스카. 그녀의 시에서 유일하게 빠진 시의 덕목이 있다면, 그것은 광기일 것이다. 광기가 없기에 그녀의 시는 폭발하지 않는다. 그러나 광기에 없었기에 그녀의 시는 그토록 오래 쓰일 수 있었고 그토록 오래 긴장될 수 있었다.

2011년 7월 23일

아도르노가 남긴 몇 마디에 생각했던 생각 또 정리.

정리1) 미지(未知)를 추구하는 예술조차 그 평가는 언제나 기지(旣知)에 의해 이루어진다. 미지를 추구하는 예술의 가장 큰 딜레마. 기지를 거부하면서 탄생하는 미지는 다시 기지로부터의 평가를 기다리고 있다. 그 평가를 거치면서 미지의 성격이 분명해진다.

정리2) "절대적으로 현대적이어야 한다"는 랭보의 발언은 "당대 예술의 운동법칙"에 대한 감식안과 맞물려 있다.

정리3) 예술작품 내부의 질서는 외부의 무질서만큼이나 정신없고 어수선하지만, 동시에 보이지 않는 힘에 의해 장악되어 있다. 장악되어 있어야 한다. 장악되지 않는 예술이 있다면 그것은 자연이다.

정리4) 예술에서의 소통은 사실상 차단과 배제의 과정을 통해 이루어진다. 시도 마찬가지. 그것은 배제하면서 소통하고 소통하면서 배제한다. 시의 소통은 그리하여 지극히 은밀한 소통이다. 모든 언어는 궁극적으로 은어라는 걸 증명하는 한 방식: 시.

정리5) 내부를 공고히 하기 위한 한계 설정과 외부를 넘나들기 위한 한계 설정은 분명 다르다. 한계 설정의 의도와 양상에 따라 예술의 운명은 극명하게 갈라진다. 어디 예술뿐일까?

2012년 1월 4일

이 세상의 모든 노랫말이 내 얘기라면 노래를 찾았겠지. 이 세상의 모든 노랫말이 내 얘기가 아니라서 내가 아니라서 찾는 것이 시였다면, 지금 이 얘기를 받아줄 수 있는 너는 어디 있다는 말인가? 아무도 없으니 혼자 있는 노래를 부른다. 아무도 없으니 아무도 없는 노래를 부른다. 그것도 시라고.

2011년 7월 28일

불가능한 명제: 모든 시는 나의 시와 반대여야 한다.

궁극적인 명제: 자신의 시가 아니면 말할 수 없는 방식을 찾아야 한다.

2012년 12월 19일

시를 써갈수록 시를 보는 눈은 넓어진다. 그러나 최고의 시라고 생각하는 눈은 점점 협소해진다. 종국에는 단 하나의 시각만 남을 것 같다. 내가 도달하고자 했으나 결코 도달하지 못할 시의 눈. 사실상 모든 시를 보잘것없게 만들어버리는 눈.

2012년 11월 26일

가장 불만스러운 말인 동시에 가장 무책임한 말을 누군가는 하고 있다. 누군가는 해야 한다. 그 누군가가 그는 아니다. 내가 되어야 한다. 결국엔 내가 될 수밖에 없다. 내가 될 수밖에 없다는 한계를 인정해야 한다. 그 말은 내 입에서 나온다. 나와야 한다. 내 입을 생략해서라도. 껄끄러운 혀.

2012년 12월 30일

세상의 모든 말은 저울에 달아볼 만한 가치가 있다. 이유가 있다. 필요가 있다. 아무런 이유도 없이. 아무런 목적이 없더라도. 심지어 한 줌의 가치조차 없는데도. 저울에 달아볼 만한 말은 있다. 말이 있다.

2012년 12월 30일

저울 위에 올라간 말은 흔들린다. 흔들릴 수밖에 없다. 마치 지진계의 바늘처럼 미세하게 떨리는 그 말과 그 저울과 그 눈금이 가리키면서 덮어놓는 것. 이 세계 어딘가의 희미한 지각변동.

2013년 2월 22일

보는 순간 이미지가 된다. 이미지가 되는 순간 이미지는 다른 이미지로 전이되거나 중첩된다. 이미지의 이동 혹은 겹침. 그것이 비유다. 따라서 보는 순간 비유는 만들어진다. 시선은 반드시 비유를 동반한다. 그리고 시선에는 어떤 식으로든 정서가 동반된다. 요컨대 정서가 비유를 만들어낸다. 인간에게 시선 없는 사물이 존재하지 않듯이, 정서 없는 비유는 존재하지 않는다. 비유 없는 시 쓰기는 그러므로 불가능하다. 비유 없는 시 쓰기를 통해 확인할 수 있는 것은 우선 그것의 불가능이고 뜻밖에도 한 가지를 더 확인할 수 있다. 스스로 어떤 정서에 강하게 기대어서 쓰고 있는지를 확인하는 일이다. 어떤 정서가 동반된 이미지에 강하게 기대고 있는지를 새삼 확인하는 일이다. 나는 거의 매번, 적어도 자주, 이런 정서에 기대어서, 그리고 이런 이미지에 붙들려서 시를 쓰고 있었다는 사실. 그 한 가지를 위해서 비유 없는 시 쓰기는 한동안 계속되어야 한다. 불가능하지만 지속될 필요가 있다.

*

감정 없는 시가 존재할까? 아무리 무미건조한 시에도 무미건조한 감정은 젖어 있고 심지어 감정을 삭제해버린 시에도 감정을 삭제해가는 감정은 어쩔 수 없이 녹아서 흐른다. 어떤 시든 감정에 젖어 있고 감정에 붙들려 있으며 감정에 빚을 지면서 마침내 시를 일으켜 세운다. 우리 앞에 일어서는 시 한 편 한 편의 감정은 실상 시인에게 가서는 자신의 시세계를 지배하고 지탱할 만큼 중요한 축으로 자리 잡는다. 말하자면 감정이 시를 젖게 하고 또 서게 한다.

한 시인의 시에서 젖줄이자 핏줄로 자리 잡는 그 감정 상태는 한편으로 어떤 이미지를 동반하는데, 누군가는 고양이의 감정으로, 누군가는 동백의 감정으로, 또 누군가는 사이보그의 감정으로, 그리고 또 누군가는 돌이나 연기의 감정으로 숙성된 이미지를 동반하면서 시의 면면을 채워나간다. 동물과 식물, 미생물이나 무생물, 심지어 기계의 감정까지 모두 이미지를 거느리고 나서야 시는 비로소 감정에 함몰된 시가 아니라 감정이 지배하는 동시에 지탱하는 시로 우뚝 설 수 있다. 우선은, 시에서 자신의 감정이 향하는 곳, 좀 더 엄밀하게는 자신의 시가 향하는 감정 상태를 들여다보고 더듬어보고 확인하는 일이 필요하다. 다음으로 그 감정 상태가 자주 동반하는 이미지를 찾아보는 일이 필요하다. 나비든 나무든 아니면 깃털이나 먼지든 상관없이 감정이 가장 든든하게 기댈 수 있는 이미지를 발견하는 일, 한 시인에게 필생의 이미지일 수 있는 그것을 찾아내는 일이 꼭 필요하다. 마지막으로 그것은 감정과 불가분의 관계를 가지는 감각, 즉 한 사물의 내밀한 감각을 상상하는 일을 필요로 한다. 자신의 시가 향하는 감정을 들여다보고 그와 한 몸으로 붙어 있는 이미지를 찾아내고 마지막으로 그것의 감각을 상상하는 일. 그것이 시 쓰기의 전부는 아니겠지만, 일부는 분명 차지하고 있지 않을까. 일부는 중요하다. 중요하지 않은 일부는 말해지지 않는다. 생략되어도 무방한 것은 생략된다. 모든 감정 중에서 결국에는 일부만 살아남아서 시를 지탱하듯이.

*

오래 들여다보는 사물이 있다. 오래 들여다보고 오래 생각하게 하는 사물이 있다. 그것이 무엇이든, 책상이든 창문이든 빌딩이든 컴퓨터든 인터넷이든 아니면 자신의 사소한 버릇이든 크나큰 잘못이든 상관없이, 오래 생각이 붙들려 있는 사물은 누구에게나 있고 한 번씩은 꼭 있고 그것을 놓치지 않는 것이 시인의 눈이다. 낱낱의 사물은 세계의 일부를 이루지만, 한순간 그것에 꽂히는 시선에게는 세계의 전부로 돌변한다. 그것이 물건이든 사건이든 아니면 아무것도 아닌 생각거리든 상관없이. 한 번 꽂힌 사물은 이름을 가지고 싶어 한다. 처음부터 이름을 가지고 있든

없든 상관없이, 인간의 시선에 들어온 사물은 어김없이 이름을 갖는다. 가지고 싶어 한다. 사물은 이름을 얻으면서 생각거리를 함께 만든다. 사물은 이름이라는 단어를 얻으면서 비로소 문장에 들어올 준비를 한다. 시에 들어올 채비도 그때부터 하고 있을 것이다. 사물은 단어가 되면서, 비로소 사물 자신을 말한다. 사물의 세계를 말하고, 사물의 세계를 말하는 인간을 다시 말한다. 인간은 사물을 통과하면서 말하지 않는다. 사물이라는 이름을 통과하면서, 사물이라는 단어와 문장과 글을 통과하면서 말한다. 사물에 대해서도 인간에 대해서도 심지어 언어에 대해서도. 사물과의 대화는 그러므로 단어와의 대화와 다르지 않다. 그 사물이 가진 이름이자 그 사물에 붙인 이름과의 대화. 그 사물을 받는 단어와의 대화. 대화를 통해서 우리는 늘 궁금하다. 꽂혔으니 궁금한 것을 사물에게 묻는다. 사물은 대답하지 않는다. 사물이라는 단어가 대신 말을 이어간다. 우리가 물었던 것을 들려주지 않는 방식으로. 가령, 책상 앞에서 책상에 대해 책상에게 물으면, 책상이 아니라 책상이라는 단어가 대신 말을 이어간다. 나는 책상이 아니라고. 나는 책상이 아니기 때문에 책상에 대해 말한다고. 책상이 대답하지 않는 것을 책상이라는 단어가 대신 이어받아서 말한다. 책상이 아닌 방식으로. 책상이 아니므로 영원히 유예될 수밖에 없는 말을 이어간다. 그것도 답변이라고 받아쓰는 것. 받아쓰는 방식으로 책상에 대해 다시 말하는 것. 그것이 시라고 한다면, 시라는 것이 들려주는 얘기는 결국 사물이라는 단어가 들려주는 얘기와 크게 다르지 않을 것이다. 사물에 대해서, 사물을 묻는 인간에 대해서, 이 모든 것을 초래한 언어에 대해서도, 시는 단어로 말할 수밖에 없다. 사물이라는 단어로.

*

말은 헛것이다. 말로 된 이미지도 헛것이다. 사실상 이미지로 보고 듣고 느끼고 말할 수밖에 없는 사물도 그러므로 헛것이다. 헛것을 붙잡고 헛것에 대해 헛것으로 얘기하는 것. 그것이 시라는 사실을 너무도 잘 아는 사람들이 헛것처럼 남아서 아직도 시를 쓰고 있다. 헛것들의 시. 헛것들의 시간. 헛것들의 말이 왜 필요한지는 새삼 되묻지 말자. 어차피 헛것 아닌 것이 없는 헛것들의 행진인데. 세상은. 다만 헛것의 실감이 다르다. 헛것이 분명한데, 너무나도 분명한 헛것이 실감 나게 다가오는 것. 그것이 헛것의 예술이다. 헛것의 시이며, 헛것의 어쩔 수 없는 말이 어쩔 수 없는 헛것이라도 뒤집어쓰고 우리 눈앞에 현현할 때, 모두는 아닐지라도 누군가는 운다. 정말로 운다. 헛것을 붙잡고. 헛것도 자꾸 생각하고 자꾸 만지고 자꾸 키워나가면 살이 된다. 정말로 살이 되는 착각. 환각. 망각의 시간을 거쳐서 살이 된 헛것을 누군가는 다시 시라고 말할 것이다. 시가 아니면 또 무어라고 말할 것인가. 예술이라도 좋고 문학이라도 좋고 미쳤다고 해도 좋은 그것을 외면하지 못한다면 만질 수밖에. 피하지 못한다면 안을 수밖에. 즐기지 못한다면 같이 죽을 수밖에 없는 방식으로 헛것은 우리의 목을 죄여온다. 그것이 어떤 방식으로 우리를 지배하든 남는 것은 헛것의 시간. 이왕에 헛것이라면 더 헛것이기 위하여 말을 늘리는 것. 이미지를 붙드는 것. 사물에 대해 지독히도 물고 늘어지는 것. 그마저도 헛것이라면 더 깊은 헛것이기 위하여 애를 쓰는 모든 행위의 일부는 시를 향해 간다. 독특하고 견고하다는 한 시인의 시세계도 결국엔 저 헛것의 깊이로 결정된다는 사실이 아이러니하지만 사실이다. 헛것이지만 또 사실이다.

*

생각이 무르익어야 글이 나온다. 생각이 무르익은 다음에야 나오는 글쓰기는 어떤 식으로든 자연스러운 맛을 보여준다. 마치 열매가 무르익어서 떨어지듯이. 그럼 시는 언제 나오는가? 온갖 글쓰기 중 하나인 시는 언제 무르익어서 나오는가? 시는 생각이 무르익은 다음에 나오는 것이 아니다. 생각이 무르익기 전에 나오는 것도 아니다. 무르익는다는 말이 나오고서도 한참이나 지난 후에야 나온다. 한 줄씩 두 줄씩. 무르익는다는 말이 무색해지는 지경이 되어서야 한 줄씩 두 줄씩 기별이 오는 문장. 여름이 지나고 가을이 지나고 한 해가 다 가도록 기별이 없던 문장이 어느 순간 한 줄씩 두 줄씩 어떤 이미지를 거느리고 찾아올 때, 그때까지를 기다려 쌓아가는 시간은 참으로 더디 가는 것 같지만, 그 또한 시 쓰기의 일부다. 아니 전부다. 시가 되기를 기다리는 시간이 사실상 시의 전부라고 할 때, 그것은 가장 풍요로운 시간이 아니라 가장 삭막한 시간까지 반드시 포함되어야 하는 시간이다. 풍요로운 시간을 지나서 삭막한 시간이 마지막에 반드시 포함되어야 찾아오는 시는, 그래서 당연하게도, 역설적이게도 겨울에 쓰인다. 여름이 아니라 겨울이라는 상징적인 시간을 마지막에 품고 있는 시의 첫마디. 첫 줄. 첫 문장. 첫 문장이 시작하면 마지막이 언제인 줄도 모르게 한달음에 달려가는 말들이 보이고, 그 말들은 마지막이 언제인 줄도 모르게 달려가다가 뚝 멈춘다. 그것이 시의 마지막 문장일 수도 있고 아닐 수도 있다. 그것이 시의 마지막 문장이든 아니든, 멈추는 곳에서 다시 기다려야 하는 시간이 찾아온다. 시의 시작이 기다려서야 가능한 것이었다면, 시의 맺음도 다시 기다리는 시간을 동반한다. 겨울에 쓰인 시가 다시 여름이 되어서야—그때는 이미 다른 시에 대한 생각이 한창 무르익어가는 시간이겠지만—한 번 더 여름이 되어서야 완성되는 걸 지긋하게 지켜보는 과정도 그리하여 시 쓰기의 일부다. 어쩌면 마지막을 결정짓는 전부다.

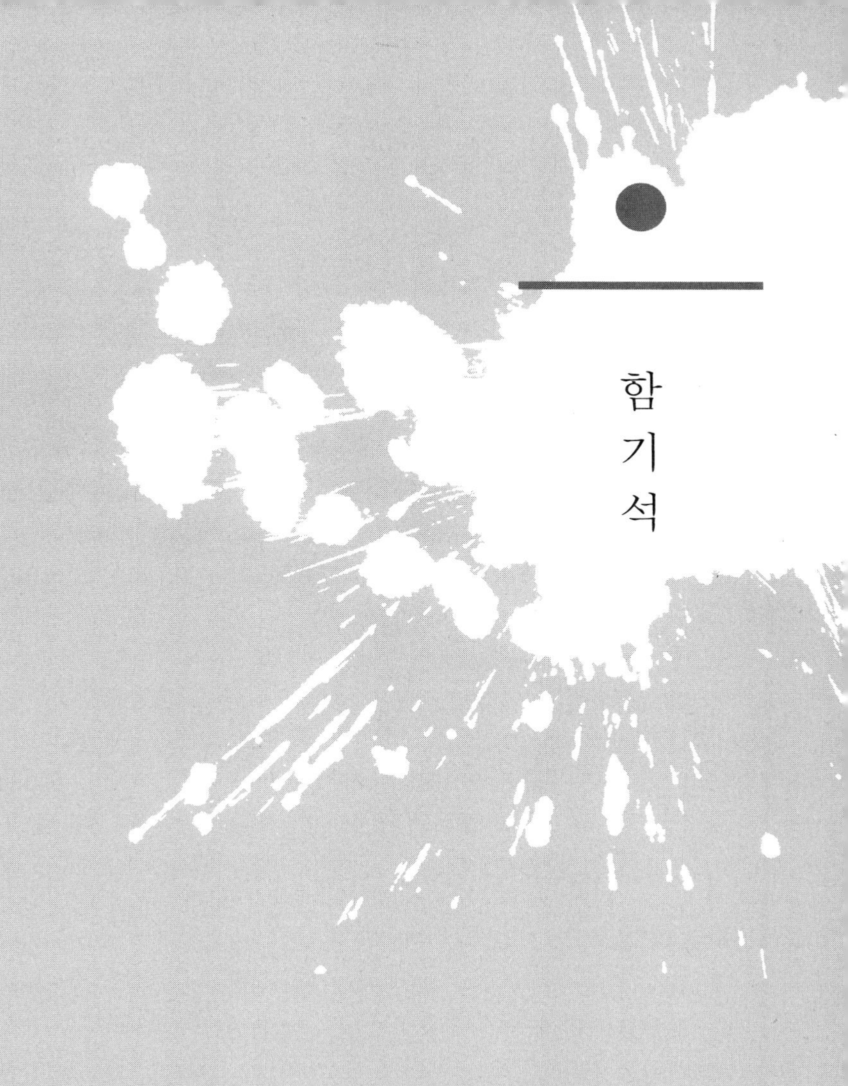

함기석

1966년 충북 청주에서 태어나 1992년 《작가세계》로 등단했다. 시집 『국어선생은 달팽이』 『착란의 돌』 『뽈랑 공원』 『오렌지 기하학』 『힐베르트 고양이 제로』, 동시집 『숫자벌레』 『아무래도 수상해』, 동화집 『상상력학교』 『코도둑 비밀탐정대』 『야호 수학이 좋아졌다』 『황금비 수학동화』 등이 있다. 〈박인환문학상〉 〈이형기문학상〉 〈눈높이아동문학상〉을 수상했다.

파괴된 진공(眞空)

점(點)

무한(無限)은 어디 있는가? 1, 2, 3, 4, 5, 6, 7, 8, 9…… 각각의 수(數) 사이에도 무한은 가득하다. 무한이 전제되지 않는 수의 확산은 수 개념 자체를 부정하는 것이다. 즉 무한과 유한은 상보적으로 존재한다. 영원과 찰나의 문제 또한 나는 상의(相依)의 관점에서 사유한다. 무한은 유한의 끝 어딘가에 존재하는 섬도 제국도 행성도 아니니다. 육체와 정신이 서로를 조건으로 생겨나고 소멸하듯 유한의 세계 속에서 나는 무한을 경험한다. 죽음은 유한의 삶 속으로 무한히 침투하는 잠입자고, 시간은 매일매일 윤회(輪廻)를 반복하여 태어나는 기이한 무한이다. 어제가 죽고 어제의 업(業)이 쌓여 오늘이 되고 오늘의 업은 내일을 결정한다. 물론 나는 결정론자도 운명론자도 아니다. 시간은 자신을 죽여 자신을 부활시키는 무한의 물질이자 에너지다. 그렇다면 일상 속에서 무한은 어디 있는가? 1일, 2일, 3일, 4일, 5일, 6일, 7일, 8일, 9일…… 각각의 날[日] 속에 무한은 이미 들어와 있다. 하루하루가 찰나고 영원이다. 새벽과 저녁은 현실에 실재하는 불가사의한 시간의 몸이다. 서녘하늘에 채색되는 붉은 노을은 피부색이 상반된 주야(晝夜)가 신혼부부가 되어 하나의 육체를 이루는 아름다운 장면이다. 그 전율의 합일 순간을 나는 시적 이미지로 포착할 때가 있다. 나에게 시는 물질이면서 반물질이다. 나는 나라는 물질의 전생과 내세 사이에 놓인 하나의 점 좌표다. 점은 수학적으로 둥근 모양이지만 물리적으로는 불가능한 존재다. 크기가 없고 위치만 있기 때문이다. 그런 불안정한 점과 점 사이에 세계가 있고 무한이 있다. 나라는 외딴 점 곁에 당신이라는 외딴 점이 있다. 그 사이에 광대한 무한의 바다가 있다. 그 물결을 타고 일렁이는 작은 조각배, 그것이 나의 시다.

왜? 왜? 왜?

나에게 왜라는 질문은 가장 단순하지만 가장 중요한 시발점이다. 그것은 〈무엇〉이라는 대상에 대한 심층적 사유, 〈어떻게〉라는 방법에 대한 비판적 자각을 낳는 모태(母胎)다. 존재와 현상, 죽음과 무에 대한 사유를 촉발하는 기폭제이다. 왜라는 회의를 통해 나는 나를 소멸시킨다. 왜라는 질문을 통해 시는 시를 파괴한다. 왜라는 계산을 통해 수학은 수학을 붕괴시킨다. 수학이라는 생물체의 몸을 구성하는 몇 가지 기초 질문들을 떠올려본다. 첫째, 타당한 결론을 이끌어내는 형식적 규칙이란 무엇인가? 둘째, 계산될 수 있는 것은 무엇이고 그 대상은 어디까지인가? 셋째, 인간은 불확실한 정보를 가지고 어떻게 추론하는가? 그 추론된 결과 값은 어떤 의미를 함의하는가? 이런 자문(自問)들은 내 몸에 뿌리내린 논리(Logic), 계산(Computation), 확률(Probability)의 확정된 개념, 그 개념의 형식화에 대한 미시적 접근과 부정의식을 싹트게 한다. 수학은 때로 수학이라는 자신의 육체를 잔인하게 붕괴시켜 자신을 재건설한다. 나는 시를 쓸 때 내 안의 비논리적 논리, 비계산적 계산, 비확률적 확률에 의해 논리, 계산, 확률이 정교해지고 정확도가 높아지는 체험을 하곤 한다. 시에 대한 질문과 대답은 근이 존재하거나 근이 존재하지 않는 어떤 방정식을 푸는 과정과 흡사하다. 그러나 근이 존재하는 방정식에서조차 근이 존재한다는 명제를 내가 이해한다고 나는 어떻게 알 수 있는가? 어떤 것을 내가 확신한다고 나는 어떻게 알 수 있는가? 이런 질문들은 지진처럼 갑자기 돌출한다. 인간의 몸은 늘 지진 중이다. 삶에는 쉽게 답할 수 없는 무수한 질문들이 돌발적 죽음처럼 나타난다. 왜? 왜? 왜?

대칭(symmetry)

흔히 시인과 수학자는 대립되는 인물로 생각한다. 그러나 나는 내 몸이 이 두 대립자가 동거하는 아름다운 신혼집이라 생각하곤 한다. 나는 대칭을 양립개념이 아니라 공존개념 또는 공생개념으로 받아들인다. 음악이나 미술 같은 예술 장르, 수학이나 물리학 같은 자연과학 모두에서 대칭은 중요한 역할을 한다. 미술에서 추상적 데칼코마니 무늬들은 좌우 대칭을 통해 균형과 조화를 낳고, 자연에서 사람의 신체나 나비의 날개는 대칭구조를 바탕으로 공간이동을 한다. 현대물리학의 두 기둥인 상대성이론과 양자물리학을 지배하는 패러다임도 대칭의 세계이며, 이 대칭구조를 기호로 형식화하는 것이 수학이다. 내가 수학의 방정식에 매료되는 건 아름답고 우아한 대칭의 미감(美感) 때문이지만 이 아름다움에 매혹되어 미궁의 감옥에서 고통스런 시간을 보내기도 한다. 현대시는 아름다움과 그로테스크, 존재와 죽음, 생멸(生滅)이 공존하는 고차원 언어방정식이고, 형식과 내용 모두에서 대칭은 지대한 기능을 한다. 갈루아(1811~1832)는 5차방정식이 왜 대수적 공식으로 풀 수 없는지 연구하다가 대칭을 발견한 수학자다. 이후 수학자들은 근호로 풀리는 5차방정식도 있다는 사실을 밝혀내고, 왜 어떤 것은 풀리고 어떤 것은 풀리지 않는지 규명해낸다. 그 과정에서 수학의 새 영토인 군론(群論, Group Theory)이 태어난다. 군론은 현재 우주를 수학적 형식으로 설명하는 현대물리학에서 매우 강력한 개념으로 활용되고 있다. 내 몸은 나만의 거주공간이 아니라 대칭적 타자들의 집합장소이자 밀회공간이다. 그러기에 내가 주목하는 것은 어떤 수학자나 물리학자의 천재성도 아니고 성공한 마지막 결과식도 아니다. 하나의 최종 식(式)을 도출하기 위해 그들이 보냈을 무수한 실패의 시간들, 타자들로부터 무수히 수혈 받았을 이질의 상상력들이다. 실패와 성공은 대립개념이 아니라 동일한 육체에 사는 대칭적 동거자, 아름다운 동반자이다.

논증과 직관

수학은 집합체다. 경계선이 존재하는 집합들의 집합이다. 어떤 동네에 미용실, 빵집, 목욕탕, 감자탕, 호프집, 노래방, 복덕방, 커피숍 등이 독립적으로 존재하는 방식으로 각각의 고유기법을 갖춘 대수학, 기하학. 해석학, 위상수학, 확률론, 통계학, 삼각함수, 미적분 등이 존재하는 추상적 집합체다. 그러나 수학에 명료한 지리적 경계선은 존재하지 않는다. 분류의 목적은 자명하다. 수학의 여러 주제들을 독립된 영역으로 나누면 체계가 생기고 그 체계가 질서를 만들고 교육의 효율성을 높이기 때문이다. 사람의 몸은 머리, 가슴, 팔다리, 등, 배 등의 집합체이지만 각각의 기관들을 따로따로 떼어 생각할 수 없는 오묘한 코스모스다. 수학 또한 그렇다. 따라서 각 기관(영역)의 고유 역할과 연관 관계에 대한 깊은 성찰이 요구된다. 수학은 물질적 국경선이 뚜렷한 세계지도와는 다른 추상적 개념지도이자 우주적 존재지도다. 바다와 산맥 같은 지형이 아니라 논리에 의해 묶이며, 존재와 비존재 사이에서 가능과 불가능의 사이에서 무와 무한의 세계를 넘나든다. 이때 단계적 논리와 함께 비약적 직관이 요구된다. 수학의 창조 또한 시처럼 논리를 넘어선 기습적 상상력에 의존할 때가 있다. 라마누잔의 증명 없는 식들이 대표적인데 그의 공식들은 직관의 아름다움을 머금은 추상의 꽃이다. 논증이 치열한 전투(戰鬪)라면 직관은 평온한 사투(死鬪)다. 나는 이 두 전장을 오가는 새고 포연이고 바람이고 먼지다.

소수(素數, Prime number)의 세계

소수는 1보다 큰 자연수 중에서 1과 자기 자신만으로 나누어떨어지는 수다. 2, 3, 5, 7, 11, 13, 17, 19, 23, 29, 31, 37, 41……처럼 1과 자기 자신만을 약수로 갖는 자연수다. 자연수 6은 2×3 또는 1×6과 같이 곱셈형식으로 나타낼 수 있는데 이때 1, 2, 3, 6을 6의 인수라고 한다. 특히 인수가 소수일 때 그 인수를 소인수(prime divisor)라고 하고, 어떤 자연수를 소인수들만의 곱으로 나타내는 것을 소인수분해라고 한다. 수 체계에서 소수의 존재는 매우 중요하기 때문에 소수의 발생 규칙 찾기와 분포도 분석은 계속되어 왔다. 고대 그리스 수학자 에라토스테네스가 자신이 고안한 '에라토스테네스의 체'를 이용하여 소수 찾는 방법을 연구한 이래 소수 찾기는 계속되고 있다. 그럼 가장 큰 소수는 무엇일까? 가장 큰 소수는 과연 존재하는 걸까? 자연수의 개수가 무한이기 때문에 소수의 개수 또한 무한이고, 따라서 가장 큰 소수는 알 수 없을 것이다. 그러나 이것은 추측이지 증명이 아니다. 어떻게 증명해야 할까? 가장 큰 소수가 있다고 가정해보자. 그 소수를 P라고 하자. 그리고 모든 소수들의 곱으로 이루어진 엄청 큰 수 N을 상상하자. N=2×3×5×7×11×13× …… ×P. 이 N은 P보다 훨씬 큰 수임이 분명하다. N은 2로 나누어떨어진다. 3으로도 나누어떨어지고, 5로도 나누어떨어지고, P로도 나누어떨어진다. 즉 N은 어떤 소수로도 나누어떨어진다. 그렇다면 N+1은 어떨까? 2로 나누면 1이 남는다. 3으로 나누어도 1이 남고, P로 나누어도 1이 남는다. 즉 어떤 소수로 나누어도 1이 남는다. 그렇다면 N+1을 나누어떨어지게 하는 수는 1과 자기 자신뿐이다. 따라서 N+1은 소수다. 그런데 P가 가장 큰 소수라고 했으니까 모순된다. N이 가장 큰 소수라는 가정이 잘못된 것이다. 따라서 가장 큰 소수는 존재하지 않는다. 즉 소수의 세계는 무한의 세계다. 끝없이 탐험이 계속될 미지의 우주고 미지의 시(詩)다. 증명은 논리를 통해 이루어지는 형식체계이지만 그 형식에 미(美)와 생명을 불어넣는 것은 창조적 정신, 예술적 상상력이다.

초월수

하나의 원(Circle)이 주어질 때 그 원과 똑같은 면적을 갖는 정사각형을 작도할 수 있을까? 이 원적 문제의 해법은 기하학이 아닌 대수학에 있다. 원의 넓이를 계산할 때 사용되는 것이 원주율 π다. 수론에서 p와 p가 범자연수일 때 분수 p/q로 표현되면 유리수, 표현되지 않으면 무리수라고 한다. 원주율 π는 무리수인데 정수 계수를 갖는 어떤 다항방정식의 해도 아니다. 즉 π는 대수식을 초월하는 초월수로 그 끝이 확정되지 않는다. 이 사실은 주어진 원과 같은 면적을 가진 정사각형을 작도할 수 없음을 의미한다. 여기서 기하학적 작도의 문제가 대수학의 정수론으로 해결된다는 사실이 중요하다. 어떤 세계 내의 중대한 문제 해결법이 그 세계 밖의 세계에 존재한다는 사실은 암시하는 바가 크다. 우리 현대시의 한계 극복법과 문제 해결법을 연계시키기 때문이다. 시의 문제 해결을 시 밖의 세계에서 찾으려는 노력은 더욱 가속화되어야 한다. 나는 초월수의 세계를 지향한다. 나는 초월의 세계를 지양하고 초월수의 정신을 지향한다. 내 언어는 끝이 없는 무한의 세계로 가는 유한의 기호들이고 모두 나의 육체다.

수평선

수평선은 목적이 없다. 나는 목적이 전제된 자유를 사랑하지 않는다. 자유는 사랑에 빠진 자가 그렇듯 무목적이다. 자유는 수평선을 희원하는 새고 수평선을 횡단하는 바람이다. 사랑은 상대를 향한 집착과 공격성을 드러내면서도 근원적으로 헌신이고 이타적이다. 시에서 자유에 대한 내 사랑의 실천의지는 낱말들의 행동, 사물들의 춤, 진동하는 침묵, 우주를 날아가는 새 등으로 나타난다. 내게는 가식적 사랑이 은닉하는 인공의 자유를 살해할 시적 권리가 있다. 현실은 가면의 영혼들, 불구의 말들이 인공의 사건을 만들고 다시 사건을 복잡다단하게 왜곡해 재구성한다. 내가 낱말들과 연인 또는 연적이 되어 세계라는 가면무도회에서 살(殺)의 검무(劍舞)를 추는 이유 중 하나가 여기에 있다. 나는 삶 속에서 피의자와 추적자의 쫓고 쫓기는 서스펜스, 긴장된 불면과 악몽을 경험한다. 나는 나로부터 쫓기고 타인으로부터도 쫓기고 돈으로부터도 쫓기고 내 문장들로부터도 쫓긴다. 현대인은 누구나 수십 개의 가면을 써야 하는 역할

극의 부속물들이다. 우린 모두 가면 쓴 엑스트라들이다. 아무리 아니라고 부정해도 부정이 부정되지 않는 현실이 우리가 직면한 자명한 현실이다. 나는 나의 시조차 그런 세태를 띠고 펼쳐지는 또 하나의 현실적 지옥임을 냉혹하게 직시하려 한다. 내가 나의 시에 비인간적이고 잔혹한 이미지들의 자유를 승인하는 까닭도 여기에 있다. 나는 가면의 현실 속에서 가면의 말로 가면의 사랑을 나누는 가증스런 나를 목격하고 방관한다. 그런 나를 끌고 말은 자신의 염라국으로 밀입국한다. 상상의 파도를 타고 말은 본능적 충동에 따라 나를 염라국으로 데려간다. 특정 목적지를 상정하지 않는 파도의 율동, 물결들의 애무, 어두운 격랑과 속도가 나를 위무한다. 시는 무목적인 연인이고 상처 난 촛대다. 어두운 난파선이고 파도 잃은 밤바다고 벼랑의 묘지다. 바다는 파도를 목적으로 자신의 사랑을 시험하지 않는다. 무목적이 낳은 밀물과 썰물의 흰 눈썹들이 허공에 휘날리고 있다. 내 그림자가 방파제 끝에 나를 내려놓고 유령처럼 홀로 해안선을 걷고 있다.

빅뱅

시의 근간은 무(無)고, 모든 시의 궁극은 무의미다. 어떤 시에 의미가 내재되어 있든 휘발되어 있든 시의 미학은 침묵의 구현이다. 침묵을 통한 무한세계로의 전면적 개안(開眼)이다. 무의미화 과정에서 중요하게 생각해야 할 점은 의미의 의미에 대한 비판적 성찰, 의미의 소멸에 따른 무의미 생성과정에 대한 첨예한 고찰이다. 예술성이 뛰어난 시는 단순하지 않고 획일화되지 않고 인간의 사유와 상상의 카테고리 안에 종속되지 않는다. 언제나 새로운 대륙, 새로운 우주, 새로운 시간을 낳으며 신(新)공간으로 탈주한다. 좋은 시의 낱말과 문장들은 인식의 울타리를 단숨에 뛰어넘는 길들여지지 않는 야생마들이다. 시인의 사고(思考)가 의미를 일정한 범주에 가두려 해도 그 구속의 압박을 단숨에 배반하고 다른 영토로 달아난다. 결국 의미의 무한적 확산은 무의미에 다다른다. 내게 무의미는 시의 의미 확산의 최후 지점에서 발생하는 폭발, 시차(時差)와 위상(位相)이 전도된 빅뱅이다. 그 무의 환원상태에서 새로운 세계가 시작되고 새로운 아이들이 태어난다. 내게 의미의 삭제놀이는 처음부터 시의 의미를 포기하고 들어가는 자학적 말놀이가 아니라 세계의 상처와 결핍을 끌어안고 세계의 심장부로 들어가 의미의 허위(虛僞)를 지우고 무한으로 나아가는 자유의 실천이다. 그러기에 시는 어떤 의미 어떤 목적 어떤 사상 이전에 존재하는 물음이고 부재하는 대답이고 무위(無爲)의 춤이다. 시는 끊임없이 팽창수축을 반복하는 대기고 변화무쌍한 우주고 공중을 흐르는 물이다. 시간이 응고된 육체고 침묵하는 묘비고 자궁 속의 메아리다.

발명과 발견

형식주의자와 직관주의자는 수학을 창조로 본다. 수학의 과정을 창조의 과정, 즉 수학자에 의해 전개되는 발명의 과정으로 받아들인다. 그러나 플라톤주의자의 입장은 다르다. 그들은 수학적 대상을 일종의 이데아로 생각한다. 수학의 실재는 창조되는 것이 아니라 본래적으로 존재하던 것을 찾아내는 것, 즉 어떤 새로운 수학이론이 등장하면 그것은 발견이지 발명이 아닌 것이다. 왜 그런 걸까? 밑변의 길이가 10이고 높이가 10인 삼각형의 넓이를 구하는 문제를 푼다고 가정해보자. 이 문제에는 푸는 자가 누구든 상관없이 답이 존재한다. 그 답은 전형적 표준이고 그 표준은 오직 유일하다. 이 유일한 표준을 찾아내는 것이 문제 해결의 전부다. 즉 이들에게는 숨겨진 유일한 보물을 찾아내는(발견하는) 것이 수학이다. 답이 여럿인 문제는 여러 개의 표준을, 답이 없는 문제는 없음을 발견하는 것이 수학이다. 이 발견을 효율적으로 하기 위해 새로운 발상, 새로운 수학 이론들이 발명된다. 이때의 발명은 발견을 전제로 한 발견의 부속물로 귀속된다. 난제의 발견되지 못한 답을 발견하기 위한 발명의 과정에서 수학은 발전한다. 기존에 존재하지 않던 새로운 수학 이론들이 등장하여 수학적 발견을 가속화한다. 가우스, 리만, 오일러, 푸리에, 힐베르트 등 위대한 수학자들은 이 과정에서 새로운 수학이론을 발명해냈다. 수학에 대한 발견의 세계관이 갖는 맹점이 새로운 수학을 낳는 모태가 된다는 점은 아이러니하다. 수학에서 발견과 발명의 역설 관계는 시의 세계에도 적용 가능하다. 발명의 언어 이면에 발견의 언어가 숨어 있고, 발견의 언어의 한계점과 부작용에 대한 철저하고도 첨예한 인식이 바탕이 될 때 진정한 발명의 언어가 태어나기 때문이다. 우리 시단은 이 점에 대한 뼈아픈 각성이 부족하다. 발견의 언어가 안정적인 전통의 세계를 투명한 언어로 표출한다면, 발명의 언어는 불안정적인 비전통의 세계를 불투명한 언어로 표출한다. 그러나 이 불투명의 세계가 과연 투명의 세계의 한계에 대한 뼈아픈 자각에서 나온 것인지 의문스럽다. 무늬만 발명(發明)의 언어인 발병(發病)의 언어, 발암(發癌)의 언어가 난무하고 있다.

노동의 양식

나는 낮 동안 일을 한다. 몸으로 땀을 흘리면서 내가 쏟은 땀의 흔적들을 바라보면 흐뭇하고 밥맛이 좋아진다. 나는 밤에도 일을 한다. 영혼의 땀을 흘리면서 상상하고 기억하고 내 삶을 되돌아보며 시도 쓰고 동화도 쓰고 수학책도 쓴다. 최근엔 초등생들을 대상으로 개념 중심의 수학책을 집필하고 있다. 나는 수학책을 쓰거나 수학문제를 풀다가 혼자만의 엉뚱한 공상에 빠져들곤 한다. 예를 들어, 영을 영으로 나누는 일, 무한을 무한으로 나누는 일, 무한에서 무한을 빼는 일, 영에 무한을 곱하는 일, 영과 무한을 신혼부부처럼 하나의 몸으로 합체해보기도 한다. 시간, 우주, 사물, 언어, 세계를 토대로 수학의 일곱 가지 부정형을 상상한다. 세계는 인간이 기이한 부호로 들어 있는 불완전한 수식이다. 세계를 불신한다는 것은 곧 인간이라는 기호를 부정하는 것이다. 나 또한 생명의 존재물이면서 추상의 기호물이다. 기호는 현실, 시간, 존재, 망각의 문제와 긴밀하게 연계된다. 수학의 모든 정리들은 추상의 형식으로 존재하지만 결국은 망각의 영토로 소멸해간다. 그러기에 나는 수학을 추상학문이라고만 생각하지는 않는다. 수학은 인간의 몸에서 발생하는 숨이나 피처럼 일종의 존재양식이다. 기호들의 기술(記述)이 추상으로 비칠 뿐이다. 수학을 이성과 논리의 산물로만 보는 자들은 가련하고 위험하다. 삶도 사랑도 이분법의 세계관으로 바라볼 것이기 때문이다. 수학은 때대로 논리를 초월하는 비논리적 상상력에 의존한다. 비이성적 상상, 공상, 망상은 수학자의 육체 속에서 기생하며 이성을 빨아먹는 거머리가 결코 아니다. 그것들은 논리의 정교함을 고양시키기 위해서 절대적으로 필요하고도 충분한 반대조건들이다. 즉 수학자는 과학자의 집과 예술가의 집을 수시로 오가는 고양이다. 달빛 내리는 지붕에 앉아 몽상 중인 고양이다. 나는 지금 달빛 스민 내 몸에 일(1)을 무한 번 곱해보고 있다. 영(0)을 무한 번 곱해보고 있다. 영(0)에 무한을 곱해보고 있다. 어떤 결과를 도출하기 위함이 아니다. 지친 몸, 피로한 하루를 지우며 나를 위로해보는 것이다. 수학은 자유고 놀이고 치유고 재생일 수 있다.

추상의 시

서구문명사에서 피타고라스 이후 수학의 언어는 자연과 인간의 관계를 설명하는 초월적 도구로 사용되어 왔다. 데카르트나 라이프니츠에게 수학은 종교적 신념이 내재된 진리 언어에 가까웠는데, 그들은 수학을 인간세계의 모든 지식을 하나로 결합하는 근본 동력으로 보았다. 즉 그들에게 수학의 언어는 세상의 진리를 밝히는 등불이자 나침반이었고 빛의 지도였다. 그러나 프란시스 베이컨은 이와 정반대의 견해, 수학을 인간과 자연의 세계를 가로막는 장벽으로 보았다. 그는 수학과 논리학을 물리학의 하인으로 규정하고 데카르트를 신랄하게 공격한다. 그러나 베이컨의 견해는 수학을 물리학 실험 과정 및 결과를 표현하기 위한 도구로 제한할 위험이 도사리고 있다. 물리적 자연현상이 수학의 언어로 표현된다고 해서, 물리학과 수학을 갑을관계로 보는 것은 타당치 못하다. 수학은 물리적으로 의미가 있는 대상만을 다루는 제한적 학문이 아니라, 순수추상의 영역까지 아우르는 보편언어(universal language)를 추구하기 때문이다. 아인슈타인은 1900년대 초까지만 해도 순수물리학자였다. 그러나 일반상대성이론을 수학적 모델로 체계화하는 과정에서 그는 물리적 사고의 한계를 다음과 같이 고백한다. “물리학 개념은 경험될 수 있는 실제 현상과 명백하고 확실한 관계를 가질 때만 정당화될 수 있다.” 이후 그는 철저하게 수학자가 된다. “순수 수학적 방법을 사용해서 개념만이 아니라, 그 개념들을 서로 관련시키고 자연현상을 이해하는 데 열쇠가 되는 법칙을 발견할 수 있다. (…중략…) 창조적 원리는 바로 수학에 있다”고 솔직한 심경을 밝힌다. 아인슈타인의 경우처럼 많은 이론물리학자들은 자신의 입장에서 활용가능한 모든 자료의 데이터를 분석한 다음에는 철저하게 수학자가 된다. 수학자가 되어 도출해낸 이론의 최종 결과를 최소 공식으로 요약한다. 이처럼 수학은 물리적 시공간을 초월하여 언제 어디서든 불변하는 내용을 담아내려는 최소의 언어를 지향한다. 극소를 지향하여 극대의 효과를 노린다는 점에서 시(詩)의 정신과 일맥상통한다. 즉 수학의 언어는 과학의 언어이면서 예술의 언어고, 극사실의 언어이면서 상상력의 언어다. 수학자는 구심력과 원심력을 동시에 펼치는 고독한 행성이고, 수렴과 발산을 끝없이 반복하는 외로운 진자다. 수학은 인간이 이해하는 방식을 넘어선 독립된 세계에 존재하면서 인간의 세계에 긴밀하게 관여한다. 인간의 시공간 내에 존재하지 않으면서 인간의 존재와 죽음에 깊게 관여한다. 수학은 꿈의 언어이자 존재의 언어다. 천국과 지옥, 존재와 무가 내재된 추상의 시다.

논리, 직관, 형식

19세기에 등장한 비유클리트 기하학의 충격은 엄청났다. 수학의 근간을 뒤흔들어 놓았기 때문이다. 그리하여 수학자들은 수학의 토대를 기하학에서 수론(數論)으로 옮겨 수학의 기초를 재건하려 한다. 수론 중에서도 집합론에 토대를 두려 한다. 당시 칸토어가 발견한 집합론은 코페르니쿠스의 지동설, 아인슈타인의 상대성이론에 버금갈 정도로 막강한 수학세계의 새로운 패러다임으로 받아들여졌다. 그러나 집합론은 칸토어 자신의 역설과 러셀의 역설에 타격을 입어 흔들리게 되고, 흔들리는 수학의 기초를 다시 바로잡기 위해 논리주의, 직관주의, 형식주의가 등장한다. 프레게와 러셀로 대표되는 논리주의는 논리학을 통해 수학의 기초를 세우려 하지만 수학 전체가 논리만으로 환원되기에는 너무 방대하다는 점 때문에 실패한다. 논리주의에 반대하며 등장한 것이 브로우베르의 직관주의다. 직관주의는 직관을 수학의 기초로 삼으려 하지만, 수학을 지나치게 축소시킨다는 점 때문에 실패한다. 힐베르트의 형식주의는 수학을 형식체계로 일반화하려 한다. 내용보다 기호들의 질서와 결합방식에 중점을 두고 탐구한다. 그들에게 수학은 일종의 놀이, 규칙에 의한 게임이다. 수학을 기호들이 만들어내는 형식놀이 또는 게임으로 생각했기 때문에 무엇보다 중요한 점이 형식체계의 무모순성을 밝혀내는 일이었다. 그러나 괴델의 불완전성 정리가 등장하면서 형식주의는 심대한 타격을 받고 수학의 기초 정립에 실패한다. 이처럼 수학의 기초에 대한 논쟁은 논리, 직관, 형식이라는 세 꼭짓점을 가진 삼각형 모습으로 시각화될 수 있으며, 각각의 꼭짓점을 중심으로 작도되는 원의 크기를 통해 영향과 파장을 상상해볼 수 있다. 나는 어느 쪽을 선호하며 편향되어 있지는 않은가?

중심 없는 무한 공간

존재하는 것은 각각이 모두 중심이고 과녁이고 무덤이다. 중심은 무수하고 무수히 많다는 것은 없다는 말이다. 세계는 없는 중심들을 전체 원소로 하는 기이한 무한집합이다. 세계는 불가능한 시고 이 불가능성에 의해 세계는 다시 열린다. 시인은 각각의 독립국가고 불가능성을 불꽃처럼 발화하는 양초들이다. 현실은 늘 단절이 만든 굴곡의 마디들로 이어진다. 세계는 대나무 칸칸의 마디처럼 시간이 기나긴 직선(直線)으로 착시되는 장소이다. 이 불가능성과 착란을 제 살의 내피로 삼으려는 시들이 있다. 가능성과 이성적 질서를 제 몸의 근육으로 삼으려는 시들이 있다. 나는 나의 시가 중심을 희원하는 욕구를 방기(放棄)하지 못한다. 나는 나의 시와 삶이 근육만 무성한 육체미 선수가 되길 원하지 않는다. 그것은 곧 나 자신에게 내리는 준엄한 검열이자 심판이다. 그렇다면 근육 없는 신체의 시는 가능한가? 유한으로 무한의 구현이 가능한가? 무한의 존재는 인간의 이성의 한계에 대한 자각에서 유추되었을 것이다. 그것은 근육의 세계가 아닌 혈액의 세계를 통해 접근해야 한다. 무한은 인간이 인간의 우월적 존재를 포기하면서 발아하는 미지의 시공간 너머다. 인간은 다른 사물들의 존재가치와 동등한 하나의 입장이고 일시적 호몰로지일 뿐 우월하지도 무한하지도 않다. 무한에 대한 시적 접근에서 이해와 해석보다 필요한 선결조건은 존재와 무에 대한 통념 비판, 유한성에 대한 뼈아픈 자기각성이다. 불규칙적으로 반지름이 계속 늘어나는 반고체의 구체(具體) 시, 불규칙적으로 수축과 팽창을 반복하는 가스덩어리 시, 공간의 벽을 계속 파괴하면서 중심 없는 새로운 무한공간으로 나아가는 기하학적 시를 상상한다.

진공묘유(眞空妙有)

불교에서 공(空)은 수행자의 이해와 분석의 대상이 아니라 깨달음의 궁극이다. 현대물리학에서 이와 흡사한 개념이 진공(眞空, Vacuum)이다. 진공은 흔히 아무것도 없는 텅 빈 공간을 가리킨다. 그러나 영국의 물리학자 디랙(Dirac, 1902~1982)은 진공을 조금 다르게 해석한다. 그는 양자역학에서 자유 입자가 갖는 에너지 중, 입자의 질량이 음수(陰數)값을 갖는 E=(−)mc2을 주목한다. 마이너스 질량을 갖는 입자가 존재하지 않는 것이 아니라 관측되지 않을 뿐이며, 나아가 마이너스 입자들이 진공을 빈틈없이 꽉 채우고 있다고 주장한다. 나 또한 시를 미묘한 진공의 우주, 소립자들의 군무(群舞)의 세계로 생각할 때가 있다. 입자언어−반입자언어가 쌍으로 결합한 채 끝없이 움직이며 생성과 소멸을 반복한다고 상상한다. 가시적 문장의 세계에 사는 이미지와 의미는 헛것이고, 비가시적 여백의 세계에 사는 반물질이 진공묘유(眞空妙有)의 묘유 아닐까? 묘유는 나무는 없고 나무 그림자만 일렁이는 호수에서 지느러미를 흔들며 유유히 헤엄치는 물고기다. 시는 문장의 탄생과 죽음, 인간의 자궁과 무덤 사이에 뚫린 치명적 구멍일 수 있다. 현대의 시인은 언어로 진공에 구멍을 뚫어 진공을 붕괴시키는 자이고, 그 파괴된 진공을 복원하여 새로운 우주를 그리는 자이다.

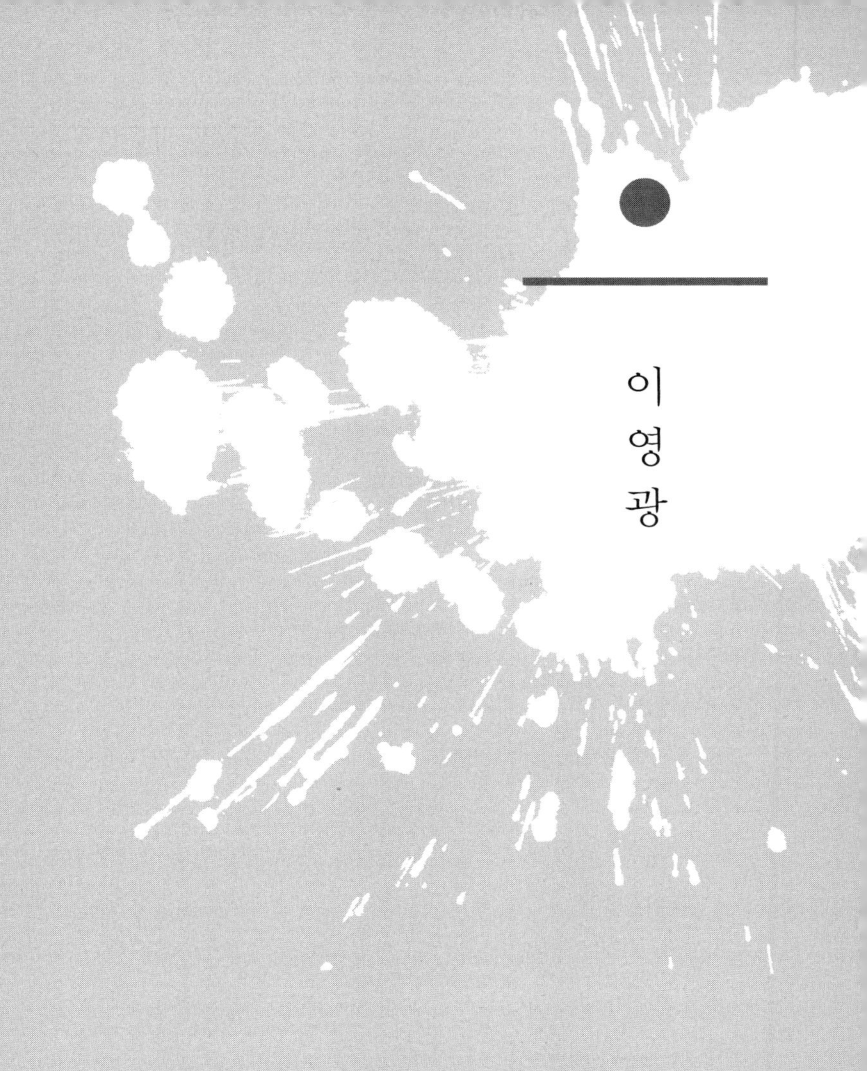

이영광

1965년 경북 의성에서 태어나 1998년 《문예중앙》으로 등단했다. 시집 『직선 위에서 떨다』 『그늘과 사귀다』 『아픈 천국』 『나무는 간다』, 산문집 『나는 지구에 돈 벌러 오지 않았다』 등이 있다. 〈노작문학상〉 〈지훈상〉 〈미당문학상〉을 수상했다. 현재 고려대학교 미디어문예창작학과 교수로 재직 중이다.

진실에 불과하지 않은

—메모 2014~2015

1.

아무리 찾아봐도 할 말을 찾을 수 없을 만큼
할 말이 있는 사람이
시를 쓴다.

언제나 깊고 멀고 높은 곳에서 쏘아오는 알 수 없는 빛이 있다. 쓰는 일, 사는 일은 이 빛을 만나고 마음에 모시는 일. 이 빛의 참됨과 바름과 아름다움이 삶을 비추고 시를 일러준다. 그러니 깊은 데로 내려가는 일과 먼 데로 나아가는 일과 높은 데로 오르는 일이 다 하나다. 빛을 찾아가는 길엔 왜 언제나 어둠이 있는 걸까? 좋은 것에게 가는 길엔 왜 늘 나쁜 것이 있을까? 이 괴로움도, 이미 마음에 파문을 일으키는 그 빛에 비추어 보아야 한다. 그러면 어둠과 빛이 또한 다른 게 아님도 알게 되겠지. 어둠은 눈을 감은 빛이요, 빛은 눈을 뜬 어둠이리라.

좋은 작품에는 몸이 오라에 묶였다가 풀려나는 것처럼 애타는 긴장이 맺혔다가 서글프게 풀리는 듯한 부분이 있다. 그런 문장들은, 작가가 그걸 적는 순간에 애인의 결별 선언을 들은 사람 같은 상태가 되어 어떤 절망 속을 헤매다 간신히 탈출해 나왔다는 느낌이 들게 한다.

어부가 고기를 낚듯 그는 그저 말을 건지려 했을 뿐일지 모르지만. 어떤 글엔 드물게, 어떤 글엔 자주 무정한 애인이 사정없이 결별을 선언한 흔적들이 비친다. 결별은 견딜 만한 게 못 된다. 하지만 어떻게든 그는 견뎌낸 것이다.

어느 자리에서건 말 많은 사람은 참기 어렵다. 하지만 말 없는 사람은 아예 참을 수 없다. 그의 말보다 침묵이 더 괴로운 것은 침묵하기가 원래 말하기보다 더 어려운 일이기 때문인 듯하다. 침묵을 스치지 않고 나오는 말, 침묵에 고여 보지 않고 급히 나오는 말은 음향에 가까워진다. 그것은 제 마음속에도 잘 살지 못하는 말이므로 밖으로 나오자마자 머물 데가 없어 사방으로 흩어져버린다.

다변이 성글고 느슨한 의욕이라면 침묵은 정신의 험악한 모험이다. 침묵이 무수한 말들을 떠올리고 죽이고 떠올리고 죽이는 활동이라는 점에서 그러하다. 하지만 침묵이 끝내 죽이지 못한 말은 바깥으로 뱉어지면, 어떤 식으로든 주위를 침묵시킨다.

어떤 시인들은 여기 있으면서도 여기 없는 사람처럼 말한다. 그때 그는 사라진 사람이다. 시의 감동은 바로 그가 사라진 이 공백에서 나온다. 정확히는 이 공백에 불현듯 들어서는 말, 공백이 온힘을 다해서 불러오는 말에서 온다.

이 말들엔 정념을 쇄신하는 정념, 인식을 낯설게 하는 인식, 감각을 다시 벼려낸 감각이 묻어 있는 듯하다. 제가 무슨 말을 하는지 잘 모르고 중얼거리는 듯한, 이 말들을 위해 그는 정신을 잃고 제 존재의 자리를 내주어야 했던 것이리라. 그는 멀리 나갔다 돌아온 사람처럼, 멀리 들어갔다가 나온 사람처럼 문득, 정신이 들어 말한다. "내가 이런 말을 했다고?"

시에는 광기의 소산이라 할 만한 내용들이 없지 않다. 하지만 그것은 대부분 그것을 쓴 사람이 정신없이, 정신을 잃다시피 하며 어떤 '제정신'을 말하려 한 결과인 듯하다.

영혼을 뒤흔드는 광증의 순간들을 두 손에 받아 적어내기 위해, 그는 얼마나 제 말을 원수처럼 몰아붙였을까……. 아득한 이야기다.

공기놀이의 마지막 단계는 공기알들을 손등에 올렸다가 공중에 던져 받아내는 것이다. 이때 높은 점수를 얻으려면 그냥 덥석 움켜쥐지 말고, 높은 데서 몇 개의 돌을 먼저 낚아챈 다음 내려오는 나머지 돌들을 아래에서 받아내야 한다.

이 '꺾기'의 순간에는 롤러코스터를 탈 때와도 같은 미묘한 흥분과 현기증이 일어난다. 팔과 어깨의 율동을 따라, 또는 그 율동을 만들어내느라 몸 전체가 앉은 채로 들썩거리는 것이다. 좋은 문장들을 만날 때면, 또는 잘 설계된 글의 극적인 반전에 접할 때면 이런 흥분과 현기증이 찾아온다.

조금 천천히 말해도 됐을 텐데. 조금 작게, 낮게 말해도 괜찮았을 텐데. 그러면 내가 희미해지도록 쿵쾅쿵쾅, 세게, 네 말을 들을 수도 있었을 것이다.

문학은 들을 테면 들어보라고 떠벌리는 일이 아니라 먼 곳의 희미한 말을 초조하게 들으려 하는 일. 그 말들이 날 몰라볼까봐 조바심 내며 귀 기울이는 일. 내가 문학을 조금만 더 알았더라면, 그 말들을 더 잘 듣고 잘 잊지 않게 되었을 텐데…….

생각 없이 슬프고, 괴로움도 없이 화부터 내는 인간에게 언제나 성능 좋은, 고요한 귀가 생기려나. 내일도 수업 모레도 수업…… 아는 거 아는 체하는 일 지겨워라. 어디 가서 모르는 거 열심히 배우고 싶구나.

적을 명확히 한정하는 건 필요한 일이다. 하지만 시에는 복서로 하여금 링 한복판에서 자꾸 제 코너를 돌아보게 만드는 것 같은, 어떤 멈칫거림이 있다. 말리는 손이 있다. 그것은 병원 곁을 지나게 되면 갑자기 마비 증세를 일으키는 환자의 경우와 비슷한, 원인 불명의 증상 같은 것이다.

시는, 그의 모든 적을 흐리고, 적 앞에서 눈 감는다. 시는 그렇게 무방비 상태를 선포한다. 그것은 어쩌면 절박하고 대책 없는 피신 같은 것이다. 시의 적은 이를테면, 박근혜도 그의 나쁜 측근들도 아니다. 그들을 태운 막돼먹은 정치도 아니고, 그것을 움직이는 괴물 같은 자본주의도 아니다.

시의 적은 억지로 말하자면, 시의 내부에 있다. 총성과 함께 튀어나가려는 스프린터를 출발선에 주저앉혀버리는 무력(無力)의 손길 같은 것. 그래서 그의 질주를 미칠 것 같은 슬로모션으로 바꿔놓는 안 보이는 힘이 있는 것 같다.

시의 망막에 뿌옇게 먼지를 끼얹는 이 내부의 방해자를 나는 '시의 하느님'이라 부른다. 그 하느님이 온통 가로막기에 시는 늘 전심전력의 목소리를 뱉어낼 수밖에 없는 것. 그 캄캄한 탄도 속 어딘가에 구원이 있을 것이다…… 있을까?

인간을 애써 믿지 않고 가족이 전부라 생각지도 않으며, 나라를 사랑하지도 않고 역사에 의지하지 않는 사람이 꼭 불행한 실패자인가? 인간은 인간의 밥이 아니었던가? 가족은 족쇄이지 않나? 같은 민족을 제일로 괴롭힌 건 같은 민족 아니었나? 역사는 말 없는 무덤 아니었던가?

돌에서 깎여 나온 듯 혼자인 밤에 생각하면, 내가 아무것도 아니라는 사실보다 더 확실한 사실이 없는 것 같고, 살아있지 않다는 느낌보다 더 확실한 살아있다는 느낌은 없는 것 같다.

하지만 사람과 가족과 나라와 역사가 낳는 괴로움 속에서는 살 수 있어도, 이것들이 없으면 아예 삶 자체가 불가능하다. 이들과 더불어 살고 있다는 걸 부정할 수 있을까? 받아들이되 다 사랑하지 못하고 다 믿지 못하는 마음이 생의 근거인 것 같다. 이 힘없는 마음이 사람을 절망하게도 분투하게도 한다.

전부가 아닌 걸 전부라 믿는 이들은 왕왕 제 영혼의 심부를 다치고 세상을 그르친다. 악착은 패착이고, 찌들어 초라한 열광이 승리를 긁는 계략과 협잡의 순간마다 등 뒤엔 거대한 패배의 그림자가 넘실대는 것. 이들은 한 번도 제 욕망의 본색을 정시하려 한 적이 없는 것이다. 허망을 외면하는 마음은 이 생이 전부인 듯 득의양양해 하지만, 부분을 전체라 착각하는 한 한순간도 미혹의 감옥을 벗어나지 못할 것이다. 생에 대한 집착은 생의 포기이다. 나 죽으면 그만이라는 허무주의보다 글쓰기나 삶에 더 해악이 되는 건 없다. 그러니 무엇을 바라지 않는 글쓰기, 무엇을 바라지 않는 삶이 필요한 듯하다. 삶의 근거는 어느 순간에나 희미한 법이지만 이 희미함만큼 확실한 방황의 터는 없다. 존재와 무의 접경은 생각보다 광활한 것 같다.

읽는 사람도 모르고 쓰는 본인도 모르는 시가 무슨 시냐. 알 만한 분들도 모르는 이들도 자주 이런 소리를 한다. 그저 지지하기 어려울 뿐만 아니라 근본적으로 반대하고 싶은 편견이다. 시인에게 진정 필요한 것은, 모르는데도 자기를 흔드는 말을 뱉어낼 수 있는 용기이다.

시가 그저 아는 말들의 전시라면, 교과서 열심히 읽고 인사 잘하고 경조사 꼬박꼬박 챙기는 사람들이 쓰고 읽으면 그만일 것 같다. 도덕을 먹고 사는 벌레가 될 일이다. 하지만 아픔 모르는 벌레가 되기보다 아픈 인간이 되려 하는 이라면, 상처도 받기 전에 겁에 질려 위로를 찾아 헤매어서는 곤란하지 않을까?

옥석은 가려야겠지만, 모를 말들 속에 시의 진짜 얼굴이 들어 있는 것 같다. 이 모르는 말들은 앎의 (비)자발적 정지 상태가 불러오는 이상한 말이고 낯선 말이고, 그래서 미칠 듯한 말이다. 시의 진정한 앎은 모름이다. 알면 왜 미치겠는가. 고통이 머리로 다 알아진다면 인간이 왜 앓겠는가. 신음은 이해할 수 없는 말이다. 하지만 신음보다 더 인간의 고통을 뚜렷이 전해주는 말을 들어본 적이 없다.

명백한 전언과 손쉬운 교훈과 포장된 '힐링(healing)'보다 더 문학에 해가 되는 건 없을 것 같다. 삶에도 마찬가지리라. 힐링은 본래 '허팅(hurting)'인 것이다. '시팔이'라는 해괴한 말도 들어봤지만, 쉬운 시가 다 나쁘랴만, 쉬운 시 쉽게 써서 수월히 팔러 다니는 이들이 있다면 오히려 단순치 않은 인간의 문제와 어렵게 싸우며 어렵게 더듬거리는 이의 노고를 잊지 말아야 한다. 탁발승의 탁발이 가능한 것도 수도승의 수도가 있기 때문이다. 우리가 서 있을 수 있는 것은 무언가에 기대어 있기 때문이다.

모름은 무책임이 아니라 어떤 절박한 의문에 가까운 상태 같다. 인간은 본래, 의문이라는 고통의 덩어리지 않나? 시에서 뭔가를 얼른 구하려 하는 이들에게, 떠도는 말들에 의지해 시 동네를 투덜거리는 이들에게 빌고 싶은 것은, 이 가난한 곳도 사실은 쉼 없이 내일 없는 사투가 벌어지는 영혼의 최전선 가운데 하나라는 점을 같이 새기자는 것. 그것이 시세계로의, 무상의 입장권이라는 것.

시를 어떻게 쓰면 되냐고 여쭤보면, 나의 선생님들은 이런 알 듯 모를 듯한 말씀을 하셨다. "모를 때 써라. 알면 못 쓴다." 아마 지식과 개념이 들어찬 머리가 자유로운 상상, 직관의 움직임을 방해한다는 뜻이었을 것이다.

수십 년 시를 공부하고 가르치고, 또 쓰기까지 한 분들의 시집에서 좀체 시를 찾지 못할 때가 있는 걸 보면 저 말이 맞는 것 같다. 이와는 반대로, 어쩌다 백일장 같은 데서 깜짝 놀랄 만한 글을 쓴 아이가 있어 불러서 물어보면, 시에 대해 거의 모르는 경우가 있다. 그걸 보면 역시 저 말이 맞는 것 같다.

하지만 요즘 들어선 반쯤만 맞다고 생각한다. 전자의 시집에 시가 된 시가 아주 없는 것도 아니고, 개념과 논리에 의지한 사유가 시에 육박하는 사례도 드물지 않기 때문이다. 그리고 백일장의 그 아이는 사실 시가 뭔지 알고 있다. 다만 제가 시를 안다는 사실 자체를 모르고 있을 뿐인 것. 다시 말해, 제 앎을 풀어낼 설명의 언어를 아직 가지지 못했을 뿐.

글이란, 알아야 쓰는 것이다. 다만 이런 단서를 달고 싶다. 배우고 읽고 써서 알되 잘 잊을 것. 잘 알기는 하되 더 잘 모를 것. 머리가 잊고 몰라도 앎은 몸속에, 그러니까 무의식 속에 들어앉아 쓰는 이의 정신을 건드리거나 암중에 원격조종한다. 잘 잊고 있는 상태는 어떤 비상한 몰입 상태를 끌어오는 것 같다.

그러니 결국 글이란, 앎이라는 모름, 모름이라는 앎이 우리 온 정신을 움직여 쓰는 것이다. 의식이 모르는 말을 받아 적는다는 창작론도 얼마간은 이와 연관이 있을 듯하다.

시가 뭡니까, 이런 시절에 왜 시 같은 걸 씁니까? 하는 물음에 대해 가끔 고사를 들어 이렇게 대답한다.

옛날 중국 송나라에 성질 급한 농부가 있었다. 어느 날 곡식이 더디 자라는 걸 못 참아 벼포기를 조금씩 뽑아 올려놓고선 집에 돌아가 수고했노라 자랑했다. 다음날 그 아들이 들에 나가보니 벼가 다 말라 있었다. 성급히 키우려다 오히려 망친다는, '조장(助長)'이란 말의 유래다.

또, 옛날 중국 기(杞)나라에 걱정 많은 사람이 있어, 하늘이 무너져 몸 둘 곳 없어질까 봐 끼니도 잊고 근심에 잠겨 살았다. 대체 하늘이 무너지고 땅이 꺼지면 어찌하려고 사람들은 저리 태연하기만 하단 말인가 하고. 군걱정의 어리석음을 경계하는 '기우(杞憂)'라는 말의 유래가 된 이야기다.

세상엔 너무도 많은 송인(宋人)들이 있다. 욕망엔 눈이 없으므로 어둠 속에서 더 날뛰게 되는 걸까? 나나 당신은 늘 송인이 되어 황급히 뛰어다니고, 얻기 위해 애쓰는 것은 물론 더 얻기 위해 해치고 빼앗아도 된다는 패악을 권유받으며 살고 있지 않느냐고 말한다. 굳이 비교하자면, 시인은 기나라 사람과 비슷하고, 시는 기우와 닮은 것 같다. 기인(杞人)을 사로잡은, 정체와 근원을 알 수 없는 막무가내의 걱정은 일종의 백색공포 같은 것이지만, 문학의 근심이 이와 아주 다르진 않다고 대답한다.

무수히 사실과 정보를 접한다고 해서 현실의 전모를 알 수 있는 건 아니다. 머리부터 발끝까지 썩어 문드러지지 않은 데가 없는 곳에 약자로 내던져져 있다는 생각에 빠지는 순간, 나와 내 동족의 운명에 대하여 '기우'라는 이름의, 근거를 알 수 없는 불안과 공포가 엄습해 오는 것을 누구나 겪지 않는가.

그리고 마지막으로 이렇게 말한다. 시는 이 막막한 외로움, 공포와 크게 다른 것이 아니다. 시인들은 기쁨을 노래할 때도 무시로 막막해하는 족속이다. 송인의 세계에서 기인의 모습으로 살려는 이가 어쩌면 시인일 것이다. 그리고 그가 그렇게 사는 것은 아마도, 병들기 위해서가 아니라 낫기 위해서일 것이라고 말한다. 말하기는 한다.

어렸을 때 문학 한다는 십 대들을 보면, 조숙한 듯 조로한 듯 어딘가 애늙은이 같은 데가 있었다. 반면에 내가 좋아하는, 장년이나 노년에 이른 어떤 시인들을 보면 말이나 행동거지에 어린애 같은 데가 많다. 철이 안 든 것 같다. 반로환동(返老還童)이라고나 할까. 애든 어른이든 이들은 무언가를 포기한 시간을 산다.

젊어 늙던 시절은 갔다. 이젠 늙어서도 힘내어 젊어야 할 때가 왔다. 돈을 피하고 도를 피하고 모든 종류의 깨달음을 피하고, 술이 됐든 연애가 됐든 패가망신이 됐든, 독을 찾아 다녀야 한다고 생각한다. 포기를 포기하는 순간 시는 그를 떠날 터이니. 철들면, 끝난다.

요즘 시들 엉망이라는 말에 대하여, 시란 건 정말 아무나의 취미가 돼버렸다는 한탄에 대하여 가끔, "시를 쓰면 된다"고 힘없이 말한다. "뭔 헛소리야?" 하면, '시'를 쓰면 된다, 그 '시라는 것'을 쓰면 된다고, 더 힘없이 말한다.

좋은 시는 상반된 이해관계의 소유자, 정치적 적대자들의 마음까지를 움직일 수 있어야 한다는 말을 들었다. 이해관계와 정치를 다루지 않는다는 전제가 필요하지 않을까.

정확한 것을 부정확하게 말하는 것은 오류지만,
부정확한 것을 정확하게 말하는 것은 폭력이다.
정확한 것을 정확하게 말하는 것이 능력이라면,
부정확한 것을 부정확하게 정확히 말하는 것은,
어떤 종류의 초능력일 것이다.

글은 왜 쓰나? 정신을 잃지 않으려고. 글은 어떻게 쓰나? 정신을 잃고.

2.

생각하면 할수록 시는 참 무력한 말이다. 그건 아마 시가, 완전히 무력해져서야 비로소 입을 여는 어떤 말이기 때문일 것이다.

내가 살아있다는 것,

그것은 영원한 루머에 지나지 않는다.

—최승자, 「일찍이 나는」 부분

"루머"는 사실 확인이 안 된 말이다. 천안함도 세월호도 다 루머다. 뭐하나 제대로 밝혀진 게 없다는 점에서. 이 루머들은, 이 사회가 '사실'이란 것에 합의할 용기와 능력이 없다는 사실을 알려준다. 사실에 합의하지 못할 때, 그것은 어떻게든 밝혀내야 할 진실의 문제로 전환된다.

하지만 어떤 루머는 사실을 스치고 바람에 실려 퍼져나간다. 그 기미를 미리 감지한 시인은 저렇게, 이상한 자학을 일삼는다. '내 생은 루머에 불과하다'고 신음했을 때, 그녀는 아마도 자신과 공동체의 등 뒤에 너울거리는 거대한 괴물의 존재를 느꼈을 것이다. 그리고 그 공포를 이기고 불어오는 어떤 낯선 목소리를 들었을 것이다.

시인은 사월에 우리가 살아있다는 것이 그저 루머에 불과한 게 돼버리리란 걸 알고 쓴 것만 같다. 나도, 세상도 대체 살아있다고 할 만한 증거가, 느낌이 없는 것이다. 제 생을 풍문에 부치는 도저한 허무주의의 바탕에는 존재를 희생하고서라도 목도해야 하는 진실의 얼굴이 있었을진대, 지금 우리는 그녀가 보았던 어떤 진실에 불과하다. 그래서, 진실이어서……, 진실에 불과하지 않다.

영화 〈일 포스티노〉에는 이런 인상적인 대화가 나온다.

"선생님, 어떡하죠? 전 사랑에 빠져버렸어요." "거기엔 약이 있다네."

"아니에요, 약은 필요 없어요. 저는 계속 아프고 싶어요."

섬마을 임시 우체부 마리오 루폴로는, 여관집 처녀 베아트리체 룻소에게 빠져 저런 이상한 상태가 된다. 사랑의 순간이 곧 시의 순간인데, 이런 변주도 가능하지 않을까?

선생님, 어떡하죠? 저는 '앎'에 빠져버렸어요. 거긴 약이 있다네. 아니요, 저는 계속 모르고 싶어요.

이런 변주는 또 어떨까?

선생님, 어떡하죠? 저는 '삶'에 빠져버렸어요. 거긴 약이 있다네. 아니요, 저는 계속, 죽고 싶어요.

정현종 시인의 「자연에 대하여」는, "자연은 왜 위대한가"라고 묻고, "왜냐하면/그건 우릴 죽여주니까"라고 답하는 짧은 시다. "죽여주니까"는 삶 속에 아름답게 똬리 튼 죽음에 대해 일러준다. 정말 살고 싶은 상태에 가려면, 죽고 싶을 만큼 생 에너지를 끌어 모아야 하나? 정말 좋은 것은 죽고 싶을 만큼 좋은 거라는 뜻이겠지. '죽고 싶을 만큼'이라는 죽음이, 사람을 살게 한다.

삶이란 도처에 널린 거지만, 앎은? 앎을 더 깊은 모름에 나날이 대질시키는 일은 늘 괴롭다. 하지만 행복하다. 배부른 나의 입에 모름이라는 성찬을 넣어주려고 하느님이 곁에서 발을 동동 구르고 있는 걸 나는 안다. 낮술을 먹고, 꽃그늘에 지나가는 개와 사람들을 보면, 역시 나는 '모름'이 좋고 '죽음'이 좋다. 약이 필요 없는 것들, 약이 없는 것들이 좋다.

> 삶이란
> 얼마간 굴욕을 지불해야
> 지나갈 수 있는 길이라는 생각
>
> —황지우, 「길」 부분

굴욕은 '을'의 것이라지만,

'갑질'은 내가 인간이란 사실에 대한 원초적인 굴욕감을 불러일으킨다.

인간이란 것이 창피하다,

인간이 저렇게까지 자기를 '베릴' 수 있구나 하는 느낌으로

사람 얼굴을 돌연, 불덩어리로 만들어버린다.

그래서 뭘 어째야 하나, 하는 생각이 들기도 전에 먼저,

인간을 인간 아닌 어떤 '곳'으로 끌고 가버린다.

그곳이 어느 땐 모든 곳이어서

탈출할 수가 없다는 느낌…….

나는 갑질을 안 하나? 그럴 리가? 갑의 새끼로,

갑의 새끼의 새끼로, 새끼의 새끼의 새끼로,

한없이 조그만 갑질을 한다.

어디에도 을이 있다.

약한 자는 눈이 벌게져서 더 약한 자를 찾아다닌다.

굴욕스럽게, 찾아다니지 말자.

나에게서 스톱 하고,

술이나 한잔.

> 허물어진 얼굴을 양손에 받쳐 들고 서서
>
> 오, 아무 인생이 없는 기쁨이여
>
> —김안, 「미제레레」 부분

시는, '오, 아무 기쁨이 없는 인생이여'라는 흔한 탄식을, 중요한 순간

에는 채택하지 않는다. 그것보다 조금 이상하게, 조금 엉뚱하게 말한다. 그래서 그것보다 더 말한다. "인생"의 개입에 의해 줄어든 인간의 기쁨이 내게도 있었다. 인생을 모르던 때가 더 기뻤다는 생각이 얼굴을 두 손에 파묻게 할 때도 있다. 나이 들면 저도 몰래 얼굴 가죽은 두꺼워지지만, 우리가 이 세계의 비참에 대해 어떤 "혐의"와 "패악"을 온전히 벗을 수 있을까. 그건 그렇고, 참 신통하군. 그저 "인생"과 "기쁨"의 자리를 바꿔놓았을 뿐인 듯한데, 저렇게 힘센 문장이 태어나다니.

> 해변은 제단이 되었다
> 바다 가운데 강철로 된 검은 허파가 떠 있었다
>
> —신철규, 「검은 방」 부분

나는 가끔 손가락을 목에 집어넣어 허파를 인양하고 싶을 때가 있다. 그걸 눈으로 보고서야, 숨을 쉴 수 있을 것 같을 때가 있다.

> 그리고 내가 많이 아프던 날
> 그대가 와서, 참으로 하기 힘든, 그러나 속에서는
> 몇 날 밤을 잠 못 자고 단련시켰던 뜨거운 말:
> 저도 형과 같이 그 병에 걸리고 싶어요
>
> —황지우, 「늙어 가는 아내에게」 부분

타인에게서 자기의 거울상을 귀신같이 찾아내는 자아의 능력은, 시인의 재능도 되지만 한계가 되기도 할 것 같다. 제가 관찰하는 사람이면서 동시에 관찰되는 사람이기도 하다는 걸 잊어버릴 수 있기 때문이다. 병을 앞에 두고, 나으려고만 할 수 있기 때문이다.

그러니 찾기보다는 타자의 주체성 속으로 어떻게든 들어가보는 것이 필요할 듯하다. 타자가 될 수는 없더라도 더불어 앓을 수는 있을 것 같은 곳까지. 더불어 앓는 건 어떻게 가능한가. 우리 모두가 아프기 때문이다. 더불어 앓는 것이 왜 필요한가. 우리 모두가 사실은, 누군가의 병과 같은 "그 병에 걸리고 싶"어 하기 때문이다. "앓고 있는 그는 나이다." 이곳에 온 지도 오십 년이 되었는데, 나는 아직 아프지 않은 사람을 본 적이 없다.

〈옛날에 손금이 나쁘다고 판단 받은 소년이 있었다. 그 소년은 자기의 손톱으로 손바닥에 좋은 손금을 파가며 열심히 일했다. 드디어 그 소년은 성공해서 잘 살았다.〉 조는 이런 이야기에 가장 감동하는 친구였다.

—김승옥, 「무진기행」 부분

스무 살에 이 문장들을 읽었을 땐 손금은 무엇이고 노력은 무엇이며 성공은 무엇인가를 한참 생각했던 것 같은데, 대답을 찾았으므로 이렇게 살고 있다. 사실은 아직도 대답을 못 찾아서…… 이렇게 헤매고 있다.

이야기를 읽는 데 그쳤으면 "조"처럼 될 수도 있었겠지. 하지만 '이야기의 이야기'를 읽어버렸던 거지. '이야기의 이야기'란 허구가 가진 진실의 다른 이름. 그래서 사는 게 이상해졌다. '빠꾸'가 안 된다. 하지만 소설은 언제나, 제가 읽어준 게 아니라 내가 읽혀버린 거라 말한다.

"재수 없게 대한민국이란 나라에 태어났네" 하는 인터넷 댓글을 오늘만 스무 개도 더 읽은 것 같다. 사람들아, 그럴 땐 소설을 읽어라. "조"의 친구가 돼봐라. 그럼 그가 '좆'밖에 없다는 걸 알게 될 거다. 여기서, 잘 살아야 한다. 저런 소설들이 나오는 땅에서 책도 안 읽고 사는 당신들은 정말 재수 좋은 거다…… 이렇게 말해주었다.

> 그날 시내(市內) 술집과 여관은 여전히 붐볐지만
> 아무도 그날의 신음 소리를 듣지 못했다
> 모두 병들었는데 아무도 아프지 않았다
>
> —이성복, 「그날」 부분

병이 들었는데 아프지 않다면, 통증은 어디로 가나. 결코 사라지지 않고 몸에 쌓인다. 쌓인 통증은 병을 악화시키고 모르는 사이에 몸을 망치고 세상을 망칠 것이다. 잔인한 4월. 이 나라는 대체 어디를 어떻게 수술당한 것일까. 무슨 '뽕'을 맞은 것일까. 낮술 끝에, 이런 패러디를…….

"오늘 시내(市內) 술집과 여관은 여전히 붐볐지만 아무도 오늘의 헛소리를 듣지 못했다 모두 미쳤는데 아무도 정신을 잃지 않았다."

다시 태어나면 정말 미친 듯이 쓰고 싶다는 어느 선배 시인의 말을 간밤에 들었다. 동감이다. 하지만 이렇게 고쳐 생각하기로 했다.

"나는 이미 다시 태어나 쓰고 있다. 이것이 마지막 기회일 것이다."

3.

우리를 살게 하는 건 온갖 찬란한 내일이 아니라 몇몇 희미한 옛날인지도 모른다.

개성이 뭐가 중요한가. 제각기 개성 내세우다 깨지는 자리도 부지기순데. 문제는 개성 이전 아닐지? 개성이 되기 전에 오는 것. 무섭게 오는 것. 개성을 물리치고 지배하며, 개성 없는 얼굴로 오는 것. 개성들의 얼굴 없는 어미로 와 있는 것.

자살자는 아마도 끝내 자기를 죽이지 못하는 자일 것이다. 죽이고 싶어 하는 자와 죽이고 싶은 것의 내적 분리. 죽이는 순간 제가 죽고 마는 이 아이러니는 그가, 제가 아닌 어떤 것을 죽일 뿐이라는 사실, 헛손질을 하고 만다는 사실을 보여준다. '제가, 제가 아닌' 이 불일치는 어떤 결여의 상태와 '없음'의 존재를 암시하는데, 그는 결국 이 '없음'을 죽이지 못하는 것. 허망이기도 무(無)이기도 신이기도 할 이것은, 이제 피 흘리며 거꾸러진 몸을 떠돌거나 물끄러미 바라보고 있겠지. 역으로, 이것에서 눈 돌리면, 인간은 먹고 싸고 떠드는 산 주검이지 않을까.

이 결여와 없음이란 것이 나라는 것을, 인간들을, 대한민국 전체를 가지고 죽어라 괴롭히는 듯하다.

수술하고 몸이 나은 사람들이 이따금
이유 없이 울 때가 있다고 한다.
마음은 마취가 안 되는 것이다.
사실은, 몸도 다 마취가 안 되는 것이다.

기던 아이들이 어느 날 일어나 걸음을 뗄 때의 환호와 박수를 떠올리면 감동스럽다. '큰 나라 섬기다 옥좌에 거미줄 치'기 일쑤였던 이 나라는 언제 두 발로 설까. 한사코 네 발로 기려 하는 이상한 짐승들이, 큰 짐승 앞에선 꼬리 흔들고 할짝거리다가, 두 발로 걸으려 하는 동족을 보면 도처에서 사납게 물어뜯는다.

잊는 것은 어려운 일이다. 하지만 더 어려운 건 잊은 기억, 잊은 사실을 잊는 일이다. 느닷없이 칼이 올라오는 길. 걸어가시오.

나도 내가 대충 살고 말리라는 걸 안다.

노후를 걱정하고 있지 않느냐 말이다.

진심은, 상대하기 어렵다. 그것은 다른 마음을 바보로 만들기 위해, 꼼짝도 못하게 만들기 위해 나타난다. 진심은 정신없는 마음이다. 모든 걸 속여버리는 마음이다. 그러니 정말 어려운 것은 진심을 속이는 일이다. 진심을 정신 차리게 하는 일이다. 하지만 그러고 나면, 영혼의 일부가 부서져나간 것 같은 느낌이 든다.

무골호인 같은 사람이라 하더라도 좀 세게 눌러대거나 밀어붙이면, 어떤 저촉이 만져진다. 인간의 무른 몸이 그러하듯 모든 유연에는 뼈가 들어 있다. 살도 가죽도 사실은 고마운 것이다.

가족 잃은 사람들이 울며 아우성하는 앞을, '무언가'가 지나갔다. 지나가기 위해 다른 몸들을 무수히 방패막이 하고, 너무도 태연히 걸어갔다. 웃으며 지나갔다.

제왕이 지나갔다고도 재앙이 지나갔다고도 말할 수 있겠지만, 왜 지나쳤을까보다는 어떻게 지나칠 수 있었을까가 더 본질적인 의문인 것 같다. '왜'가 환기하는 사실 차원이 미구의 결과라면, '어떻게'는 원인의 층위를 암시하기 때문이다. 이유야 어떻든 '그것'에게는 그 '워킹'을 수행할 수 있는 '능력'이 있었던 것이다.

그 치명적인 능력의 비인간적 성격, 그러니까 어떤 근본적인 무능력을 나는 그 보행에서 보았다. 지금 이 땅에서는 가장 고통스러운 절규일 "살려주세요"를, 그것은 열병하듯 보고도 안 보면서 굳세게 지나갔다. '그것'은 지금 한국 땅에서 가장 '안 아픈 어떤 것'이다.

아프지 않은, 안 아플 수 있는 병이 걸어갔다고 해야 할까, 절망이 걸어갔다고 해야 할까…… 인간이라 생각하고 싶지 않은 '어떤 것'이 지나갔다. 그것은 어떤 '원인'의 냄새를 풍긴다. 원인은 절대 자기를 말할 수 없다. 그러므로 '지나칠' 수 있었을 것이다.

어처구니없는 사고로 딸을 잃은 아버지를 여당 정치인이 명예훼손으로 고소했다. 찔린 데를 또 찔린 아버지는 의연해 보이지만, 그의 심장은 온통 가시가 꽂힌 선인장의 모습이 되어 있으리라.

숨을 참을 수 없듯, 삶은 참을 수 없다. 그래서 살아가고 살아지는 것. 참을 수 있는 것은 죽음이다. 그래서 삶을 참는 대신에 죽음을 참는 것이 인간 아닌가. 참고 있는 그것을, 간신히 참아지는 아버지의 그것을 참을 수 없는 것으로 몰아가려는 듯한 무도한 손길. "저들은 자기들이 하는 짓을 모르나이다."

인간이 되는 것을 두려워 말고 오직 인간임을 두려워해야 한다.

돌아가는 것

이영광

요 몇 해,
쉬 동물이 되곤 했습니다

작은 슬픔에도 연두부처럼
무너져 내려서,
인간이란 걸 지키기 어려웠어요

당신은 쉽습니까
그렇게 괴로이,
웃으시면서

요 몇 해,
자꾸 동물로 돌아가곤 했습니다
눈물이라는 동물
동물이라는 눈물

나는 돌아가는 것이었습니다

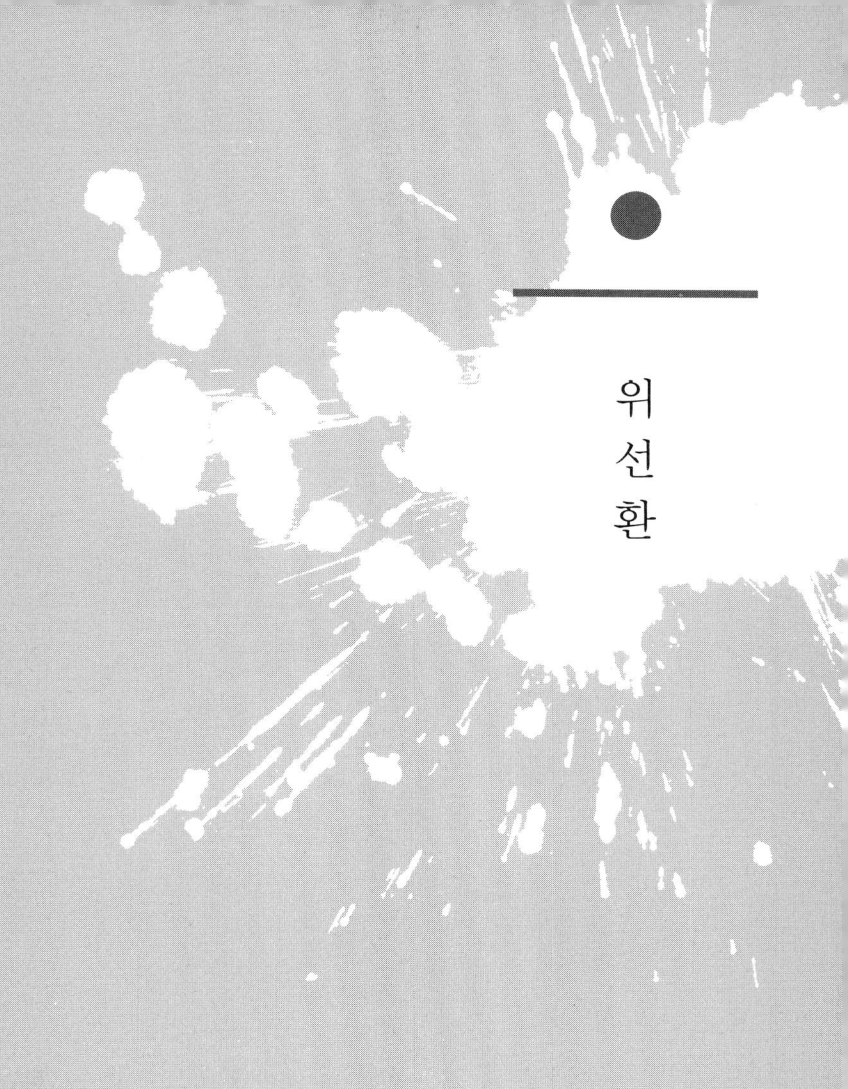

위선환

1941년 전남 장흥에서 태어나 1960년 서정주, 박두진이 선(選)한 〈용아문학상〉을 수상했다. 이후 시를 끊었고, 1999년부터 다시 시를 쓰면서 2001년 《현대시》로 등단했다. 시집 『나무들이 강을 건너갔다』 『눈 덮인 하늘에서 넘어지다』 『새떼를 베끼다』 『두근거리다』 『탐진강』 『수평을 가리키다』 등이 있다. 〈현대시작품상〉, 〈현대시학작품상〉 등을 수상했다.

시, 사물, 언어, 그리고 빛

시인은 사물(事事/物物)을 감각하고 그 감각을 언어로 드러낸다. 사물은 움직이고 변화하면서 흔히 일탈하고 이반하므로, 시인이 감각하는 감각과, 시인이 경험하고 사유한 바인 언어의 사이에서 간극이 발생하고, 더불어서 그 간극을 기록하는 시인의 언어가 시인이 자기 시를 정의한 논리, 즉 시론을 일탈한다. 시론이 시인의 시를 완전하게 기속하지도 못하고, 특별하게 성과적이지도 않는 이유이며, 시는 시편이지 시론이 아닌 이유이기도 하다. 기실 시를 우선적으로 기속하는 것은 당장에서 즉시에 발화하는 언어라는 이야기이다. 이 지점에서 시인은 '시' 그것만의 천진한 자유를 생각한다.

*

자아와 주체와 대상은 여기에 있고, 저기에 있고, 거기에 있고, 어떠하게 있다. 그것이 관계다. 나는, 또는 자아로서, 또는 주체로서, 또는 대상으로서, 또는 여기에, 또는 저기에, 또는 거기에, 또는 서로에게, 서로로서 관계한다.

*

어떤 일치는 나를 숨 막히게 한다. 절대와 시간과 여기의 일치, 극한과 극단과 주제의 일치, 그리고 사물과 언어와 주체의 일치…… 시는 죽음일 수 있다.

*

단순한 것이 때로는 잔인할 수도, 치명적일 수도 있다. 의도적인 단순화 또한 잔인한 짓일 수도, 치명적인 짓일 수도 있다. 그래도 시는 단순하게 쓴다. 그래야 언어에게, 시에게, 그리고 주체에게 덜 미안하다.

*

오래, 길게, 깊게, 숨을 들이쉰 다음에 천천히, 조금씩, 느리게, 내쉬고 내뱉으면서 한 문장을 쓴다, 이때 한 문장은 한 목숨의 들이쉼과 내쉼이므로 또한 치명적이다.

*

시는 혼돈이라고, 불확정이라고, 실패라고 말하면서, 혼돈이 아니고 불확정이 아니고 실패가 아닌 시는 명제에 기속되어 있다고 말을 덧붙이는 사람이 있다. 그런데 그가 그렇게 말할 때조차 혼돈은, 불확정은, 실패는, 시의 중요한 명제가 되는 것이다.

*

시점(視點)에 원근이 형성되듯, 사물이 무한하게 전개됨으로써 마침내는 소실하는 어떤 지점을 생각할 수 있다. 그 지점은 수직축의 높은 높이이거나 깊은 깊이일 수 있고, 수평축의 한정이 안 되는 거리이거나 아뜩한 시간일 수 있으며, 세계의 또 다른 축이 작렬하는 일순간일 수도 있다. 그 지점을 일컬어서 극단이라 하자. 그 지점에서 문득 드러나는 어떠한 무엇이 세계의 실체라면, 그것을 일컬어서는 궁극이라 하자. 시는 그렇게 극단일 수 있고, 궁극일 수 있다.

*

저 틈새, 우연과 우연이 접합한 접합선의 한 부분이 벌어져 있는, 실로 우연한 가능성일 수 있다. 그러므로 틈새는 확정되어 있는 것이 아니고, 완고하지 아니하며, 오히려 의외적이다. 그런 만큼 불안정하고, 또한 불안하다. 그 의외성과 불안정성과 불안에 주목한다.

*

사물의 정면은 정직하다. 사물을 정면에서 바라보는 시인이 사물을 적어내는 언어가 정직한 이유다. 사물을 정면에서 바라보는 시인과 시인의 정면에 있는 사물의 사이에서 빛이 일 듯, 사물의 정면을 적어내는 언어는 빛이다.

*

사물은 당장에서 즉시에 감각된다. 이때 사물 즉 감각은 관습이 아니며 감각 즉 언어 또한 언습이 아니다.

*

사물은 낱이고 자체다. 비유로서 감각되는 사물은 없다. 상징으로서 감각되는 사물도 없다. 낱이고 자체인 사물 그것과, 사물을 낱이고 자체로서 감각한 언어가, 시를 짓는 구문에서 비유하는 말을 기피하고 혹은 상징하는 말을 기피한다. 시가 마침내는 비유인 것이고, 혹은 상징인 경우라 하더라도, 내가 시로 쓰는 구문은 그리한다. 덧붙이자. 오직 감각인 것을, 구태여 비유나 상징으로 읽는 언습을 경계한다.

*

사물을 사물 그대로 감각하고 그 감각을 그대로 옮겨 적는 언어는 섬세하고 치밀하며 예민하다. 이렇게 저렇게 색을 덧칠하여 꾸미고, 굵고 가는 선을 그어서 강조하는 대신에, 사물 자체의 단면만으로 화면 전부를 꽉 채운 화폭과 같다. 사물이 사물 자체로서 그대로 드러난 시, 꾸미지 아니한 시는, 그대로 아름답다.

*

사물은 자체만으로도 기특해서, 일부러 기특한 말을 덧붙이거나, 기특한 모양새로 변형할 필요는 없다. 있으며 움직이고 변화하는 사물 자체를, 있으며 움직이고 변화하는 사물 자체로서 잘 옮겨 적는 것만으로도, 사물의 기특함은 충분히 드러난다.

*

낱 사물은, 낱 사물의 집적인 세계는, 낱 사물로서, 또는 낱 사물의 집적인 세계로서, 그 안에 아이러니, 반어, 비유와 상징, 언어의 조성(調性) 등을 내포한다. 시인은 낱 사물을 낱 사물 자체로서 드러내면서 낱 사물에 내포된 위의 것들을 함께 드러내는 방법을 쓸 수도 있고, 사물들을 복합한 세계의 부분이나 전체를 드러내면서 세계의 부분이나 전체에 내포된 위의 것들을 함께 드러내는 방법을 쓸 수도 있다. 시인은 결정하고 선택하는 것이다.

*

시에서 언어는 모든 사물을 시의 '주체', '대상'으로서 창조하고 창작하는 능력을 갖고 있다. 그 사물이 구상이든지, 추상이든지, 환상이든지, 가상이든지, 허상이든지, 상상이든지, 또는 기타의 어떤 물상(物象)이든지 관계하지 아니한다. 시의 언어는 그 능력과 기능으로써 온갖 사물을 시의 주체/대상으로서 형상화(形象化)하는 것이다.

*

작은 것도 낱이며 자체다. 즉 사물이다. 사소한 것, 하찮은 것, 지리멸렬한 것, 잉여처럼 보이는 것, 일시이거나 순간인 것, 지엽이거나 단편인 것, 미세한 것, 형상이 흐린 것, 부스러기인 것, 시시콜콜하고 잡다한 것, 스쳐 지나가거나 사라지는 것, 욕망 내지 감각의 세부나 말단에 겨우 잔재하는 미약한 것들, 빗대어서 말하기를 쇄말(triviality)이라고 이르는 것들…… 등등으로서 '작은 것'이라고 통칭해도 되는 그것들도 작은 '낱'이자 작은 '자체'로서 빛을 발하는 것이다. 그 작은 것들이 비록 작지만 '사물'로서 지점과 의미가 있고, 그러므로 시의 주체나 대상으로서 엄존하는 세계에서는 작은 것도 빛이 난다. 또는 작은 것이 빛난다.

*

사물의 배열을 풍경으로서 쓰는 시가 있다. 서경(敍景)하는 시가 그렇다. 그때 사물은 쉽게 시각태(視覺態)가 된다. 다른 편에는 사물의 배열을 사물의 존재와 그 존재가 관계하는 시간 내지는 공간으로서 쓰는 시가 있다. 그런 만큼, 사물은 사물 자체이면서 동시에 시공간(時空間)과 관계하는 의미태(意味態)가 된다. 이때에 사물은, 시공간과 존재가 이미 사물에 관계하고 합치한 다음의 현존인 것이므로, 단순한 시각태로서의 의미는 새삼스러울 수밖에 없다는 말이다.

*

유의할 점은 사물의 의미를, 사물을 배열하고 정렬하는 방식으로 드러낼 것인가, 또는 잠언이나 경구로써 드러낼 것인가, 망설일 충분한 이유가 있다는 것이다. 사물의 의미를 잠언이나 경구로써 드러내는 경우에, 그 시에는 수월하게도 '말하는 자인즉 우월한 자' 따위의 오만이 노출될 수 있기 때문이다.

*

'소멸'은 사물을 말하는 완고한 주제 중에서도 중요한 하나다. 이때 시는 균열, 파열, 기울음, 넘어짐, 묻힘, 닳음, 낡음, 쪼갬, 흩어짐, 잔여, 지나침, 흘러감, 수척함, 부러짐, 부서짐, 오래됨, 순간, 이후, 또는 점철하는 순간들과 그 이후의 여백, 적요, 작아짐, 흐려짐, 지워짐, 사라짐, 빔,

허무 등등 사물이 소멸하는 과정의 마디나, 마디들의 연쇄를 기록한다. 그중 어떤 시에는 소멸이 진행하면서 사물의 한쪽 끝에서부터 확장하여 전면적이 되는 '없음'의 과정이 기록되기도 하고, 그중 어떤 시에는 사물이 마침내 없는 시점의 숨 막히는 침묵이 기록되기도 한다.

*

점멸을 말할 때 높이는 사라지고 깊이는 묻힌다. 점멸한 것의 윤곽이, 점멸한 것의 잔상이, 그 윤곽과 그 잔상의 언저리가 남는다.

*

어떤 사물을 접촉할 때 우리가 감각하는 것은 어떤 사물의 디테일(detail)이다. 디테일의 총체가 어떤 사물에 대한 감각의 총체라면 또한 디테일의 총체는 어떤 사물의 체적[形態]일 수 있다는 언급이 그래서 가능하다.

*

가까운 것은 자꾸 손에 닿고, 먼 것은 손을 뻗쳐서 가리켜도 닿지 않는다. 나는 그렇게 가까운 것과 먼 것과 사람 사이의 간격을 만지고, 그것을 감각이라고 말하는데, 사람들은 그것을 관념이라고 말한다.

*

오래 걸려서 자주 만나면서 빛이 나는 것들이 있다. 가까울수록 빛이 나는 것들 또한 있다. 오래 걸려서 자주 만나면서 가까울수록 더욱 빛이 나는 것들이 그렇다. 서로 닿는 것들이 찬란한 것은 그 때문이다.

*

문자는 제 나름의 체적과 무게와 높낮이를 갖고 있다. 문자로 이루어진 문장 또한 그러하다. 문장은 시문의 체적으로서, 무게로서, 높낮이로서 적합하여야 하고, 문자 또한 문장의 체적으로서, 무게로서, 높낮이로서 적합하여야 한다는 말이 되겠다. 유일하고, 유일함으로서 적합(的合)하는, 서로에게 적합한 문장과 문자는 반드시 있다. 이 지점에서는 문장/문자에 대한 시인의 책임이 발생한다.

*

시에 선택된 언어는 그 나름의 미학을 성취한 언어다. 꾸미는 말, 과장하는 말, 교묘하게 지어내는 기술 등이 배제될수록 문장은 정직하고, 언어는 참하다.

*

시는 언어이고 진실이다. 그러므로 진실을 기술(記述)하는 기술(技術)은 시를 짓는 방법으로써 의미가 있다. 그러나 그 기술이 잔재주[技巧]일 필요는 아무래도 없다.

*

수를 세지 않고 망설이고, 수를 세지 않고 휘둘러보고, 수를 세지 않고 두리번거리고, 수를 세지 않고 중얼거린 다음에야 시의 첫말은 온다. 망설이면서 망설임의 본성을 알고, 돌아보면서 돌아봄의 본성을 알고, 두리번거리면서 두리번거림의 본성을 알고, 중얼거리면서 중얼거림의 본성을 안 다음에야, 문득 발음을 얻게 되는 한마디 말이 시를 시작하는 첫

말이 되고, 이어지며 정렬하여서 구문이 되는 것이다.

*

시에서 하나의 쉼표, 또는 복수인 쉼표를 기호화하는 문법을 생각할 수 있다. 그때 그 기호는 쉼표 하나를 문득 찍는 의외성일 수도 있고, 복수인 쉼표가 간격을 두고 찍힘으로써 발생하는 쉼표와 쉼표 사이의 밀도, 이완, 흥분과 충돌, 경이일 수도 있다. 그렇게 해서 작성된 문장이 의외성과 당위성의 병치이자, 이어짐과 끊김의 교묘한 결합이며, 들숨과 날숨과 그 사이에 끼인 멎음의 순간적인 배합과 같은 것이라면, 그 문법은 생명의 힘과 언어의 긴장과 시적 고양을 구두점 하나에다 집약할 수도 있을 것이다.

*

전복을 기도하는 시인이 쓰는 언어에는 불합리, 이율(二律), 모순, 균열, 반어와 반전과 비문리(非文理), 불안정 따위들이 내용(內容)한다. 무엇보다 극단이고 불온하다. 그러함에도 중요한 것은, 그런 언어를 나무랄 어떤 이유도 없다는 것이다. 시이기 때문이다.

*

일부러 어떻게 하여야 시가 전복적이 되는 것은 아니다. 다만 집중함으로써도, 드러난 사물 그것과, 그 사물에 닿는 감각은 전복적이 될 수 있고, 그런 사물, 그런 감각을 드러내는 언어 또한 전복적이 된다.

*

어떤 시를 읽으면서는 언어의 본연과 맞대면하는 어떤 시인의 진정성을 만난다. 또는 언어를 길들여온 사람의 관습과 사람에게 길들여온 언어 사이에 벌어져 있을 비좁을 수밖에 없는 간극이나, 언어와 언어가 어긋물림으로써 비롯하는 비좁을 수밖에 없는 틈새를 전신으로 파고드는, 어떤 시인의 지극한 고통과 맞대면한다.

*

오래 묵은 언어, 관습이 된 언어는 오래 걸려서 두터워진, 더께가 들러붙고 굳어서 완고해진, 단단한 껍질과 같다. 그러한 언습을 부수고 나온, 필사적으로 껍질 벗기를 한 언어가 흔히 말이 안 되고, 변형이고, 생소하고, 자극이고, 전율이고, 그래서 더욱 시다.

*

의식의, 언어의, 파편만 나열되고 의미도, 문장도 없는 시, 의미가 없으므로 의미의 언저리에 형성되는 허무도 없고, 문장이 없으므로 문장의 언저리에 형성되는 여백도 없는 시를 나는 부정한다. 그런 시를 부정하는 '부정' 그것조차 시가 되지 아니하는, 부정하는 '부정' 그것의 진정성조차 내재하지 아니한, 파편만인, 또는 파편들만의 집적인 시를 나는 외면한다.

*

인간의 시각을 빌려서 말하자면, 수직은 쳐다보이고 내려다보이는 점(點)이고, 수평은 바라보이고 건너다보이는 선(線)이다. 점과 선의 단순하며 근원적인 구성이 곧 사물의 기본이며, 그래서 시의 기본이라는 말이 되겠다.

*

깊이를 말하면서는 발끝을 내려다보는 버릇이 있다. 직하에 나는 모를 깊이가 있다고 직감하기 때문이다. 하늘을 쳐다볼 때 "하늘이 높다."라고 말하지 아니하고 "하늘이 깊다."라고 말할 수 있는 언어의 능력을 생각한다. 일탈한 내가 비상을 할 수도 있는 높이와 그 높이에 병치(倂置)하는 깊이가 언어 그것인 '하늘'에 있는 것이다. 지금은 지평이나 수평의 저 너머를 생각한다. 저 너머까지에 내가 가닿지 못하는 거리가 있겠고, 기실 그 거리는 내가 오래 깊어져도 이르지 못하는, 나로서는 모를 깊이인 것이다. 언어의 능력, 그것이 나는 모를 높이와 나는 모를 거리와 나는 모를 깊이를 나와 병치시키고 있는 것이다.

*

언어는 순결하다. 그래서 나는 언어의 처음과 그 이후의 연쇄를 '순결'의 다음에다 놓는 배열을 오랫동안 해왔다. 어느 날일는지, 내가 시를 못 쓰게 되는 때에도, 언어는 늘 그러했듯이 순결할 것이다. 그때 내가 시를 못 쓰게 되는 이유가 있다면, 언어가 '불순'해지거나 '불결'해져서가 아니고, 다만 내가 깜깜해져버린 때문일 것이다.

*

지엽이나 토막이 아닐 것. 시늉이 아닐 것. 정의(定義)는 아니되, 집중하고 결정(結晶)한 언어일 것. 개략(槪略)이 아닐 것. 오히려 대강(大綱)일 것. 대부분(大部分)이며, 또한 전부(全部)일 것. 일부가 가리어 있어도 전체로서 완성(完成)한, 확실하게 하나인, 그러면서 단 하나인 시, 그것일 것.

이홍섭

1965년 강원 강릉에서 태어나 1990년 《현대시세계》 시 등단, 2000년 《문화일보》 신춘문예 평론으로 등단했다. 시집 『강릉, 프라하, 함흥』 『숨결』 『가도 가도 서쪽인 당신』 『터미널』 『검은 돌을 삼키다』, 산문집 『곱게 싼 인연』 등이 있다. 〈현대불교문학상〉 〈유심작품상〉 〈강원문화예술상〉을 수상했다.

시적 순간은 '초발심시변정각(初發心是便正覺)'에 있다

1. 시를 '쓰다'

처음으로 한 편의 시를 완성했다는 느낌을 받았을 때는 고등학교 2학년 때였다. 이것이 시구나, 시를 완성했을 때의 희열은 이런 것이구나 하는 감각이 몸에 새겨졌다.

한 편의 시가 완성되기 몇 달 전까지 나의 꿈은 화가였다. 원하지 않아도 미술부로 차출되었기 때문에 '그냥' 화가가 될 줄 믿고 있었다. 그러나 이 '그냥'은 천둥 같은, 벼락같은 한 사건 때문에 풍비박산 나고 말았다. 어느 날 갑자기 아버지께서 생사를 건 싸움을 하셨고, 나는 이 사건을 계기로 몸과 마음이 통째로 한 바퀴 도는 경험을 하게 되었다.

마치 언덕 아래로 굴러 내려가는 드럼통 안에 들어 있는 것 같았던 이

때, 캔버스와 4H연필과 색색의 물감은 나를 구원해주지 못했다. 내 몸과 마음의 변화된 느낌을 싣지 못하는 그림을 평생 그린다는 것이 무슨 의미가 있을까 하는 회의가 들었다. 근본적으로 화가가 될 재능이 부족하다는 것을 절감했다. 그 길로 미술부를 나왔다. 그대로 있었으면 '대충의' 화가는 되었겠지만, 실존을 건 화가가 되었을 리는 만무했을 것이다.

그런데 바로 그때, 언어가 찾아왔다. 허허벌판 같은 백지를 들고는 무수한 언어들이 마치 전사(戰士)처럼 들판을 내달려 내 속으로 들어왔다. 나는 한없이 굴러 내려가는 드럼통 안에서 이 전사들의 말들을 마구 받아 적었다. 그건 나에게 생존과 같았다. 쓴다는 것 자체가 생존이었다. 쓰지 않으면 굴러가는 드럼통 안에서 가슴이 터져 죽을 것 같았다. 그 당시 내 옷에 달린 모든 주머니에는 메모지들이 가득했다. 마술처럼 메모지들은 계속 쏟아져 나왔다.

그러기를 여러 달, 그 메모들은 점차 시가 되었다. 그리고 어느 날, 한 편의 시가 완성되었다는 느낌이 왔다. 새벽에 완성했는데 그날 아침이 마침 조회가 열리는 날이었다. 전교생이 교련복을 입고 운동장에 집합했다. 나는 그 근엄한 조회 시간에 바지 주머니에서 내 첫 작품을 꺼내어 옆 줄에 서 있는 친구에게 보여주었다. 친구는 너 미쳤냐는 표정을 지었다.

2. 첫 시는 실존이고, 구원이어야

대학에서 시를 가르치는 한 시인은 학생들이 시를 발표하면 그 시가 너의 실존에 얼마만큼 관계되어 있냐고 묻는다는 얘기를 전해들은 적이 있다. 나는 그 시인이 좋은 스승이라고 생각한다. 첫 시, 적어도 습작기의 시는 존재 그 자체여야 하고, 그 자신에게 실존이어야만 한다고 믿는다. 언어가 다른 그 무엇이 아닌 구원 그 자체여야 한다. 언어 아니면 나의 실존을 표현할 수 있는 것이 그 어디에도 없다는 사실을 절박하게 깨우친 이후에야 비로소 '시인'이 될 수 있다.

시가 유일한 구원이었다고 쓰면 시인들조차도 피식 웃는 시대이다. 진정성에 관해 이야기하면 구닥다리 시인으로 취급받는 시대이다. 평론가들이 그런다 해도 시인은 그러면 안 된다. 시는 내가 내 진정성에 '속는' 작업이다. "서정시는 어떤 진실도 즉각 진실이 되는 영역이다."라고 말한 밀란 쿤데라는 시를 아는 사람이다. 더 들어보자. "어제 시인은 삶이 눈물의 골짜기라고 말했다. 오늘 시인은 삶이 미소의 나라라고 말했다. 두 번 모두 시인은 옳다. 일관성이 없다 하지 말라. 서정 시인은 어떤 것도 증명할 필요가 없다. 시인 자신의 감정의 강렬함이 유일한 증거인 것이다." 틀린 말인가? 아니다. 나 또한 그러하기 때문이다.

시가 남사스러워지고, 시인들도 남의 시를 안 읽는 시대가 온 것은, 많은 시인들이 시인이 되기 이전에 거쳐야 할 고통스러운 과정을 제대로 거치지 않았기 때문이다. 적어도 시가 내 실존에서 유일한 구원일 때가 한번쯤은 있었어야 시인이라고 할 수 있다. 그 경험의 유무가 '시인'과 '비슷시인'을 가른다. 시가 유일한 구원이었던 때를 뼈에 새긴 시인은 멀리 가도 시인이다. 이것이 없는 시인은 평생 비슷시인이다.

3. 시는 계단처럼 좋아진다

시가 계단처럼 좋아진다는 말은 우리 시단에서 내가 처음 한 말이다. 나는 시가 마치 동산에 오르듯이 완만하게 좋아질 것이라고 믿지 않는다. 시가 동산에 오르는 것처럼 좋아진다고 믿는 사람은 언어와 치열하게 싸워보지 않은 사람이다. 시의 언어를 선택하는 것은, 그 선택으로 한 편의 힘 있는 시를 만들어가는 과정은, 납을 허리에 차고 저 깊은 바다 밑으로 내려가는 것과 같다. 해녀처럼 바다 깊은 곳으로 들어가 바닥을 찍어야만 전복도, 진주도 캘 수 있다.

한 바닥이 곧 한 계단이다. 적어도 세 바닥, 세 계단은 치고 난 뒤에야 시인이 될 수 있다. 한 바닥을 치고 나면 나도 모르게 한 계단을 훌쩍 오르게 된다. 그다음 바닥을 치고 나면 또 나도 모르게 한 계단을 훌쩍 오르게 된다. 언어가 수압을 견디지 못하면 결코 다음 계단을 오를 수 없다. 세 계단쯤을 오르고 나면 시 속에서 자유로울 수 있다. 언어의 운용, 시의 운용이 자재로울 수 있다.

계단 하나를 오르기 위해서는 자신의 대가리가 깨지는지도 모를 정도로 정진하고 또 정진해야 한다. 뒤에 얘기하겠지만 시는 '힘'이다. 수련하지 않으면 힘을 얻을 수 없다. 요즘 시들이 수다스러워진 것은 이 힘에 대한 수련이 없기 때문이다. 시는 이스트를 넣어 빵을 부풀리는 것이 아니라, 떡메를 쳐서 인절미를 만드는 것과 같다. 고물을 묻히는 것은 나중의 일이다. 나는 시를 마치 빵 굽듯이 쓰는 것을, 또한 시단이 그렇게 가르치는 것을 싫어한다. 그건 테크닉의 문제이지 시의 본질, 시 쓰기의 본질과는 아무 상관이 없다.

어릴 때, 집 뒤에 남산(南山)이라 불리는 작은 산이 하나 있었다. 산 정상에 있는 정자를 구경하려면 백여 개의 계단을 올라야 했다. 나는 정자가 보고 싶어 자주 계단을 오르곤 했는데, 오를 때마다 계단 수가 달랐다. 어떤 날은 102개였다가, 어떤 날은 99개였다가, 또 어떤 날은 105개가 되기도 했다. 나는 지금까지도 남산의 계단이 몇 개인지 모른다. 계단을 오르는 일은 이처럼 어렵다. 이러할진대, 언어를 지고 가는 시의 계단은 얼마나 큰 절벽일 것인가. 망상을 피우면 결코 오를 수 없는 계단이 시의 계단이다.

4. 시는 힘이다

시가 예술의 영역에 있는 한, '작품'이라고 불리는 한 '시의 힘', '힘의 시'를 추구해야 한다. 인쇄된 시들과 시집들은 이 힘을 겨루어야 한다. 시단은 이 힘을 겨루는 각축장이 되어야 한다. 그러지 못하니 좋은 시와 안 좋은 시 간에 분별이 없어지고, 시인과 비슷시인 간에 영역 구분이 안 된다. 언제부터 시가 지질하게 시인의 배경을 따지면서 평가받아 왔는가. 출신 학교, 직업, 수상 내역 등등에 시에 대한 평가가 묻어간다면, 그게 동네 양아치들이 하는 짓거리들과 무엇이 다르단 말인가. 내가 보기에, 이른바 명문대 교수를 지내고 가슴에 훈장들을 줄줄이 달고 있는 몇 분의 시인들 중에는 앞에서 말한 시의 계단을 한 번도 오르지 못한 분들도 있다. 그러고도 시를 말하고, 시인임을 앞세우니 혹세무민도 이런 혹세무민이 없다. 그냥 학자나 평론가로 종사하시면 누가 뭐라 그러겠는가.

시의 힘을 갖추기 위해서는 시의 장르성에 대한 깨달음과 시의 구성요소에 대한 오랜 수련이 있어야 한다. 시는 산문보다 훨씬 더 고유의 장르성을 가지고 있다. 마치 안팎이 단 한 번에 터지듯이, 수좌들에게서 화두가 터지듯이 장르성이 타파되는 날이 있어야 한다. 이 위에 시의 구성요소에 대한 수련과 자문자답이 더해져야 한다. 아직도 시의 힘이 무엇이냐고 묻는 시인이 있다면 그 시인은 습작 시절로 다시 돌아가 시의 장르성부터 타파하고 와야 한다. "시라는 실체는 원래 없었다, 시는 고정된 것이 아니다."라고 너무 쉽게 말하지 말자. 그런 말을 하려면 다른 데 가서 놀아야 한다.

5. '서정'은 있다

'서정'은 복잡하게 얘기할 게 없다. 시는 대가리로 쓰는 것이 아니라 가슴으로 쓰는 것이고, 이성 이전에 감성으로 쓰는 것이기 때문에 불이 붙을 수 있는 '심지'가 필요하다. 시의 심지를 갖추고 있으면 서정을 갖춘 것이요, 그렇지 못하면 서정이 없는 것이다. 서정이 시의 전부는 아니지만, 서정이 좋은 시를 만드는 '핵'임은 분명하다. 심지 없이 종잇장에다 불을 붙일 수 있지만 그건 그리 오래가지 않아 재가 되고 만다. 심지가 있으면 비록 작은 호롱불이지만 그 불빛은 오래 지속된다. 시가 그런 거 아닌가.

시의 심지는 시인 스스로가 만드는 것이다. 대가리만 굴리면 '대가리 시'가 나올 것이요, 가슴을 굴리면 '가슴 시'가 나올 것이다. 시 쓰기가 고통스러운 것은 시가 가슴에서 나오기 때문이다. 시 쓰기가 희열을 동반하는 것도 바로 이 가슴에서 시가 나오기 때문이다.

서정은 대상을 단박에 꿰뚫을 수 있는 능력이다. 쿤데라의 말대로 서정시는 어떤 진실도 즉각 진실이 되는 영역이다. 그건 가슴만이 할 수 있다. 가슴이 뜨거워야만 가능할 수 있다. 그걸 가능한 온도로 높이기 위해 술 마시고, 연애하고, 자신을 극한까지 몰고 가는 것이 아닌가. 시의 장르성을 타파하는 과정은 곧 서정을 부르는 과정이다. 장르성이 타파되면 서정은 가슴에 안착하여 언제든지 불이 붙을 수 있는 심지로 깊이 박힌다.

문제는 우리 시단이 자꾸 비슷시인들의 작품을 가지고 서정을 구태의연하다고 폄하하는 데 있다. 싸움을 하려면 제대로 된 시를 가지고 해야 한다. 한 계단도 오르지 못한 시들을 대상으로 '서정'이 흘러간 노래와 같다고 얘기하는 것은 나쁘게 말하면 비열한 짓거리다. 김소월은 1902년

생이고, 『진달래꽃』이 나온 해는 1925년이다. 우리는 아직 서정 근처에도 가보지 못했다.

6. 검객(劍客), 선객(禪客), 건달(乾達)

나는 처음에 시인이 검객과 비슷하다고 느꼈다. 언어를 운용하고, 시의 구성 요소들을 운용하는 게 마치 검객의 그것과 같았기 때문이다. 단박에 승부를 보는 것도 닮았다는 생각을 했다. 실제로 습작기 때는 검객과 같았다. 칼을 쓰기도 전에 눈으로 모든 것을 제압할 수 있었다. 깡패도 나에게는 덤비지 못했다. 바람을 가르던 시기였다.

인연이 되어 깊은 산속 절집에서 한 10여 년을 보낼 때는 시인이 선객 같다는 느낌이 들었다. 잿빛 승복을 입고 찬바람을 가르는 것은 검객과 닮았으나, 화두를 참구하는 것은 선객만의 그 무엇이 있었다. 그 모습과 태도가 시인의 그것과 닮았다.

서산대사가 쓴 『선가귀감』에서는 화두를 참구할 때 다음과 같이 해야 한다고 가르치고 있다. "무릇 화두를 참구할 때는 간절한 마음으로 공부를 하되 닭이 알을 품듯, 고양이가 쥐를 잡듯, 배고픈 이가 밥을 생각하듯, 목마른 이가 물을 생각하듯, 젖먹이가 엄마를 생각하듯 하면 반드시 뚫어낼 때가 있으리라." 앞서 말한 시의 장르성을 타파할 때까지는 이처럼 해야 한다.

조계종출판사에서 출간된, 그러니까 공인된 주석(지안스님 역)에 따르면, 위의 구절은 "닭이 알을 품는 것은 따뜻한 기운이 지속되는 것이요, 고양이가 쥐를 잡는 것은 마음과 눈이 움직이지 않는 것이요, 배고플 때 밥 생각하는 것이나 목마를 때 물 생각하고 젖먹이가 엄마를 생각하는 것은 모두 진심에서 우러나는 것으로 일부러 만드는 마음이 아니므로 간절하다. 참선하는 데에 이 간절한 마음 없이는 뚫어낼 수가 없는 것이다."라고 풀이하고 있다. 경험상, 위의 구절을 놓고 본다면 화두를 타파하기 위해 정진하는 모습은 시의 장르성을 타파하기 위해 절치부심하는 모습과 참으로 닮았다. 따뜻한 기운이 지속되어야 하고, 마음과 눈이 움직이지 않아야 하며, 무엇보다 간절해야 한다. 그래야 터진다.

지금은 좋은 시인은 건달과 같은 삶을 살아야 한다고 생각한다. 건달은 원래 불교 용어 '건달파(乾達婆)'에서 유래했다. 건달파는 원래 수미산 남쪽 금강굴에 살면서 제석천의 음악을 맡아보는 신이었다. 음식 대신 향(香)을 맡고 허공을 날아다녔다. 중국에서는 이 건달파가 마술사를 가리키는 말로, 건달파성은 신기루를 가리키는 말로 쓰였다. 종합하면 건달파는 음악을 좋아하고, 향을 맡고 살며, 신기루를 좇는 자라고 할 수 있다. 이 말이 우리나라에 들어와서 변화를 거치면서, 건달은 할 일 없이 놀고먹으면서 술과 춤을 즐기는 자를 가리키는 말로 굳어졌다.

언젠가 한 원로 시인이 지난 세월을 돌이켜보면서, 좋은 시를 남긴 시인들은 건달처럼 살았던 시인들이라고 회고하는 글을 본 적이 있다. 나는 그 말에 즉각 공감할 수 있었다. 그 말의 느낌과 뉘앙스를 즉시 받아들일 수 있었다. 검객과 선객을 지나면 그다음에는 건달이다. 건달은 신기루를 좇으며 그 어디에도 매이지 않는다. 시의 궁극은 자유를 얻는 것인데, 이 자본주의 사회에서 최소한의 자유를 얻고, 누리기 위해서는 건달처럼 살아야 한다. 나머지는 최소한만 남기고 버려야 한다. 그래야 시를 쓸 수 있다. 앞서 살다 간 좋은 시인들은 대부분 그랬다.

7. 시적 순간은 '초발심시변정각(初發心是便正覺)'에 있다.

불교 경전에 '초발심시변정각(初發心是便正覺)'이라는 말이 있다. 처음

발심한 그때가 바로 깨달음을 이룬 때라는 뜻이다. 순수했던 그 초발심이 곧 정각이기 때문에, 수행이란 그 초발심을 끝까지 유지하는 행위이다.

시도 여기에서 멀지 않다. 시의 장르성을 타파하기 위해, 온몸을 시를 향해 투척했던 그 지순한 초발심으로 돌아가면 시적 순간은 늘 유지된다. 그때 온몸을 휘감아 돌던 존재론적 질문은 화두처럼 남아 시를 쓸 때마다 따라오지만, 그것이 전부인 것만은 아니다. 연애할 때는 연애시가, 이별할 때는 이별시가 나오는 것이 당연하다. 시의 내용은 시간·공간·사람·자연·우주의 인연에 의해 이루어지는 연기(緣起)에 따라 늘 바뀌게 마련이다. 중요한 것은 시를 처음 만났을 때의 초발심을 유지하는 것이다. 그때 맡은 향기와, 그때 들려오던 음악과, 그때 펼쳐지던 신기루 속으로 들어갈 수 있으면, 언제 어디서나 시적 순간은 찾아온다.

시가 안 될 때는 책상 위를 싹 치우고 시집들을 올려놓아야 한다. 내가 사랑했던 시집, 내가 존경하는 시인들의 시집을 다시 읽어야 한다. 초발심시변정각은 어려운 일이 아니다. 한동안 시가 찾아오지 않아 이리저리 헤매다 비로소 깨달은 것이다. 땅에서 넘어진 자, 그 땅을 짚고 일어나야 한다.

입술

이홍섭

수족관 유리벽에 제 입술을 빨판처럼 붙이고
간절히도 이쪽을 바라보는 놈이 있다

동해를 다 빨아들이고야 말겠다는 듯이
입술에다 무거운 자기 몸 전체를 걸고 있다

저러다 영원히 입술이 떨어지지 않을 수도 있겠다
유리를 잘라야 할 때가 올지도 모르겠다
시라는 게, 사랑이라는 게
꼭 저 입술만 하지 않겠는가

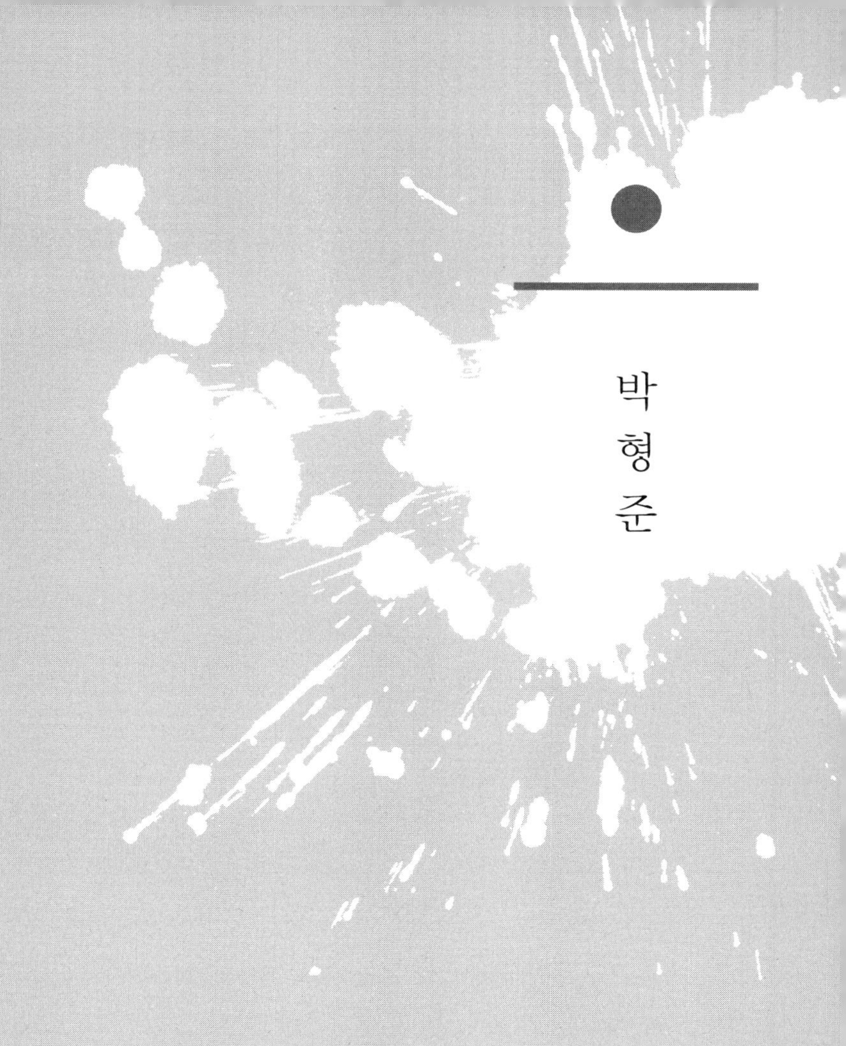

박형준

1966년 전북 정읍에서 태어나 1991년《한국일보》신춘문예로 등단했다. 시집『나는 이제 소멸에 대해서 이야기하련다』『빵 냄새를 풍기는 거울』『물속까지 잎사귀가 피어 있다』『춤』『생각날 때마다 울었다』『불탄 집』등이 있다. 〈동서문학상〉〈현대시학작품상〉〈소월시문학상〉〈육사시문학상〉〈유심작품상〉등을 수상했으며, 현재 동국대학교 국어국문문예창작학부 교수로 재직 중이다.

시적 순간은 의지의 꿈이고, 꿈꾸는 의지

시적인 순간들

글쎄. '꿈꿀 수밖에 없는 초월'이다, 이런 생각은 해본다. 그러니까 시적인 순간들이란 현실적으로는 잘 이뤄지지 않는 꿈들을 상상적으로 살아보는 행위가 아닌가 싶다. 그래서 내가 추억을 자주 시에서 끄집어내려고 하는 것 같다. 내 추억이란 것이 따지고 보면 좌절투성이겠지만, 시를 쓸 때는 그걸 살짝 희망이나 날아오름으로 바꾸는 초월이 작동하니까.

「가슴의 환한 고동 외에는」이란 시를 쓸 때를 예시로 들어본다. 이 시는 봄 저녁에 산책하다가 막 달려봤으면, 내가 다른 무엇으로 바뀌었으면, 그래서 그 바뀐 것이 나였으면 하는 심정으로 써봤다. 매혹이 없는 삶은 불행하니까. 매혹은 행복한 상태로의 이행을 말한다. 이 시는 봄날 거리에서 회양목의 노란 꽃망울을 보다가 정말 막 달려본 경험을 시로 옮겨본 것이다. 그것이 추운 삶의 막 뛰는 봄의 고동처럼 여겨졌다. 박동은 왠지 기계적인 느낌을 주지만 '고동'이라는 말에는 나에게 빠진 연인의 가슴에 귀를 대고 있는 느낌이 있다. 그런 봄의 쿵쾅거리는 고동을 꽃나무에서 듣고 있는 것이 좋았다. 하지만 연애가 그렇듯 좀 슬픈 매혹 같기도 했다.

「저곳」이라는 시를 쓸 때도 산책하다 문득 떠오른 생각이 계기가 되었다. 공중이란 말이 중심이 비어 있다 뭐 이런 뜻으로 다가왔다. 현실적으로는 풍요로운 것이 별로 없지만 공중이라면 비어 있으니까 역설적으로 살림을 차릴 수 있지 않을까 이런 생각이 들었다. 우리는 모두 자신의 입장에서 무엇인가를 보고 심지어 그것을 제 맘대로 갖고 싶어 하지 사물이나 다른 사람의 입장에서 자신을 보거나 자신이 가진 것을 내놓으려 하지 않는다. 사물의 입장에서 자신을 보게 되면 나와 사물 사이에 침묵이 가득하다는 것을 알게 된다. 비워서 충만해지는 상태가 아름다움이다. 허기진 사람에게만 삶은 약동한다.

시가 안 써질 때

자기 감정을 건축하는 것이 시라고 생각한다. 자연과 사람이 배제되지 않고 오히려 그것이 가장 본질적으로 빛을 낼 수 있도록 작품을 건축하는 것이다. 그러려면 사물이 보내는 눈짓이 시에 자연스럽게 녹아들고 숨 쉴 수 있어야 한다. 비밀스런 사물의 눈짓을 이야기로 풀어낼 줄 아는 것이 시인의 감정이다. 나는 그런 감정이 인생에서 사라지는 것이 가장 끔찍스럽다. 모호한 말이겠지만, 덧없는 것들이 아름답게 성화(聖化)되는 순간이 시라고 생각한다. 덧없이 세상은 흘러가는 것 같지만 찰나 속에서 보석처럼 단단하고 빛이 나는 절대적인 성스러움이 뻗어 나온다. 그걸 포착하는 순간 가난도, 슬픔도, 외로움도 성스럽다. 그렇지만 시가 안 써질 때는 가만히 몇 달이고 버티지만, 그게 또 너무 겁이 난다. 영원히 시를 못 쓸까봐 그렇다. 그럴 때 옛 시인들의 시를 읽는다. 김소월부터 보들레르까지 계속 읽는다. 그러다 보면 내 안에서 뭔가가 차오르기 시작하고 기억과 상상이 일체가 되는 것 같은 상태가 온다. 그걸 기다리는 것이다. 막 밤에 한두 시고 서너 시고 가리지 않고 거리로 나가 돌아다니기도 한다. 그러다 보면 시가 보인다. 한번은 봄에 개나리가 흐드러지게 피어 있는데 그 꽃 속에서 기타를 치고 노래를 부르는 청년을 본 적이 있다. 밤에 뭐가 그리 외롭고 그리운 게 있어서 저렇게 혼자 노래를 부를까 바라보고 있으면 시가 그렇게 내 안으로 들어와 비친다.

시를 어렵게 생각하지만 쓰고 싶어 하는 사람들에게

평범하지만 참 어려운 게 하고 싶은 걸 평생 하는 것이다. 갈팡질팡하면서 사는 거지만, 삶에 의지만 있다면 우리는 갈팡질팡하면서도 하늘을 잘 날 수 있다. 시야말로 그런 의지의 꿈이고, 꿈꾸는 의지인 것이다. 사실이 그렇다. 누구나 일목요연하게 계획하듯이, 계획한 대로 살아가는 삶은 없다. 그런 계획도 살다 보면 적극적으로 쳐부수어야 할 때가 있다. 시도 마찬가지. 계획한 대로 쓰는 시는 시가 아니다. 그건 죽은 시, 남의 삶을 본뜨고 모방한 것에 불과하다. 자기 경험이나 상상력 이런 것에 '몽상의 날개'를 달아줘야 한다. 우리는 천사가 날개가 달려 있다고 생각하지만 사실 천사는 날개가 없다. 필요에 의해 생기는 날개는 날개가 아니다. 의지가 있으면 날개 없이도 날 수 있다. 그러니까 시작법을 알아야 시를 쓸 수 있는 것으로 믿는다면 억지로 자기 시에 큰 날개를 달려고 아등바등하는 꼴이다. 자기 경험과 상상력을 믿으면 그게 아주 작은 날개라도 역동적인 힘이 생긴다. 시는 여행에 비유할 수 있다. 여행을 떠날 때 너무 큰 가방을 갖고 가면 아무것도 볼 수 없다. 작은 가방, 작은 날개가 우리로 하여금 하늘을 날게 하는 거다.

내가 시인들에 대한 산문을 쓰는 이유

내가 만난 시인들에 대해 쓴 글들 중에는 대학을 같이 다녔던 여림 시인에 대한 글도 있다. 데뷔한 후 문예지에 한 편의 시도 발표하지 못하고 쓸쓸하게 죽은 친구의 시들을 찾아 유고 시집으로 묶어내면서, 세상과 외따로 동떨어져서 자신의 피로 시를 쓰는 시인이 존재한다는 것과 하필 그가 내 친구였다는 사실에 정말 미안하고 부끄럽고 용서를 구하고 싶었다. 나는 나의 마음을 친구에게 추모사로 남기고 싶었고 그렇게 해서라도 위로하고 싶었다.

나는 시인들에게서 시라는 투명한 텍스트에 가려져 있는 그들의 가공되지 않은 삶을 만난다. 한 편의 시에서 텍스트로 완성되기 이전의, 오히려 충만한 '시적인 상태'와 만났을 때, 나는 행복하다. 쓰이기 직전의 충만한 시적인 상태야말로 우리가 꿈꾸는 뜨거운 '시' 아니겠는가.

또한 나는 정말 시인이 사소한 존재라고 생각한다. 그들이 무슨 시를 쓰든 이들의 목소리는 사회를 움직일 수도, 그리고 극단적으로 말하면 자기 가정의 평화조차 지켜낼 수가 없다. 그러나 이 사소한 존재들이 언어라는 창으로 세상을 내다보는 모습을 통해 이 세상에서 보이지 않지만 결코 잊혀서는 안 되는 존재들에 대해 말하고 싶었다. 시인은 이미지로서만 존재할 수밖에 없다. 하지만 이미지에 관한 이런 심미적 사실은 오직 그것을 쓴 시인의 우주 내에서만 가치가 있다. 결국 시인은 자신의 이미지를 통해 우리에게 세계와 우리들 자신에 관한 무엇인가를 말하고 있다. 이 무엇인가는 터무니없어 보이기도 하지만 우리 자신이 존재하고 있다는 것을 진실로 밝혀준다. 나는 시인들을 만나면서 이들 시인의 이미지 밑에 숨겨져 있는, 그래서 그 이미지를 시로 완성하기 직전의 뜨거운 삶을 보고 싶었다. 완벽한 연금술적 상태에 도달하려는 순간 자기 삶의 평범성이 한자락 묻히고 마는 잡티 섞인 보석과 같은 것, 그게 시이기 때문이다.

이 시대에 시인이 할 수 있는 일

나는 여전히 시를 통해 세계를 바꿀 수 있다고 믿는다. 그러나 방식은 다르다. 언어를 도구로 사용해서 세계의 모순과 싸우는 사람은 산문가다. 산문가에겐 사르트르도 말한 바 있지만 물에 빠진 사람이 물 밖으로 나왔을 때 무엇을 잡고 나왔는지는 중요치 않다. 그것이 막대기든 풀이든 상관이 없다는 뜻이다. 중요한 것은 자신이 물 밖으로 나왔다는 것이고 무엇인가를 해냈다는 사실이 중요하다. 하지만 시인이 세계에 참여하는 방식은 다르다. 시인에게 세계는 곧 언어다. 언어는 시인에게 도구가 아니라 존재 그 자체이다. 시인이 무엇을 말하든 그 무엇은 현실(리얼리티)의 죽음을 전제로 한다. 만약 내가 어머니라고 시에서 불렀을 때 현실로서의 어머니는 사라지고 언어로서의 어머니만이 있다. 시는 말할 수 없는 것을 말한다. 아무것도 말하지 않고 그 모든 것을 말하는 머뭇거림, 빈약한 소리의 격렬한 반복 곧 이미지를 통해 세상에 참여한다. 시인은 언어로서만 존재하고 언어로 세상에 참여한다. 시란 끝내 도달할 수 없는 것에 대한 열망을 지닌 것이다. 그래서 존재를 회복하기 위해 모호하고 다성적인 목소리를 지닌 것이다.

나를 시인으로 만든 것

도시로 전학 오기 전까지, 나는 가난이라는 것이 무엇인지 알지 못했다. 도시로 올라오면서, 공동체의 상실을 겪으면서, 나는 가난하다는 것이 무엇을 의미하는지 알게 되었다. 시골에서 산천을 떠돌며 자연 속에서 사람과 만나고 새를 만나고 풀과 바람을 만날 때는 그들과 한 호흡으로 숨 쉬고 웃고 만지고 듣고 하였는데, 도시로 올라오자 그러한 호흡은 산산조각이 났다. 한 호흡으로 숨 쉬던 인간과 사물은 도시에서 산산이 깨어져 서로에게 으르렁대며 손톱을 세우고 자신의 숨을 채우기 위해 다른 존재들의 숨구멍을 틀어막았다.

그리고 또한 나는 도시에서 비로소 내게 정말 많은 식구들이 있다는 것을 깨닫게 되었다. 왜냐하면 내 나이 또래가 자란 시골에서는 자식이 많은 가족이 꽤나 있었기 때문이다. 도시에서 부모님은 물론이고 누이들과 형의 삶을 지켜보면서, 내가 막내이기 때문에 가족을 위해 무엇인가를 해낼 수가 없고 바라볼 수밖에 없다는 사실을 알게 되었다. 도시에 올라와 살면서부터 나는 정말 바라보기만 하였다. 바라보면서 마음속으로만 비애 섞인 대상에게 참여할 수밖에 없었다. 그리고 바라보고 몽상하고 안타까워하면서 가족의 삶을 바라보는 어느 순간, 이 세상에는 나의 가족들과 같이 정말 서럽고 안타깝고 쓸쓸한 것들이 존재한다는 사실을 느끼게 되었다. 나는 언제나 그들을 보면서 그들에게 동참할 수 있는 것이 내게 언어 외에는 없다는 것을 알게 되었다. 그 언어 또한 직접적으로 세상을 바꿀 수 있는 것이 아니라 오로지 그들과 함께 숨 쉴 수 있는 하나의 호흡을 회복하기 위한 안타까운 몸짓이었기 때문에 '나'라는 존재는 갈수록 사소하게 되었다. 나는 그런 사소함으로 추억과 미래를 바라보면서 그들과 함께하는 삶, 그 한 호흡의 실체와 기원을 꿈꾸게 되었다.

산문집을 낼 때와 시집을 낼 때의 감정

첫 시집을 낼 때가 가장 좋았다. 출판사에서 책이 나왔다는 소식을 듣고 사람들에게 나눠줄 책을 양손에 한 꾸러미씩 들고 거리로 나와 걷다가 어느 집 처마 밑에서 책을 내려놓고 그중에서 한 권을 뽑아내 읽던 생각이 난다. 저녁이 올 때까지 내가 쓴 시들이 마치 종이 위에 쓴 글자가 아니라 어떤 따뜻한 숨결처럼 나를 어루만지던 그때 어둑어둑해지는 저녁의 빛깔이 이렇게도 아름다운가보다 하는 생각이 절로 났다.

산문집을 낼 때는 아무래도 이러한 떨림은 적다. 특히 시론집 비슷한 책을 낼 때는 먼저 대상이 된 시인들에게 미안한 마음이 앞선다. 정말 내가 그들의 시를 제대로 본 것인지, 나를 너무 앞장세워 그들의 시와는 다른 나만의 생각을 펼친 것은 아닌지 등등. 그래도 되도록이면 냉정한 비평이 아니라 감정의 빛깔을 살려 내가 쓴 글의 대상이 되어준 시인의 마음에 동참하고자 애썼다.

독자에게 하고 싶은 말

우리 모두는 사소한 존재이다. 누구나 이런 세상에서는 위로받고 싶어한다. 하지만 위로의 방식은 차이가 난다. 그럴 듯한 잠언으로 따스한 한 줄기 김이 나는 커피 향 같은 책도 좋지만 가끔씩은 진지하게 뭔가를 고민하는 목소리에도 귀 기울여주셨으면 한다. 시인의 목소리는 가늘고 여려서 이 세상의 소음 속에서는 언제나 가려져 있지만, 나는 독자야말로 진정으로 그 소음 속에서 그런 목소리를 가려들을 줄 아는 존재라고 생각한다. 위로는 이런 소통을 통해서 서로를 받아들이는 태도의 산물이지, 어설픈 가르침이나 자신만을 위한 독서에서 나오는 것은 아니다.

내 시에서 식물성의 정적인 느낌이 많이 나는 까닭

가끔은 동물을 소재로 시를 쓰기도 하고 그러는데 쓰고 나면 그 동물조차 식물적인 존재가 되어버린다. 나는 아름다움에 대해 이야기하고 싶었는데 그것은 찬란하고 역동적인 것이 아니라 허기진 그 무엇이다. 허기와 아름다움 사이에 그 무엇이 있을까? 나는 그 무엇이 침묵이라고 생각한다. 침묵은 일견 아무 힘이 없는 것 같지만 우리 마음에 파동을 일으키는 물결을 지니고 있다. 침묵은 아무 말도 말하지 않으면서 모든 것을 말하는 방식이다. 우리는 늘 '밖'에만 관심이 있지 '안'에는 관심이 없다. 나는 그러한 침묵을 또한 허기라고 부른다. 허기는 '안'에서 느끼는 것이지 '밖'에서 느끼는 것은 아니지 않는가! 그러니 허기에도 얼마나 격렬한 숨죽임이 있는가. 허기는 또한 비움이며, 그 비움이 아름다움을 불러온다. 나는 비워서 충만해지는 상태를 아름다움이라 명명한다. 내 안엔 식물이 자라지만 그 식물은 늘 멈추어 있지 않고 허기처럼 때로는 삶에 격렬하게 대항한다. 움직인다.

어떻게 살고 있으며 앞으로는 어떻게 살고 싶은지

대학에서 시를 강의한다. 가끔씩 이제 갓 스무 살을 넘긴 어린 학생들의 눈망울을 바라보면서 내가 몹쓸 짓을 하고 있다는 생각이 든다. 저 무죄(無罪)한 눈동자에 내가 지금 무엇을 새기고 있단 말인가, 내가 겪어온 가난과 고통과 상실을 학생들에게 '시'라는 이름으로 강요하고 있는 것은 아닐까 하는 생각이 드는 순간 미안해진다. 하지만 요즘 학생들은 나의 청춘 시절에 비하면 현명해서 심각한 내 말에 웃을 줄 알고 자기 삶의 방향으로 되새김질할 줄 안다. 그렇게 믿어야 되지 않겠는가. 시만 써가지고는 이렇게 복잡한 세상을 절대 살 수가 없다. 나는 그들에게 우리나라의 좋은 선배 시인들을 친척집 삼촌이나 고모나 할아버지 같은 존재로 삼으라고 말해준다. 정신적 의미에서 우리나라의 좋은 시인들의 시와 삶을 진심으로 이해하게 되면 그것이 육친만큼이나 가깝게 되고, 그래서 학생들이 공부했던 시인들이 삶의 뿌리로 작용하여 나중에 자신의 시를 쓸 때 정말 큰 나무로 성장할 수 있게 도와주기 때문이다. 학생들이 그러한 생의 뿌리를 인식하게 되면 자신들이 성장했을 때 겸손해져서 인간과 사물에 대해 경의를 표할 줄 알게 될 것이다. 시도 삶의 여러 가지 방식 중에 하나일 뿐 절대적인 것은 아니다.

내 시선으로 세상을 보면 나는 정말 가진 것이 없지만 내가 아닌 다른 것, 즉 타자의 눈으로 보면 역으로 나는 얼마나 가진 것이 많은가. 그래서 나는 강물 소리로 세상을 듣고 새처럼 하늘을 보고 노숙자처럼 세상의 가장 낮은 바닥에서 잠을 잔다. 언제나 시를 쓸 수 있다면, 그러한 재능만이 나를 구원할 수 있다. 물론 이것도 거창한 꿈이어서 언젠가 사라질 수 있지만 바슐라르 말대로 이 살기 어려운 세상에서 "숨을 잘 쉬게 해주니" 시가 좋다고 해야 하지 않겠는가.

마지막으로 하고 싶은 말

누구나 마음속에 악기가 하나씩 있다. 그것이 아주 고가의 것이 아니더라도, 먼지와 세월에 얼룩진 악기가 마음의 다락방에서 낡아가고 있는 것이다. 내게도 그런 기억이 있다. 어느 봄밤 술집에서 밤늦게 술을 마시다 새벽녘에 술집 한구석에 놓여 있는 기타를 들고 나온 적이 있다. 오다

가다 몇 번 들른 적이 있는 술집이지만 딱히 친한 사이도 아닌데 주인에게 저 기타를 가져가겠노라고 호기롭게 말해버린 것이다. 다음날 눈을 떴을 때 정말 기타가 내 방 한구석에 기대어 있었다. 그러자 술에 취해 끊어졌던 필름이 하나하나 이어지며 봄밤의 새벽 골목, 목련꽃이 흐드러지게 피어 있는 담장 밑에서 엎어질 듯 앉아서 치지도 못하는 기타를 튕기고 있는 모습이 떠올랐다. 누구나 그런 날이 있게 마련이다. 자신의 마음속에서 울고 있는 악기를 연주하고 싶은 그런 날이 우리의 생(生)에는 정말 존재하는 것이다. 나는 그 뒤로 다시 그 술집 주인에게 기타를 돌려주지 못했다. 맨정신으로는 어색해서 들고 갈 수도 없었거니와 밤늦게 잠이 오지 않는 날에는 치지도 못하는 기타를 한 줄씩 뜯으며 마음을 달래곤 했기 때문이다. 그러면 한 번도 꺼내보지 못한 내 마음속의 악기가 '이 생은 아직 살 만하다'고 따라 울곤 했다. 아무리 값진 악기라 할지라도 그것이 손상될까봐 박물관 같은 곳에 계속 걸어두기만 한다면 인간의 소유욕을 현시하기 위한 수단이 되어버린다. 악기는 악기로서 연주되어 제 역할을 다할 때 우리의 영혼을 일상의 틀 지워진 제도 바깥의 저 높은 영혼의 꼭대기로 끌어올려준다.

우리의 영혼 속에는 저마다 악기가 한 대쯤 놓여 있게 마련이고, 우리는 살아가면서 언젠가는 기억 속에서 잊힌 채 먼지를 뒤집어쓴 그 악기를 꺼내어 연주해야 한다. 그러므로 그 순간을 위하여 아직도 영혼의 근사한 이야기를 꿈꾼다면 자신의 마음속 악기를 깊은 밤에 혼자 튕겨 보는 연습을 하라. 시적 순간이란 악기를 다루듯 언제나 고독하게 자기 내면을 훈련하는 과정, 그 피나는 연습 속에서만 존재하니까.

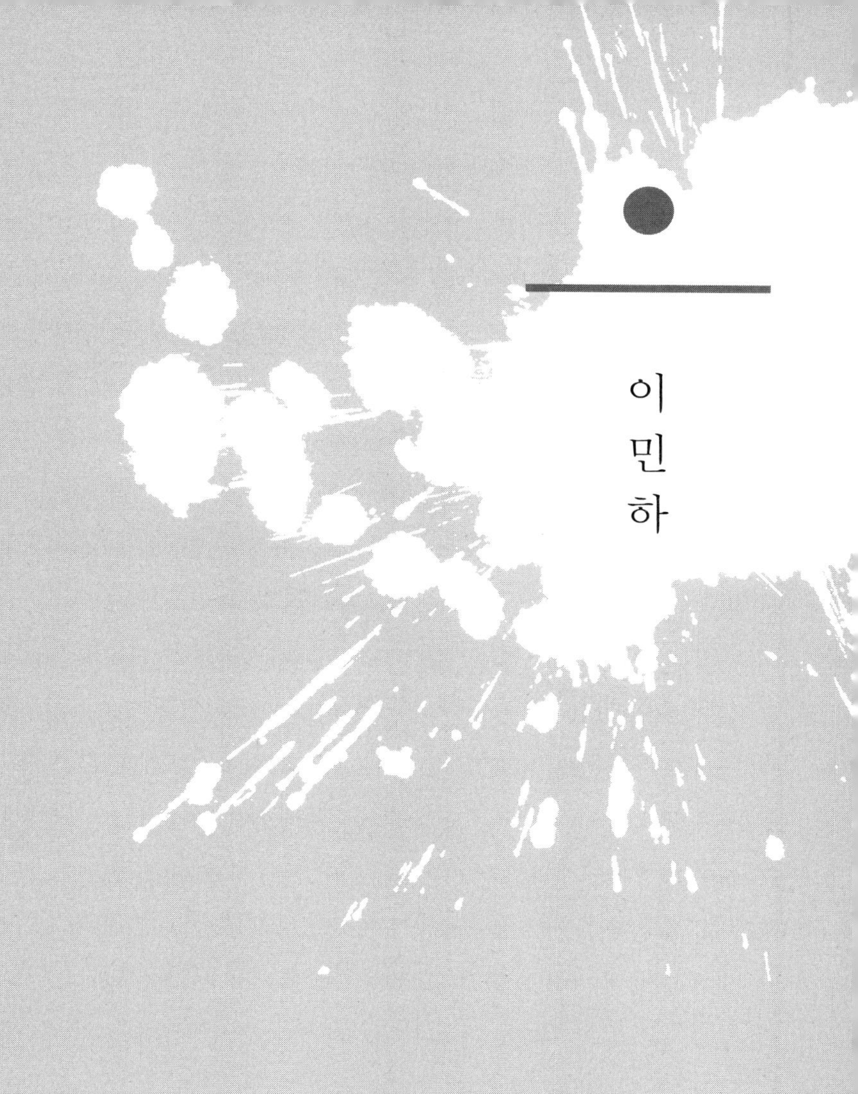

이민하

전북 전주에서 태어나 2000년《현대시》로 등단했다. 시집『환상수족』『음악처럼 스캔들처럼』『모조 숲』『세상의 모든 비밀』이 있으며〈현대시작품상〉을 수상했다.

수면의 떨림

수면

제임스 블레이크(James Blake)를 듣다가 잠들었었다. 'My Willing Heart'가 꿈결을 타고 흘러다녔다. 나는 노래를 따라 꿈 밖으로 나왔다. 잘생긴 백인 청년의 것이라고는 상상되지 않는 음색을 그는 어떻게 갖게 되었을까. 음색이 기억나지 않는 것들은 쉽게 잊혔다. 아니 무언가 떠나갈 땐 음색부터 지워졌다.

어떤 날엔 빗소리에 깨고 어떤 날엔 새 울음소리에도 깼다. 잠이 들어 몸의 걸쇠가 풀리면 온갖 미세한 소리들이 잠입해 들어온다. 깨어나면 덧문까지 여미고 문 밖에서 다가오는 소리들을 가늠한다. 문을 열어줄까, 말까. 고민의 속도가 줄었을 때 조금 성장했다고 믿었다. 그것은 다만 낮선 세계를 하나씩 잃었다는 뜻이고, 그렇게 모든 세계를 죽여 나갔을 때 폐허가 된 몸으로부터 나 역시 추방당하는 것일 텐데.

나이를 먹으면 어른이라고들 한다. 세상맛 좀 봤다고 생각한다. 어릴 적 공포 때문일지도 모른다. 최대한 멀리 달아났다고 생각한다. 나도 그러고 싶어서 한 발짝도 움직이지 않았다. 이건 일종의 자각몽. 멀리 도망칠수록 귀신은 빠르게 따라온다. 급기야 내 발소리와 귀신의 발소리가 겹쳐버리는 것이다. 그러느니 도망치지 말고 숨어 있자는 생각. 꿈 밖까지 따라오지 못하게 차라리 끝장을 보자는 생각. 머쓱해진 귀신이 되돌아와 내가 숨어 있는 옷장을 지나 휘적휘적 가는 것이다. 오지 않는 엄마를 기다리면서 나는 그곳에서 혼자 늙는 것이다. 어른이 되어 밖에서 돌아온 친구들이 잠 못 들고 뒤척일 때 라디오나 틀어주며 우정을 지켜나가는 것이다.

마음

밀루가 자다가 놀란 듯 소리를 냈다. 흐느낌이 반쯤 섞여 있는 소리다. 사람의 목소리가 흉내 낼 수 없는 슬픔이다. 늘 그런다. 어쩌면 어릴 적 길고양이 시절 끔찍한 일을 당했을지 모른다. 왼쪽 귀 끄트머리가 동그랗게 파여 있다. 괜찮아, 괜찮아. 내가 응답을 하거나 토닥여주고서야 녀석은 곤한 잠에 빠진다. 꼭 그런다. 나는 녀석의 신음을 따라 길바닥에 던져졌다 무얼 주워 돌아오는 기분이다. 떨어져 나간 귀 쪼가리가 내 손아귀에 쥐어진 기분이다. 다른 손 안엔 네 것이 들어 있는 기분이다. 나는 두 손이 신경 쓰인다.

간밤의 문자에 이모티콘이라도 붙일 걸 그랬다. 차라리 꿈에서 못 본 체라도 할 걸. 안부나 물으면 되는데 장난을 치려다가 너의 방황에 참견을 했다. 너라서 그런 건데, 너라서 아팠을까. 거리를 떠도는 너를 너에게 고자질했다. 내가 찔렀는데, 내가 벌을 받는다. 괜찮아, 괜찮아. 그런 응답 대신 돌아오는 이런 기억. 우리끼리 오가는 얘기만 진실이야. 그때 나는 너의 말을 정확하게 이해했었다. 소문이 가짜라서가 아니라 우리가 진짜라서.

덧칠

어떤 이미지는 위장이나 매장의 방식으로 사용된다. 하지만 그것마저도 위장일 수 있다. 덧칠에 대해 생각했다. 점점 더 얼룩지고 두꺼워지는 몸에 대해. 몸은 갈아입을 수 없으므로. 어떤 사람은 한평생을 그리는 데 한평생이 걸린다. 여섯 살엔 여섯 해의 삶을, 스무 살엔 스무 해의 삶을 조금씩 채워 간다. 열두 살에 70년의 그림을 그린 사람은 마흔 살엔 그 위에 다시 70년의 그림을 그린다. 그릴 때마다 같은 캔버스인데 그릴 때마다 다른 덧칠이다. 여백을 이미 써버린 사람에게 수천 가지 물감은 다른 방식의 가능성이다. 아직 닫히지 않았다는 뜻. 덧칠에 완성이 있겠는가. 오늘의 덧칠은 내일의 밑그림일 텐데. 미완성에 대해 생각했다. 그렇게 낡아지고 얇아지는 몸에 대해. 언젠가는 해지고 찢어져서 누군가의 밑그림이 될 것이다.

지금 여기는 어디일까. 수없이 겹쳐진 현실의 막다른 외벽.
혹은 수없이 감춰진 허공 속 태초의 우주.

빈틈

K 선생은 대체로 까칠하고 딱딱하지만 웃을 때 터뜨리는 구멍이 참 맑

다. 사람들은 어렵고 무섭다고들 하지만, 나는 그녀가 사랑스러워서 한 번은 하마터면 언니라고 부를 뻔했다. 나는 그 웃음 구멍이 아늑한 숲길 같다고 느껴졌다. 구김살 없는 그것을 들키지 않으려고 그녀는 차갑게 위장하고 있는지도 모른다. 노출되는 것은 오염되기 쉬우니까. 그것을 아끼고 싶어서 나는 헤프게 다가가지는 않는다. 그것을 우러르고 싶어서 나는 함부로 피하지도 않는다.

'비어 있음'으로써 존재한다는 것. 틈이 없다면 우리는 영영 지나쳐 갈 것이다. 네 언어와 내 언어 사이의 틈에서 이해의 가능성이 생겨나고, 네 시간과 내 시간 사이의 틈에서 관계의 가능성이 생겨난다. 틈은 이미 떠난 것들의 흔적이 아니라 아직 오지 않은 것들의 접선 장소다. 빈틈없는 충만감 속에서는 숨통이 막힌다. 행복감이 넘치면 우리는 죽고 싶다고 말한다. 이미 그것이 죽음에 든 시간인 줄 모르고.

녹색

나는 녹색광(狂)이다. 녹색 계열 말고 녹색. 보라색도 좋아한다. 보라색 계열 말고 보라색. 녹색을 좋아하는 만큼 녹색에 대해 예민하다. 연녹색이나 수박색도 좋기는 하지만 내가 특히 좋아하는 채도와 명도가 있다. 가령 파랑이나 노랑, 어느 한쪽으로도 쏠리지 않는 톤이다. 단어를 섞을 때 내가 원하는 녹색에 이르려는 심정으로 명도와 채도를 조절하는 것이다. 그와 같은 마음으로 나는 검은색 취향과 오렌지색 취향을 이해한다. 파란 사람을 이해하려고 파란 안경을 쓸 필요는 없다. 차이야말로 소통의 벽이 아니라 소통의 틈이니까. 자유로움이 반드시 다양성을 요구하는 건 아니지만, 자유로움이 전제되지 않은 다양성이란 없다. 시의 다양성은 어느 경우에서든 옹호되어야 한다.

이웃

얼마 전 어떤 독립잡지에 인터뷰를 한 적이 있다. 『세상의 모든 비밀』을 두 손으로 번쩍 들고 사진을 찍었다. 네 컷을 찍었고 세 컷을 실었다. 훌륭한 실력이었다. 카메라맨이자 인터뷰어이자 발행인인 이십 대 중후반의 젊은 남자는 적은 말수로도 포부가 드러났는데 아직은 신생 잡지이고 구독자 수가 열다섯 명이라 했다. 내가 잘못 들었나 싶었지만 굳이 되묻지는 않았다. 열다섯이라는 숫자가 주는 설렘을 깨고 싶지 않았다. 문학에는 관심이 없을지도 모르는 열다섯 명의 일상에 가볍게 끼어드는 기분이었다. 나는 이런 사소함이 좋다. 아무런 정보나 선입견이 없기는 우리 서로 마찬가지다. 이런 건 사건이 된다.

두 해 전 방한한 프란치스코 교황이 남긴 말 중에 "평화는 단순히 전쟁이 없는 것이 아니라 '정의의 결과'"라고 했던 말이 아직 귓가에 남아 있다. 정의가 배제된 고요는 평화로 볼 수 없다는 얘기로 들렸다. 명사나 형용사로만 기능했던 '정의'가 적극적으로 나서고 움직여야 한다는 얘기로도 들렸다. 그러한 고요를 지키기 위해 세상에는 얼마나 많은 말들이 필요할까. 고독과 침묵 사이에 시가 있다고 믿지만, 고독과 침묵이 미안해지는 날들인 것이다. 저녁 8시의 JTBC 뉴스룸은 형광등 불빛만큼 신경 쓰인다. 그럼에도 "내일도 최선을 다하겠다"는 손석희 앵커의 굿나잇 인사가 없이는 밤을 견디기 힘든 것이다. 이런 건 일상이 된다.

당신

당신이 잠을 잘 잤으면 좋겠어요. 당신은 나의 주인공. 내 이야기가 조금이라도 도움이 되었으면…. 악몽이 심할 때 내가 쓰는 방법을 소개해 줄게요. 잠이 안 올 땐 이렇게 해봐요. 바닥에 누워 몸을 최대한 넓게 펼치세요. 두 손을 배 위에 모아도 좋고, 두 팔을 머리 위로 뻗어도 상관없어요. 혹은 얼굴을 살짝 옆으로 돌린 채 엎드리는 자세도 괜찮아요. 몸에만 집중하세요! 몸이 원하는 자세를 찾으세요. 온몸의 기운을 빼고 최대한 납작해지세요. 종이처럼 바닥에 달라붙으세요. 특히 얼굴에서 힘을 빼세요. 방법은 이렇습니다. 눈을 감고 눈꺼풀을 아래로 당기는 기분으로 시선을 끌어내리세요. 그게 어렵다면 시선을 이마 정중앙을 향해 모으세요. 그다음이 중요해요. 입꼬리를 살짝만 올리세요. 미소를 머금듯 그 모양을 유지하세요. 마지막으로 심호흡. 숨을 턱 밑에까지 부풀렸다가 끝까지 남김없이 비우세요. 깊숙이, 그리고 길게 반복하세요. 오로지 호흡에만 집중하세요! 천천히, 아주 천천히.

지금 여기는 어디일까. 과거의 내가 예감했던 미래의 한 지점.
혹은 미래의 내가 기억하는 과거의 한 지점.

문제

누구의 삶에도 매뉴얼은 없다. 그런 게 있다면 아마 훌륭한 과거를 가질 수 있었겠지. 첫 경험엔 늘 실패하고 반복되는 경험엔 의심을 한다. 똑같은 경험이란 세상에 없으니까. 오늘 만난 사람이 어제 만난 사람이 맞는지, 아니 왜 어제 만난 사람처럼 행세하는지 당황한다. 그도 나를 그런 눈으로 볼까. 그런 게 속임수라고 생각되면 우린 끝인데. 그러나 만날 때마다 무심하다면 우린 시작되지도 않을 텐데. (너에 대한) 확신이 생긴다면 (우리에 대한) 확신은 사라진다. 무얼 확신할 수 있을까.

어떤 문제는 의외로 단순하다. 하지만 진짜 문제는 그것이 의외(意外)라는 데 있다. 우리 삶의 대부분은 의중(意中)을 품고 있으니까. 문제를 복잡하게 풀어가고 있다. 왜? 우리는 아름다움을 찾고 있다. 정답을 보류하면서 새로운 해설을 연구한다. 답안지를 고민하면서 고유한 필체를 연습한다. 누구나 아름답다고 느끼는 것은 굳이 시로 쓰지 않아도 아름답다. 나는 가급적 눈에 잘 띄지 않는 곳에서 궁리한다. 우리가 버려진 곳, 그리하여 울음 직전의 의문이 안개처럼 퍼져 있던 곳. 생각해보면 내가 너를 모를 때 너는 아름다웠다. 그것이 너답게 했고 너를 움직이게 했고 네가 모호할수록 진실에 가까웠다. 모호함에 기여하려고 시는 무능과 무력을 연마했다.

없다

물이 담긴 스프레이를 들고 현관문 밖으로 나갔다. 낡은 선반 위에 화분 대용으로 놓인 납작한 머그잔이 햇빛을 듬뿍 쪼이고 있다. 며칠 전 캣그라스(cat grass)를 키우려고 호밀 씨앗을 뿌려두었는데 그중 몇 알이 발아했고 그중 두어 싹이 힘차게 자라 오르고 있다. 이번에는 예감이 좋지만 물을 너무 많이 줘서 썩혀버렸던 지난번처럼 다시 실패할지도 모른다. 몇 줄기는 끝까지 솟아올라 기어코 자신의 수명을 완성할 수도 있다. 그럼에도 실패는 거듭된다. 실패했던 기억마저 실패할 것이므로. 나는 다시 씨앗을 묻을 것이다.

시적인 순간은 없다. 그런 게 있다면 왜 굳이 시 속에서 헤매겠나. 시를 쓰는 순간이 시적인 순간이다. 시를 쓰는 순간은 마음을 쓰는 순간이다. 없으니까 쓴다. 재미가 없어서 쓰고 감동이 없어서 쓰고 침묵이 없어서 쓴다. 부끄러움을 쓰고 두려움을 쓰고 불안을 쓴다. 없애려고 쓴다. '없음'에서 시작한다. 시작(詩作)을 한다.

떨림

백지 화면 앞에 덩그러니 앉아 있으면 텅 빈 악보를 펼친 기분이다. 키보드는 키보드대로, 나는 나대로 우리는 처음 만난 사이 같다. 하지만 운이 좋은 날엔 키보드를 두드릴 때 피아노 소리가 난다. 그럴 땐 낯선 음표들이 서로를 엮으며 화면 위로 쏟아진다. 그걸 더 리얼하게 느끼려고 손등과 팔목을 수평으로 세우고 두드릴 때가 있다. 피아노 치는 기분으로. 리듬에 실리는 기분으로. 물결을 타는 기분으로. 흘러흘러 사라지는 기분으로.

나는 긁는다. 가려워서 긁고 지루해서 긁고 우스워도 긁고 아파도 긁는다. 기억을 긁고 어둠을 긁고 언어를 긁고 시간을 긁는다. 우리 사이를 긁고 그 너머를 긁고, 긁어서 부스럼을 만든다. 긁은 부위를 또 긁고, 끝내는 긁고 있다는 생각마저도 긁는다. 긁어서 구멍을 만든다. 그 속으로 내가 흘러간다. 나를 벗어나면서 물결처럼 나를 잘게 쪼갠다. 파문처럼 나를 퍼뜨리면서 나는 나에게 묶여 있다. 수면이 일렁이는 건 바람이 밀고 있다는 건데 물은 왜 늘 제자리 같을까.

잘게 떨리는 피부 아래서 핏물이 잔잔하게 흐르고 있다. 하늘 저 멀리 비행기가 지나가고 모르는 나라에서 화약이 터진다. 나는 그 소리들을 들으면서 잠의 물결 속에 잠긴다. 작고 희미한 물고기들이 폭포수처럼 떨어져 이불처럼 덮이고 나는 가장 낮은 곳에 누워 있다. 까마득히 먼 바다에서 흘러들어 덜 잠긴 수도꼭지를 타고 똑 똑 떨어져 내리는 물방울 소리를 들으며 나는 잠이 들 것이다. 내일은 다른 음악을 들을 것이다. 내일은 또 다른 오늘이다. 내일은 없다. 새로운 음악은 없다. 다른 음악을 들을 것이다. 아무 소리가 나지 않는 음악을 들을 수도 있다. 잠그지 못한 수도꼭지가 신경 쓰인다. 한 방울 두 방울 가까스로 시가 쓰인다.

김언희

경남 진주에서 태어나 1989년 《현대시학》으로 등단했다. 시집 『트렁크』 『말라죽은 앵두나무 아래 잠자는 저 여자』 『뜻밖의 대답』 『요즘 우울하십니까』 『보고 싶은 오빠』가 있다. 〈박인환문학상 특별상〉 〈경남문학상〉을 수상했다.

맹인용 카메라

기억은 문둥병 걸린 거울이다.

*

밤의 공중전화 부스. 전화기에서 떨어진 수화기가 공중에서 흔들거리고 있다. 제 탯줄에 목을 맨 태아(胎兒)처럼.

*

물컵이 엎어진다. 테이블 위로 스르르 기어오는 유리 뱀 한 마리.

*

시인의 재질(材質)은 스티로폼이다. 산산조각이 난 다음에도 물 밑으로 가라앉는 법이 없다. 수면 위의 흉물들.

*

고정관념에 사로잡힌 사람은 통나무 도마에 얼굴을 박고 있는 식육점 손도끼 같다.

*

귀는 얼굴에 달린 손잡이다. 귀는 종종 얼굴을 냄비로 만든다.

*

소금쟁이 한 마리가 물 위를 더듬더듬 더듬고 다닌다. 물속에 지팡이를 빠뜨린 맹인처럼.

*

망자의 의치(義齒), 진주알처럼 가지런한 원념(怨念)의 치열.

*

남의 생식기를 빤히 들여다보지 마시오. 꽃이 말했다. 남의 생식기에 코를 갖다 대지도 마시오. 꽃이 톡! 쏘아붙였다.

*

모든 시인의 팬티 속에는 훔친 능금이 있다. 대천사의 귀두처럼 빛나는 능금이.

*

하품은 하품하는 사람에게서 나오는 것이 아니다. 하품은 아주 먼 데서 당도한다. 빛이 먼 데서 당도하듯이.

*

하품은 하품하는 사람의 안팎을 뒤집어놓는다. 호주머니를 뒤집어놓듯이.

*

그리고 어떤 낱말은 생니처럼 뽑혀져 나온다. 펜치와의 사투(死鬪) 끝에. 피와 살점을 물고서.

*

박물관 잔디밭에 부처들이 앉아 있다. 뎅겅 잘린 머리들을 도시락처럼 지참하고서.

*

지구는 우주의 G 스팟. 핵탄두는 지구가 장착한 오르가슴 버튼이다.

*

빨랫줄 위에서 한 물방울이 한 물방울을 마신다, 흡! 온몸이 온몸을 마신다, 흡! 온 우주가 온 우주를 마신다, 흡!

*

대지의 음핵을 왕관처럼 받들어 쓰고 있다. 팔월의 맨드라미.

*

건반 위에서 피아니스트의 손가락은 갈매기처럼 활공한다. 음악의 비말(飛沫) 위를.

*

시인은 맹인용 카메라, 시는 맹인이 찍은 사진이다.

*

독생자(獨生子)를, 하나뿐인 아들을 씹도 안 하고 낳았다고 북북 우기는 즐거움이, 진정 신이 되는 즐거움 아닐까.

*

시인과 도끼는 침묵한다. 일격을 노리며.

*

창자에 들러붙어 떨어지지 않는 허기의 귀뚜라미, 집요하기 짝이 없는 무쇠 귀뚜라미.

*

타고 있는 담배의 이글거리는 눈, 검은 아이라인이 짙게 그려진 눈.

*

목련 꽃잎이 바람에 갈기갈기 흩어진다. 부들부들 떨리는 손으로 찢어 흩는 편지처럼.

*

사과라는 사과는 모두 이빨 자국을 숨기고 있다.

*

작가는 귓구멍에 대고 사정하는 자들이다. 귓구멍이 아니면 안 되는 자들. 5초만, 딱 5초만 넣을게. 이 대사만큼 작가에게 어울리는 것도 없다.

*

눈은 영혼의 창이 아니다. 뇌의 창이다.

*

눈에서 흐른다고 다 눈물은 아니다. 바다거북의 눈에서 흘러내리는 것은 오줌이듯이. 지금 네 눈에서 흘러내리고 있는 것이 침이듯이.

*

지는 해는 네 목구멍 속으로 꼴딱 넘어간다. 참기름에 띄운 노른자처럼.

*

전시장 벽면에 전봇대 크기의 분필 하나가 비스듬히 세워져 있다. 백육십 여덟 명의 골분(骨粉)으로 만들어진 분필 하나가.

*

매 순간이 벌새에게는 종말 3초 전이다.

*

죽는 날까지 그 얼굴은 네 눈 속에 떠 있을 것이다. 물속에 얼굴을 담근 익사체처럼. 네 눈동자 안쪽을 들여다보면서.

*

아침 열 시에도 불쾌한 숙취의 무화과. 게슴츠레한 무화과의 우주, 뼈 없는 우주가 말씀하신다. 너희는 달게 빨아먹으라. 이는 내 밑이니라.

*

백목련 가지 위에 주먹만 한 백골(白骨)들이 허공을 찢어발기며 불거져 나온다. 4월.

*

머리 가죽을 벗긴다 해도, 그 기억으로부터 너를 벗겨낼 수는 없을 것이다.

*

빗방울들이 맹렬하게 꼬리를 흔들며 자동차 앞창을 거슬러 올라간다. 난자를 향해 돌진하는 정충들처럼.

*

시는 여직도 처녀 행세를 한다. 백발의 갈보 주제에.

반감기(半減期)

김언희

나는 불어젖히네 사랑을 색소폰처럼

불어젖히지 불멸의
색소폰을

온몸의 뼈다귀들이 필라멘트처럼 빛을 낼 때까지

불어젖히네
당신을

불다 불다 내 머리통까지
불어 날리네*

사랑은 방사성
폐기물질

반감기가 오기까지
45억 년이
걸리네

---

*제프다이어

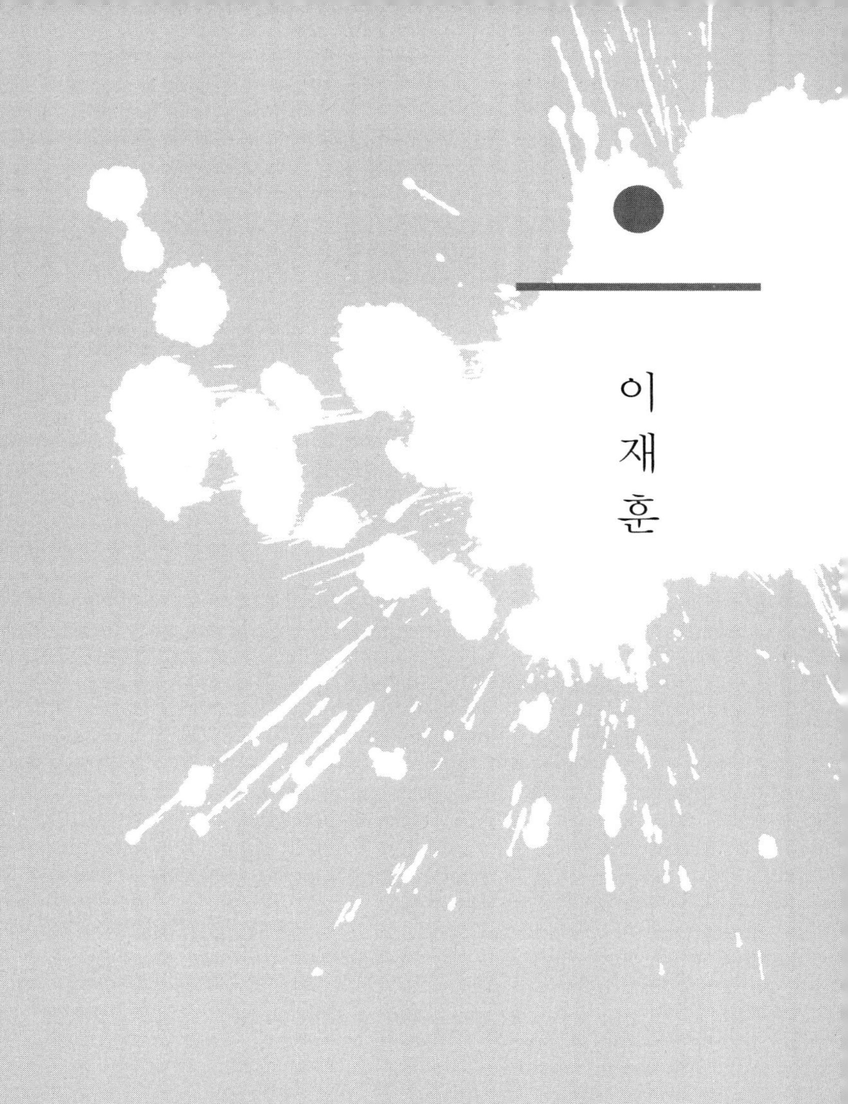

이재훈

1972년 강원 영월에서 태어나 1998년 《현대시》로 등단했다. 시집 『내 최초의 말이 사는 부족에 관한 보고서』 『명왕성 되다』 『벌레 신화』, 저서 『현대시와 허무의식』 『딜레마의 시학』 『부재의 수사학』. 대담집 『나는 시인이다』 등이 있다. 〈현대시작품상〉 〈한국시인협회 젊은시인상〉 〈한국서정시문학상〉을 수상했다.

단독자의 고백

틈

틈에 대해 생각한다. 경험의 틈을 생각한다. 시간의 틈. 감정의 틈. 말의 틈. 상상의 틈. 비유의 틈. 사고의 틈. 환희와 절망의 틈. 틈에 대해 쓴다. 틈틈이 틈을 생각한다. 틈을 생각하는 순간이 시가 태어나는 순간이다.

다른 시간

절연된 시간. 구석의 시간. 느린 고독의 시간. 장롱 속의 시간. 홀로 오래 앉을 수 있는 술집 구석의 시간. 멍 때리는 시간. 자주 그런 시간을 만들기 위해 노력한다. 그런 시간 속에서 말이 태어난다. 하지만 나를 가만 두지 않는다. 어느덧 그런 삶이 되었다. 그게 사람살이라고 말한다. 나는 늘 다른 시간 속에 들어가고 싶다. 다른 시간 속을 살고 싶다. 다른 시간 속에 오래오래 멍하니 누워 있고 싶다.

타인

친구를 만난다. 동생을 만나고, 친구도 동생도 아닌 지인을 만난다. 선생님을 만난다. 내가 만나는 대부분은 시인 친구. 시인 동생. 시인 선생님이다. 쉬운 사람들이 아니다. 때론 얘기를 하다 왠지 서글퍼져 눈물 지을 때도 많다. 누군가를 만난다는 것. 설레고 신나는 일이다. 누군가와 소통한다는 것은 영혼을 나누는 일이다. 어느덧 아무런 자의식 없이 사람을 만나는 일이 일상의 흔한 일이 되어버렸다. 타인을 통해 나를 본다. 타인의 눈빛을 통해 내 눈을 들여다본다. 타인의 눈동자에 비춰진 나의 가식을 본다.

기적

예수는 물로 포도주를 만들었다. 떡 다섯 개와 물고기 두 마리로 오천 명을 먹이고도 열두 광주리를 남겼다. 물 위를 걷기도 했다. 이 황당하기만 한 기적을 많은 사람들은 믿고 있다. 믿음의 힘은 기적을 사실로 만든다. 나는 때로 기적을 믿는다. 물이 변하여 포도주가 되었다는 기적은 얼마나 시적인가. 기적의 힘이 구원을 슬몃 엿보게 할 수 있다고 나는 말해보는 것이다. 시도 믿음의 힘이 있어야 가능한 문장들이 너무 많다. 그 믿음의 힘으로 시는 하찮고 흔한 세계를 격변과 구원의 세계로 우리를 인도한다.

단독자

하나의 성향을 갖지 않는 것. 하나의 이즘과 신념에 빠지지 않는 것. 이데올로기를 신뢰하지 말 것. 내 속에 구원에 이르는 성을 건축할 것. 나의 종교를 만들 것. 가장 완고하고 유연한 단독자가 될 것. 내 종교의 신도는 아무도 두지 말 것. 그 속에서 몸을 꿈틀거릴 것. 혼자만 침묵할 것. 이 세계의 징표를 혼자만 느낄 것. 시에 대고 소곤거릴 것.

저물녘

저문다는 것에 예민해진다. 해가 질 때. 노을이 들판을 물들일 때. 낙엽이 붉게 물들어 갈 때. 하늘이 잿빛으로 물들 때. 내 머리칼이 새치로 하얗게 변해갈 때. 저물거나 물드는 건 시들어가는 것. 늙어가는 것. 소멸해가는 것이다. 저물고 늙어가는 것이 아름다운 일이라는 것을 언제 나는 알았을까. 아마 선험적으로 알았으리라. 오직 사람만이 늙어가는 것에 대해 끔찍하게 생각하겠지.

기차

요즘 일주일에 한 번씩 호남선 기차를 탄다. 기차를 타며 여러 생각을 한다. 이 기차를 타고 먼 남도에 가서 시를 얘기한다. 어딘가로 떠나는 이유가 시를 얘기하는 것이라 생각하니 뭔가 모를 벅참이 있다. 이 기차에 시를 얘기하러 떠나는 사람이 있을까. 하지만 기차에서는 시상이 잘 떠오르지 않는다. 마음은 늘 낭만적인데 왜 시의 문장이 떠오르지 않을까. 나는 왜 늘 피곤할까.

결핍

결핍 없는 자가 어디 있을까. 시는 결핍의 산물이 아닐까. 늘 나의 고요함에 대해. 나의 식물적 습성에 대해. 우리 집의 신교적 가풍과 큰집의 무속적 가풍에 대해. 늘 게으르고 머뭇거리는 습관에 대해 아무 말도 할 수 없었다. 하지만 시가 그런 묵언의 습관을 해방시켜 주었다. 가장 절실한 말, 가장 속악한 말이 머릿속에서 웅얼대었다.

숭고

라다크 판공초의 물을 보며 태초 원시의 시간으로 되돌아간 것 같았다. 레에서 투르툭으로 산맥을 따라 이동하며 보았던 히말라야의 속살은 이곳이 지구가 맞나 하는 생각이 들었다. 희박한 산소 때문에 가는 숨을 쉬며 조심조심 올랐던 곰파 속에서는 아무 생각도 들지 않았다. 아무도 찾지 않는 동해의 밤바다를 마주했을 때는 갑자기 공포스러웠다. 나는 늘 원시의 감각이나 근원의 사유를 좇는다. 때론 내 이성을 마비시키고 공포스럽더라도, 그 앞에서 느끼는 생각의 무화를 자꾸만 반복해서 느끼고 싶다.

전언

"너는 완벽한 교훈을 동경하지 말고 너 자신의 완성을 동경하라."(헤르만 헤세)

"내 말을 믿어라. 실존의 가장 큰 결실과 향락을 수확하기 위한 비결은 다음과 같은 것이기 때문이다. 위험하게 살아라."(니체)

이 두 구절이 지난 이십 년 동안 나를 지탱하게 했다.

미래의 시

시는 종종 미래를 향한다. 미래의 가정 속에서 현재를 점검하고 예견한다. 미래를 점쳐보며 시를 읽는 일은 늘 즐겁다. 설령 미래의 그것이 허황된 것이라 하더라도 그 허황의 부질없음이 시를 새로운 것으로 얘기하게 한다. 현재의 시는 늘 미래에 쓰일 시를 예감하며 읽힌다. 그다음의 시가 어떠한 방향과 언어의 질감으로 나아갈지에 대해 생각한다. 때론 현재의 시가 완미한 세계를 담고 있음에도 불구하고 그다음의 시를 걱정할 때가 있다. 즉 그다음에 어떤 시를 쓸 수 있을까 걱정할 때가 있다. 읽는 자가 걱정할 일은 아니지만 시단의 공동체는 모두 자기 일과 같다고 생각한다. 마치 나의 걱정처럼. 때로는 현재의 시가 여러 허점을 갖고 있음에도 불구하고 앞으로 나아갈 지점이 많은 시들이 있다. 그 지점이 문제적인 것이다.

밤

이상한 아침을 자주 맞는다. 모든 것이 낯설다. 주변을 둘러보며 내가 사는 곳이 맞나 하는 생각. 내가 벌레라면, 벌레였다면 어떨까 하는 생각. 혹시 나는 벌레가 아닐까 하는 생각. 이상한 아침을 맞는 날엔 이상한 저녁을 맞기도 한다. 시는 이상한 아침을 지나 이상한 저녁을 지나 이상한 밤이 되어서야 써진다.

바느질

격정에 의해 터져 나오는 방언을 받아 적기엔 너무 늙어버린 것인가. 이제는 언어의 바느질을 한다. 한 땀 한 땀 언어를 꿰매고 짓는다. 누더기가 된 시 한 편을 붙들고 허망하게 쓴웃음을 짓는다. 간혹 누더기의 스타

일이 새로운 빛과 모양새를 만들기도 한다. 그럴 때면 장인의 표정으로 습작 수첩을 매만져보는 것이다.

수첩

수첩은 없어서는 안 될 시적 순간의 공모자가 되었다. 입으로 달싹거리며 첫 행을 외우고, 다시 달싹거리며 두 번째 행을 외우던 시절은 지났다. 금세 잊어버린다. 나이 든다는 것은 기억과 멀어지는 일이다. 무조건 적어야 한다. 하지만 매번 적는 시기를 놓치고, 적으려다가 다시 잊어버리고, 적는다고 마음만 먹거나, 수첩을 가져오지 않거나. 요즘은 스마트폰에 적는다. 가장 손쉽다. 스마트폰이 있더라도 그건 메모일 뿐이다. 시는 종이에 사각사각 펜을 굴리며 적어야 터져 나온다.

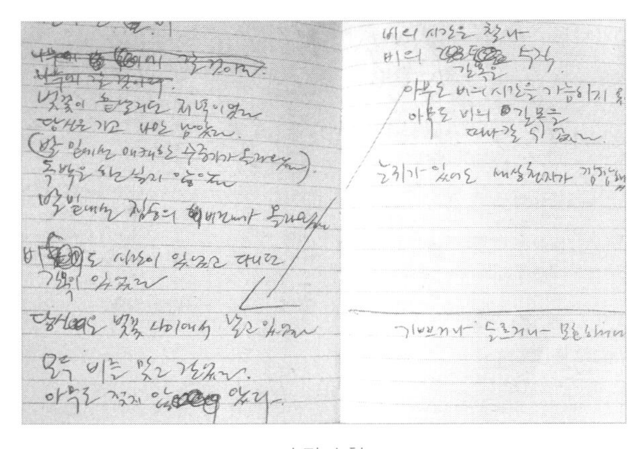

습작 수첩

음악

한때 음악에 파묻혀, 그 소리의 파동들이 전해주는 영감을 받아 적은 적이 있었다. 이제 음악은 내게 무얼까. 옛 기억을 끄집어내는 오래된 다방의 DJ일까.

사진

사진으로 내 상상력의 많은 부분을 연명했다. 캐논 SLR 카메라를 세 대 썼으며, 서브 카메라를 두 대 사용했다 이제는 모두 떠나보내고, 아주 작은 파나소닉 루믹스 한 대만 남겨놓았다. 대신 스마트폰 카메라로 많이 찍는다. 자꾸 찍어본다. 혹시, 혹시 엄청난 것을 발견할까 하고. 혹시나 하고 찍지만 역시나 별 볼 일 없는 것만 자꾸 확인하면서.

흔적

시적 순간은 정말 순식간에 사라진다. 오래 머문 시간에 비해 시가 발생하는 순간은 찰나이다. 나뭇잎을 오래 보고 있으면 흔적에 대해 생각을 한다. 흔적의 바람에 대해. 흔적의 사연에 대해. 흔적의 본질에 대해. 문제는 그다음이다. 생각을 시로 옮기는 과정은 쉽지 않다. 매번 실패한다. 어떤 경우엔 모든 걸 지운다. 어떤 경우엔 한 줄만 겨우 남는다. 겨우 남은 한 줄을 붙들고 그다음 줄을 고민한다. 시는 매번 실패의 반복을 경험하여 겨우 한 편의 꼴을 갖춘다.

신비한 비

이재훈

벚꽃이 흩날리던 저녁이었다.
당신은 가고 나만 남았다.
독백은 하고 싶지 않았다.
발밑에선 짐승의 비린내가 올라왔다.

비도 시간이 있었고
다니던 길목이 있었다.

비의 시간은 찰라
비의 길목은 수직

가늠할 수도 따라갈 수도 없는
빗속의 신비

당신은 벚꽃 사이에서 날고 있었다.
모두 비를 맞고 걸었다.
아무도 젖지 않았다.
눈귀가 있어도 세상천지가 깜깜했다.

비가 오르고 있었다.

고진하

1953년 강원 영월에서 태어나 1987년 《세계의문학》으로 등단했다. 시집 『지금 남은 자들의 골짜기엔』 『우주배꼽』 『명랑의 둘레』 등이 있으며, 산문집 『시 읽어주는 예수』 『영혼의 정원사』 『책은 돛』이 있다. 〈영랑시문학상〉 〈김달진문학상〉 등을 수상했다.

고해(苦海) 속의 고해(告解)

점화

날이 저물면 아궁이에 불을 지핀다. 폐지나 마른 나뭇가지 같은 불쏘시개를 놓고 그 위에 장작을 얹는다. 라이터를 켠다. 마른 장작을 넣으면 금세 불이 붙는다. 아궁이 속이 이내 환해진다. 마른 장작이 없어 가까운 산자락에 가 젖은 나무를 주워다 넣으면 불이 잘 붙지 않는다. 피식피식 불이 붙을 듯 하다가도 꺼지곤 한다. 시가 점화되는 순간도 이와 다르지 않다. 어떤 착상이 불쑥 떠오르더라도 내가 젖은 나무처럼 타오를 준비가 되어 있지 않은 상태면 시적 점화는 이루어지지 않는다. 불꽃이 가연재로 옮겨 붙으려면 가연재가 쉽게 점화될 만큼 충분히 말라 있어야 한다. 요컨대, 시적 착상의 불꽃이 점화되려면 가연재인 시인이 불꽃과 하나가 될 수 있는 숙성된 상태여야 한다.

감수성

우리는 어린 시절, 풀이나 꽃, 새들과 나비, 들판에서 뛰노는 곤충들의 언어를 이해했었다. 어른이 되어 편리와 효율을 따지고, 삶의 신비와 경이를 지폐나 금화 따위로 바꿔버린 뒤로 그런 소통의 언어를 잃어버리고 말았다. 꽃나무 한 그루, 밤하늘을 수놓는 별들, 새앙쥐 한 마리조차 놀라운 기적으로 받아들이던 축복의 감수성을 어떻게 하면 회복할 수 있을까?

첫날

우리가 매일을 태초의 첫날로, 매일 밤을 신혼의 첫날밤처럼 맞이할 수 있다면, '시간이 영원 속으로 녹아드는' 삶의 융융한 희열을 맛볼 수 있으리라. 시간 속에서 느끼는 그런 희열을 누군가는 '영원한 지금'이라 불렀다. 나는 평소에 '지금 이 순간'이, 오늘 하루가 생의 전부라는 자각 속에 살려 한다. 아침부터 잠들기 전까지 내가 지닌 모든 에너지를 아낌없이 소진하려 한다. 오늘이 내게 주어진 시간의 전부라는 생각 때문이다. 하루하루의 일상 속에서 이렇게 생각하며 살기 때문일까. 내가 아궁이에 지피는 불은 언제나 첫 불이며, 내 사랑도 항상 첫사랑이고, 물론 내가 마주하는 나날도 창조의 첫날로 여기며 살려 한다. 이러한 자각 속에서 다가오는 시적 순간이야말로 "특별한 빛의 성유(聖油)로 칠해져"(옥타비오 파스) 있는 은총의 순간이리라.

물끄러미

나는 물끄러미라는 말을 좋아한다. 오늘 우리가 회복해야 할 것은 물끄러미가 아닐까. 우리가 물끄러미를 회복할 때 생각하는 동물의 지위를 회복하고, 물끄러미를 회복할 때 놀이하는 존재의 한가로움과 기쁨을 회복하고, 물끄러미를 회복할 때 조물주가 선물하신 삶의 경이와 자유를 회복하고, 물끄러미를 회복할 때 향기로운 우주의 한 꽃송이로 피어날 수 있지 않겠는가.

낭비

어느 해 겨울, 폭설이 쏟아져 눈이 30센티미터까지 쌓인 적이 있다. 나는 때 아닌 폭설에 갇혀 모처럼 쉬었다. 그렇게 맥 놓고 쉬는데, 또 난분분 난분분 뜨는 창밖의 눈송이들을 보며 시정(詩情)에 드니 모처럼 시가 펄럭였다. 그날 나는 얼른 노트를 펼치고 누군가 불러주는 시를 받아 적었다. 오늘 따라 낭비를 즐기시는 하느님이 맘에 든다고. 흰 눈썹을 낭비하고, 흰 섬광의 시를 낭비하는 하느님이 맘에 든다고!

표절

베끼고 싶은 시인의 시들은 이미 낡았구나. 베끼고 싶은 가인의 노래는 이미 이승의 리듬이 아니구나. 베끼고 싶은 성자의 삶은 이미 시신 썩는 냄새가 진동하는구나. 하지만 꽃송이의 꿀을 따먹으면서도 꽃에 이로움을 주는 나비나 꿀벌의 삶은 베끼고 싶거니, 이런 생물들의 꽃자리가 되어주는 대지의 사랑은 베끼고 싶거니.

불편

시골에 사는 우리 집 당호는 '불편당'(不便堂). 편리와 행복만 좇는 시대에 불편도 즐기고 불행도 즐기자는 다짐에서 지은 이름이다. 아무리 행복한 순간도 그 행복의 빛깔이 온종일 지속될 수는 없다. 사랑이 아무리 지극하다 해도 연인을 위한 사랑 노래를 온종일 부를 수는 없다. 행복에는 불행이 끼어들고, 사랑은 미움으로 변하기도 한다. 우리 몸의 근육에도 긴장과 이완이 필요하듯, 우리가 행복한 삶을 바란다면 때때로 끼어드는 불행도 즐길 줄 알아야 하지 않을까.

고해

번쩍이는 명찰 달고 이름값을 해야 하는 세상은 고해(苦海)다. 시는 이 고해 속을 항해하며 토해내야 하는 고해(告解)가 아닐까.

혀

가장 좋은 말은 혀에서 나오지 않는다는데, 혀에서 나오지 않는 '가장 좋은 말'을 누가 들을 수 있을까. 꽃이 필 때 묵언(默言)의 향기에 취하고, 새가 울 때 그 소리의 맑음을 즐길 줄 아는 사람, 세 치 혀에서 쏟아지는 소음과 아우성에 귀 기울이지 않고 신의 침묵에 귀 기울이는 사람이 아닐까. 이처럼 혀의 멍에를 지지 않고 혀의 사슬에 묶이지 않는 사람은 행복하다.

살아내기

세상엔 이해할 수 없는 일이 이해할 수 있는 일보다 훨씬 더 많다. 우리가 이해할 수 없는 일들을 우리 가슴에 차곡차곡 쟁여두었다면, 우리는 그 무게에 질식되어 벌써 이 세상 사람이 아닐 것이다. 그렇다면 우리는 아무리 이해하려 해도 이해할 수 없는 것을 이해하려 애 끓이기보다는 그냥 살아내야 하지 않을까.

알

"이 오뉴월 염천에 우리 집 암탉 두 마리가 알을 품었다/한 둥우리 속에 두 마리가 알도 없는데/낳는 족족 다 꺼내 먹어버려 알도 없는데/없는 알을 품고/없는 알을 요리조리 굴리며/이 무더위를 견디느라 헉헉거린다/닭대가리!/아무리 그래도 그렇게 부르진 말아다오/시인인 나도 더러는/뾰족한 착상의 알도 없으면서/없는 알을 품고/없는 알을 요리조리 굴리며/뭘 좀 낳으려고 끙끙거릴 때가 있나니/닭대가리!/제발 그렇게 부르진 말아다오/그러고 싶어 그러고 싶어 꼭 그러는 게 아니니!"(졸시, 「닭의 하안거」 전문)

여백

헐렁헐렁한 개량한복을 오래 입었으나 내가 얼마나 개량되었는지 모르겠다. 헐렁헐렁한 시를 오래 써 왔으나 내 시가 얼마나 헐렁헐렁한 여백을 품고 있는지 모르겠다. 깊고 넓은 여백을 지닐 수 없다면 원고지를 백지로 그냥 두는 게 낫지 않을까.

향기

향기 없는 꽃이 있다. 나는 향기 없는 꽃은 사랑할 수 있다. 향기 없는 시도 있다. 나는 향기 없는 시는 사랑할 수가 없다.

감나무

우리 집 뜰의 감나무, 제 몸에서 피워낸 진초록 잎새와 흰꽃과 열매만으로도 만족의 예술가라네. 가을이 깊어져 잎새들 다 떨어지고 까치밥 몇 개만 매달려 있어도 그 환한 빛 인간이 켜든 어떤 등불보다 밝네. 오늘 나는 그 환한 빛의 사원(寺院)에 까치밥으로 대롱대롱 매달리고 싶네. 나를 통째로 내어주고도 넉넉한 만족의 예술가이고 싶네.

그물

이따금 범신론자가 아니냐는 질문을 받으면 이렇게 대꾸한다. 범신론이든 유신론이든 유일신론이든 무신론이든… 내가 믿는 하느님은 그런…論의 그물에 걸릴 분이 아니라니까. 그분이 뭐 쏘가리나 참새라도 되나. 그물에 걸리게…

유희

먼동은, 어김없이 동터 오른다. 따순 햇살에 성에꽃 흐물흐물 녹아내리면 창문을 통해 오늘도 긴 꽁지머리 색동 옷고름 휘날리며 그네 뛰는 삶과 죽음의 유희를 보게 되리. 딱히, 오래 살려고 바둥거릴 일 없겠다!

스승

오늘 내 안의 스승은 여명(黎明)의 지식으로 날 가르치셨다. 손으로 움켜쥔 것은 모두 썩는다. 거울에 비췬 것은 모두 썩는다. 스승이시다. 그걸로 충분하다.

가벼움

종교는 존재의 무거움을 가벼움으로 바꾸는 예술이기에 으뜸의 가르침이다. 시 또한 내 삶의 무거움을 가볍게 하지 않는다면 시와의 사귐을 지속할 이유가 없을 것이다.

명랑

악몽을 꾸고 일어난 아침에도 창가에 낮아와 우짖는 새들의 명랑의 아우라 때문에 상쾌한 하루를 시작할 수 있다. 아무나 보고 컹컹 짖는다고 야단을 맞고도 금세 꼬리치는 삽살이의 명랑의 아우라 때문에 이 혼탁한 세상을 건너갈 수 있다. 명랑이 천성인 저 대자연의 벗들이 감싸주는 아우라로 인해 시심(詩心)이 발동될 때가 많다.

티끌의 증언

고진하

불의 터널을 지난 뒤 화로(火爐)에 남은
뼈 몇 조각.
오, 어머니 살던 궁전은 어디로?
늘그막엔 초라하게 변했지만
오, 어머니 가꾸던 욕망의 오두막은 어디로?

저 뼈 몇 조각을,
절구에 곱게 빻은 한 줌 재를
읽으라, 점자를 더듬듯
읽어보라는 것인가
눈멀고
귀먹은 세월의 고통조차
존재의 빈 칸으로 확실하게 처리될
저 티끌의 증언을,
부재의 영원한 공식을 되새기라는 것인가

유골함 앞세워
육중한 철문 밀고 나가자
가장 가벼운 것을 거둔 맹목의 하늘이
가장 가벼운 것들을
난분분 난분분 흩날리고 있었다

오은

1982년 전북 정읍에서 태어나 2002년 《현대시》로 등단했다. 시집 『호텔 타셀의 돼지들』 『우리는 분위기를 사랑해』 『유에서 유』, 색그림책 『너랑 나랑 노랑』 등이 있으며 〈구상詩문학상〉을 수상했다.

푸는 순간들

일요일이 되었다. 나무로 된 숟가락을 꺼내 찻잎을 푼다. 찻물을 끓인다. 찻물이 끓는 동안, 노트북을 켠다. 노트북이 부팅이 되는 동안, 기지개를 켜고 뭉친 근육을 푼다. 말을 할 것도 아니면서 목청을 풀기도 한다. 노트북에 걸려 있는 암호를 풀고 한글 창을 연다. 매운탕에 고춧가루를 푸는 것처럼, 아니 라면에 달걀을 푸는 것처럼 이 일련의 행동들은 매번 자연스럽게 이루어진다. 글을 쓰기 전까지 '푸다'를 비롯한 몇 개의 동사를 소모하고 나서야 비로소 '쓰다'라는 동사를 마주할 수 있게 되었다. 몇 달이 흘렀다. 일요일을 관통하는 어떤 패턴이 만들어졌다.

*

2012년 12월, 나는 직장 생활을 시작했다. 첫 직장이었다. 퇴근을 하면 직장인 오은에서 시인 오은이 될 거라고 철석같이 믿고 있었다. 내 예상은 보기 좋게 빗나갔다. 출근을 하면 직장인 오은이었지만, 퇴근을 해도 시인 오은으로 돌아오는 것은 쉽지 않았다. 오늘 해야 할 일을 다 마치지 못한 직장인 오은이 집에 있었다. 내일 해야 할 일을 머릿속으로 가늠하는 신입사원 오은이 있었다. 야근을 밥 먹듯이 하는 생활이 계속되었다. 생활보다는 생존에 더 가까운 날들이었다. 한동안 나는 글을 쓰지 못했다.

*

언제부터인가 일요일은 내게 글 쓰는 날이었다. 마감이 없어도 일요일엔 늘 글을 썼다. 입사 후, 글을 쓰지 못한 지 삼 개월쯤 지나자 슬슬 걱정이 되기 시작했다. 회사 업무에 능숙해질 때까지는 앞으로도 한참 걸릴 것 같았다. 공교롭게도 야근을 하는 날이 점점 늘어나고 있었다. 야근을 하는 이유도 덩달아 늘어나고 있었다. 일이 서툴러서, 일을 좀 더 잘하고 싶어서, 일을 잘하게 되니 업무량이 두 배가 되어서…… 어느 날 문득, 어떻게든 시간을 만들어야겠다는 생각이 들었다. 매주 일요일에는 온종일 글을 쓰겠다고 마음먹었다. 토요일은 직장인 오은에서 시인 오은이 되는 과도기인 셈이었다. 일요일에는 아주 친한 사이가 아닌 한, 결혼식에도 잘 가지 않았다. 어떤 시간은 불현듯 찾아온다. 그런 시간은 운명적 만남과도 같다. 그때가 아니면 찾아오지 않거나 잡을 수 없었던 몇 번의 기회들이 떠오른다. 아득바득 애써서 만들어야만 겨우 생기는 시간도 있다. 그런 시간은 절박하다. 글을 쓰지 않으면 견딜 수 없을 것 같아서 나는 시간을 만들었다. 만들 수밖에 없었다. 그때부터 나는 늘 일요일을 기다렸다. 처음 몇 달은 한 자도 쓸 수 없었다. 자리에 오랫동안 앉아 있다고 해서, 쓰고 싶은 마음이 가득하다고 해서 글이 술술 나오는 것은 아니었다. 주중에는 자기암시를 했다. 자기 전 5분 동안 한글 창을 열어두고 헤드폰으로 좋아하는 음악을 들었다. 일요일에 같은 자리에 앉아 글을 쓰고 있는 나 자신을 떠올렸다. 그러면 절로 얼굴에 웃음이 번졌다. 내일을 기약하며, 일요일을 기약하며 비로소 잠들 수 있었다. 패턴이 생겼다. 일요일을 기다리는 몸과 마음이 있었다.

*

회사에서 일이 잘 안 풀릴 때는 매번 옥상에 갔다. 회사는 한남동에 있었다. 옥상에 올라 주위를 둘러보면 부촌과 달동네가 보였다. 그 사이로 대로가 펼쳐져 있었다. 대로 위로 자동차가 씽씽 달리는 모습을 보면 아찔했다. 앞을 보는 일보다 양옆을 바라보는 일에 마음이 갔다. 시원하게 기지개를 켜고 뒤를 돌아보면 꼭 뭔가가 하나씩 떠올랐다. 그때 하지 못했던 말, 지키지 못했던 약속, 놓쳐버린 공연, 20년 전의 꿈…… 하나같이 지금 없는 것들이었다. 계단을 터벅터벅 내려올 때 꼭 쥔 주먹 안에서 땀방울이 맺혔다.

*

풀 때마다 잘 안 풀리는 것들이 있었다. 그럴 때 나는 주저하지 않고 밖으로 나섰다. 산책하는 시간은 내게 틈을 만들어주었다. 익숙한 것들에서 낯선 부분을 찾을 때마다 나는 희열을 느꼈다. 그 누구도, 그 어떤 것도 선불리 "안다"고 말할 수 없었다.

*

나는 여행보다는 확실히 산책을 좋아한다. 여행에 가서도 숙소 인근의 골목길을 기웃거릴 때 가장 큰 기쁨을 느낀다. 호기심이 많은 사람이 겁도 많을 때, 취할 수 있는 선택지는 그리 많지 않다. 산책을 하며 주변을 관찰하는 시간, 산책을 하다 목도 축일 겸 분위기 좋은 곳에서 책을 읽는 시간, 나는 이 시간을 사랑한다.

*

"엄마, 예쁜 거랑 아름다운 거랑 뭐가 달라?" 여름날, 길을 걷다 예닐곱 살쯤 되어 보이는 여자아이가 엄마에게 묻는 모습을 보았다. 엄마의 양손은 봉투로 한가득하다. 모녀는 아마 장을 보고 돌아오는 모양이다. 아이의 갑작스러운 질문에 엄마가 당황한다. 잠시 길가에 멈춰 서 고민하는가 싶더니 엄마가 말한다. "집에 가서 알려줄게. 짐도 많고 얼른 집에 가자." 아이는 엄마의 팔에 매달려 저 멀리 사라진다. 예쁜 아이가 아름다운 질문을 안고 총총 사라졌다.

*

어떤 질문은, 그것이 나를 향한 것이 아니었음에도 불구하고, 두고두고 가슴에 남는다. 나는 아직도 예쁜 것과 아름다운 것의 차이에 대해 생각하고 있다. 언젠간 매듭을 풀 것이다. 도무지 속을 보여주지 않을 것처럼 보이는 완고한 상자가, 언젠가는 열릴 것이다.

*

풀리지 않는 수수께끼에 대해 생각한다. "아무리 연습해도 늘 처음인 것은?"

*

한글 창을 보면 양가적 감정이 고개를 든다. 무엇이든 쓸 수 있을 것 같다는 가능성과 아무것도 쓸 수 없을 것 같다는 불가능성. 껌벅이는 커서는 나를 채치는 듯하다. 몇 개월이 지나자 회사 업무는 익숙해졌지만, 십 년 넘게 해도 글쓰기는 늘 처음이다. 백지 앞에서 나는 매번 겸허해진다. 나는 시를 쓴다. 처음이다. 오늘도 처음이다.

*

처음처럼 설레고 처음처럼 서툰 말이 또 있을까. 혼자 힘으로 처음 코를 풀던 순간을 떠올린다. 혼자서도 시원해질 수 있음을 온몸으로 깨달았던 날이었다.

*

성장하는 일은 시원함을 많이 느낄 수 있는 일은 아니었다. 성장은 오히려 답답함을 헤집고 어떻게든 시원함을 찾으려 애쓰는 몸부림 같은 것이었다. 분노를 풀고 오해를 풀고 노여움을 푸는 날에야 겨우 시원해졌다. 나이를 먹을수록 더욱 중요해지는 일들이 있었다.

쌓인 것을 더는 일, 붙잡은 것을 놓는 일, 끓어오르는 것을 가라앉히는 일, 맺힌 것을 푸는 일, 치솟는 것을 억누르는 일…… 이런 일들은 주로 시를 쓰며 이루어졌다. 정작 시를 쓸 때는 몰랐던 사실이었다. 한참이 지난 후에야 나는 내가 조금 변했다는, 약간 이동했다는 사실을 알게 되었다.

*

거울을 본다. 매일 아침 보는 것이지만 어느 날엔 내 모습이 특히 낯설다. 내 눈이 아닌 것 같다. 내 코가 아닌 것 같다. 내 얼굴이 아닌 것 같다. 단순히 나이가 들어서 그런 것은 아니다. 나는 분명 달라졌다. 눈에 띄게 외양이 달라진 것 같진 않지만 분명 뭔가가 변했다. 흰머리나 주름, 여드름이나 뾰루지처럼 단박에 알아차릴 수 있을 만한 것을 발견하지는 못했지만 나는 내가 변했다는 걸 확연히 느낀다. 밖에서 안으로 수렴하는 변화가 아닌, 안에서 밖으로 발산하는 변화다.

시를 읽고 써서 마침내 생길 수 있던 변화다.

*

"넌 어떻게 스트레스를 풀어?"

오랜만에 만난 친구가 물었다. 예전에는 가슴이 답답하거나 머리가 터질 것 같을 때 영화를 보거나 미국 드라마를 시즌별로 보곤 했었다. 극장에 가서 영화를 본 지도 거의 2년이 다 되어간다는 사실을 깨달았을 때, 나는 더 이상 눈으로 보는(watch) 것으로 내 스트레스를 풀고 있지 않음을 알았다. 틈만 나면 공원 벤치나 카페 의자에 앉아나는 가만히 관찰하고(observe) 있었다. 나 아닌 다른 사람들의 삶을. 그들이 하는 말을 주의 깊게 듣고 있었다.

이동 중에는 어김없이 읽고(read) 있었다. 틈을 내서 책을 보고 있었다. 단순히 보는 것에서 들여다보는 것으로 나의 시간이 채워지고 있었다. 시간의 밀도가 높아지고 있었다.

*

버스정류장. 할머니가 손으로 할아버지의 옷을 털어주고 있었다. 다정한 손이다. 맵찬 손이다. 다정하면서도 맵찬 손이다.

"내가 매일 말하잖아. 옷 입기 전에 옷 좀 털라고. 온종일 논밭에 있으니까 이렇게 뭐가 잔뜩 묻을 수밖에 없지." 할아버지의 웃옷에는 지푸라기나 풀잎이 군데군데 붙어 있다.

"당신 양말 색깔이 다르네?" "무슨 소리야?" "왼쪽 양말은 흰색인데 오른쪽 양말은 분홍색이잖아!" 할머니의 눈동자가 휘둥그레진다. 양 볼이 붉어지고 있었다. 할아버지가 크게 웃기 시작한다. 할머니가 겸연쩍은 듯 고개를 숙인다.

서로의 부족한 부분을 채워주는 게 좋은 관계일까. 부족한 부분을 보고도 모르는 척하는 게 좋은 관계일까. 부족한 부분을 보고도 웃을 수 있는 게 좋은 관계일까. 지난여름, 산책을 하다 마주친 노부부의 얼굴이 아직도 눈에 선하다.

*

삶의 매 순간은 중요하다. 하지만 개중 어떤 순간은 다른 순간들보다 조금 더 중요하다.

*

패턴을 만들고 패턴에 익숙해질 때쯤 기꺼이 거기에 균열을 내는 것. 삶의 균형과 생기(生氣)는 노력 없이는 쉽게 얻을 수 없는 것이다.

*

순간을 맞이했을 때 웃는 일은 쉽지 않다. 그것이 나를 향한 순간이라는 확신이 들지 않기 때문이다. 시간이 지나고 나서야 그때를 회상하며 후회하곤 한다. 아, 그 순간이 정말 중요한 순간이었어. 그때 그 결정을 내렸으면 지금의 나는 조금 더 달라져 있을 텐데. 우리는 매번 한 발 늦는다.

*

풀기 위해, 나는 순간을 만들었다. 순간에 기꺼이 발 들였다. 순간이 쌓이고 쌓이면 어느 날 나는 조금 다른 방향으로 몸을 움직이고 있을 것이다. 거울 속의 내 모습처럼 생경해져 있을 것이다.

*

이 글은 패턴대로 일요일에 쓰였다. 패턴에 균열을 내듯, 화요일에 글을 수정했다.

박용하

1963년 강원 강릉에서 태어나 1989년《문예중앙》으로 등단했다. 시집『나무들은 폭포처럼 타오른다』『바다로 가는 서른세 번째 길』『영혼의 북쪽』『견자』『한 남자』, 산문집『오빈리 일기』『시인 일기』등이 있다. 〈시와반시문학상〉을 수상했다.

파도의 숨소리가 바위섬의 이마를 때리는 시간

그녀의 눈동자에는 슬픔이 가득했고, 금방이라도 찢어져 내용물이 터져 나올 것 같았다. 금방이라도 터져 쏟아져 나올 것 같은 그녀의 슬픔을 눈물이 흘러내려 겨우 막고 있었다.

초읽기 하듯 심장을 갉아먹는 시간은 악착같이 삶에 들러붙어 있는 죽음을 그만큼 갉아먹으며 무를 향해 움직인다. 그 어떤 공동체도 아닌 '순간의 공동체'에서 손도 못 쓰고 무수히 날려 보낸 생로병사와 희로애락의 한순간을 기억으로 붙잡고 추억으로 불지른다. 가장 큰 공포는 죽음이고 공포를 놓아줄 수 있는 것도 죽음이다.

온 모래사장을 다 뒤져서라도 잃어버린 동전 하나를 찾아야겠다고 덤비는 아이는 한 세계의 끝을 보려는 인간으로 자라났고, 아무것도 이룬 것 없이 어느덧 귀밑머리 희어지고 있다. 시시각각 째각째각 미래를 기억하고 미래를 추억할 순간도 덩달아 줄어들고 있다. 분초를 다투는 사랑과 죽음이 수사학만이 아닌 것이다.

아이들이 물 밑으로 가라앉을 때, 한때 아이들이었던 다 큰 아이들이 아이들에게 할 수 있는 게 아무것도 없었던 순간이 지속되는 한, 너는 떠나도 떠나지 않았으며 나는 돌아와도 돌아오지 않았다. 일상은 하루아침에 증오와 비탄으로 바뀌고, 열외나 예외가 아닌 제외된 인간들의 나라에서 아무리 살려달라 외쳐도 세상은 물 밖에 있었고, 우리는 인간이 아니었다.

인간은 계급과 명령과 두려움 앞에서 오 분이면 노예가 될 수도 있다. 오 분이 채 안 걸릴 수도 있다. 인간은 인간을 떠나 삶을 여행할 수 없다.

—국가는 그를 지켜주지 않는다.
—국가는 그를 부려먹다 효용 가치가 다하면 쓰레기 취급한다.
—국가는 여차하면 무고한 사람을 죄인으로 만들기도 한다.
—공권력은 강자를 위해 있는 권력이다. 인민의 힘이 권력보다 강대해지면 그제야 공권력은 인민의 눈치를 본다.
—대개의 국가는 일부 사익집단의 꽃놀이패에 불과하다.

사교계에는 뇌수를 잘 삶은 돼지머리와 쫄깃쫄깃한 닭똥집과 굽다 만지문 없는 웃음이 한데 어울려, 속셈은 사타구니와 겨드랑이에 감춘 채 한바탕 피부를 교환한다. 인간이 인간을 만난다는 건 피부를 만난다는 것, 내가 너를 처음 만난다는 건 너의 첫 피부를 만난다는 것. 피부는 관계의 최전선이자 베이스캠프. 피부색뿐이랴. 피부가 망가지면 동물이든 식물이든 당장 배제와 기피 대상이 되고 나아가 혐오의 대상이 되기도 한다. 피부는 말 한 마디 없이 상대방의 뇌 속을 휘저어놓는다.

피부 목록: 눈빛, 살결, 머리카락, 치아, 옷(예복, 제복), 안경, 모자, 목도리, 장갑, 신발, 가방, 반지, 귀고리와 팔찌, 냄새와 향수, 덕담과 입담, 거짓말과 사기술, 표정과 무표정, 전화기, 신용카드, 열쇠 꾸러미, 무기와 악기, 비서실장과 호위 무사.

구취의 역겨움은 인간에 대한 호감을 한순간에 말살시키는데 그곳이 그렇게 달콤한 입맞춤을 가져다주기도 한다. 악취와 향기의 동거. 누가 말라붙은 정액 덩어리나 눌어붙은 구토 자국에서 자유로울 수 있겠는가. 이 염색의 시대에 그 밴드의 보컬은 백발인 채 무대에 나와 '브라보 마이 라이프'를 열창한다.

깨기 위해, 깨지지 않기 위해 서로가 적대적이고 필사적이다. 광적이고 성(性)적이다. 고정관념은 깨기 위해 있는 것 같기도 하고 깨지지 않기 위해 있는 것 같기도 하다. 바꾸려는 힘보다 바뀌지 않는 힘이 더 세다. 역사다. 바뀌지 않으려는 힘보다 바꾸는 힘이 더 세다. 역사다. 그렇게 쉽게 바뀔 것 같으면 역사도 아닐 것이며 바꾸려고 덤비는 자들을 나라도 가만두지 않겠다. 나부터 바뀌지 않고 나부터 바꾸지 않는다. 부모와 세상은 바뀌지 않을 때까지 바뀌지 않는다. 세상이 조금씩이라도 나아진다는 사람과 세상이 한순간 천지개벽한다는 사람이 '세상 바뀐 게 없다'는 사람과 한 밥상에 앉아 있고, 혁명의 불꽃은 한순간이고 혁명의 떡고물은 유구하다고 여기는 사람이 윗집 아랫집 하고 있다. 세상이 바뀌기는 바뀐다. 바뀐 것은 재벌의 왼팔, 권력의 오른팔. 우리가 남인가. 우리는 차라리 남인 게 낫다.

우리는 날씨 얘기 외엔 별 할 말이 없었다. 날씨 얘기마저도 겉돌았다.

해당화 피고 지는 곳에 모텔이 즐비했고 군 초소가 있던 자리에는 호텔이 들어섰다. 동해 먼 수평선에서 올라온 파도의 숨소리가 바위섬의 이마를 때리는 새벽, 나는 잠에서 솟아났다. 도대체 이 바다에는 섬이라고 할 만한 것이 없어서 좌에서 우로, 우에서 좌로 시선을 이리저리 돌려봐도 걸치적거리는 거 없이 망망대해 수평선이 걸릴 뿐이었다. 파도가 마지막 숨을 거칠게 몰아쉬며 해안에 와 슬라이딩 할 때 나는 무슨 생각을 하고 있었다. 파도가 떼굴떼굴 백사장으로 남은 힘을 다해 구를 때 내 무슨 생각도 굴러가 버렸다. 파도는 끝까지 갔고 끝에서 죽었다 다시 살아났다. 처음을 물고 늘어지는 끝없는 끝처럼.

마음의 난데없음과 감정의 불가사의와 몸의 저돌성. 왜 몸은 수시로 고깃덩어리가 되지 못해 안달복달하는가. 네 얼굴엔 오장육부가 집결해 돼지기름 끓고 있다. 너는 그걸 아는지 모르는지 연신 씰룩거리고 꿀꿀거린다.

육체가 서로의 슬픔을 알아보고 원하던 밤이 지나고 나면 허무의 아침이 밝아오고, 햇빛에 씻기지 않는 한밤의 어둠이 기승을 부린다. 뇌가 녹아내리도록 살이 탐나 타인이라는 국경을 넘었다. 육체는 관능의 물결 속을 역영하듯이 나아갔다. 그는 잘 헤어질 줄 모르는 사람이었다.

비가 내리기 시작하자 그는 마치 자신 안에 비를 반기며 마중 나가는 또 다른 사람이 있는 것처럼 행동했다. 세찬 비가 더욱 세차게 밤을 가열하자 그의 몸 안에 등이 켜졌고 마침내 내리는 비를 비추기 시작했다. 가을 밤비는 그를 저 먼 회한의 나라로 데려가 추억의 겨드랑이까지 적시리라.

설교는 무감각의 입구. 그런데도 믿음의 현관에는 살신성인을 마다치 않겠다는 고깃덩어리들이 득시글거린다. 충성 서약은 기본. 그만큼 우리는 나약한 짐승이다. 그만큼 우리는 비열하고 간사하고 교활하고 사악한 짐승이다.

사랑이나 예술 같은 말을 쓰길 나는 극도로 꺼렸다. 몰래 숨겨두고 나만 탐닉하고 싶은 애인이었기 때문이다. 그런가. 과연 그럴까. 사랑이나 예술 같은 말을 쓰길 나는 극도로 꺼렸다. 날라리, 싸구려 같은 말을 쓸 때의 느낌과 별반 다르지 않았기 때문이다. 평화니 용서니 화해 같은 말에서는 능욕당한 할머니가 사타구니조차 가리지 못한 채 울부짖고 있다.

이 세계는 말이라는 피부로 덮여 있고, 말에 신이라는 갑옷을 입히면 말은 무기가 된다. 의심을 저당 잡힌 결과다. '나는 믿는다'는 말은 '나는 무기다'라는 말과 동의어다.

세상살이의 무의미를 칼로 도륙(屠戮)하려는 자와 악기로 농월(弄月)하려는 자는 한통속인가, 아니면 적대 세력인가. 세계를 탐한 자는 그 세계로 인해, 그 세계를 탐한 방식으로 멸망할 수도 있다. 비통해하지 말 것.

몇 세기가 지났는데도 렘브란트의 그림 속 인물들의 눈에서는 지금 막 빛이 출발하고 있다. 빛이 말을 걸어온다. 그날 이후 남자 생각을 지울 수 없었다. 마치 태어나기 전부터 그랬다는 듯이 그 남자 생각은 내가 죽고 난 후에도 계속 따라올 것만 같았다.

내가 언제 너였던 적이 있었으며, 너 아니었던 적이 있었던가.

억울한 일을 당한 자의 피부 속으로 한 번이라도 들어갔다 나온 자라면 우리가 살고 있는 세계의 차원과 질이 바뀌었다는 사실을 금방 깨닫게 될 것이다.

아무런 연락도 없이 불쑥 너를 찾아갔지만 너는 단지 거기에 없었을 뿐인데, 급작스런 방문으로 인한 환대는커녕 냉대 받을 기회조차 없이 나는 버려진 사람처럼 어디에도 놓일 수 없는 감정을 가까스로 수습해 패잔병처럼 내 쓰라리고 쓸쓸한 빈방으로 철수하고 말았다. 그날 네가 거기에 없었다는 사실 하나만으로도 나는 제정신이 아니었다.

성적 욕망에 필적하는, 어쩌면 그보다 더 힘이 센 시적 욕망의 나라에서 나도 말 많은 어느 날의 내가 싫었다.

나는 인종주의자다. 이 행성에는 70억의 인종이 산다. 35억 종류의 남자가 있다면 35억 종류의 여자가 있고, 인간은 누구나 70억분의 1이다.

찬 콘크리트 바닥에 엉덩이 대고 마치 그 자리를 떠날 일 없다는 듯이 자리를 지키고 있는 개나, 가령 휴가지 같은 데서 자신이 버려진 줄도 모른 채 버려진 장소에서 오매불망 주인이 나타나기를 기다리는 개나, 주인이 세상 떠난 집을 떠나지 못하고 그 자리를 지키고 있는 개의 시간을 일개 인간이 어떻게 헤아릴 수 있으며 감당할 수 있겠는가. 단지 바라보고 눈을 맞추거나 가끔 털을 쓰다듬어 줄 뿐인데도 내 속에 있던 그 많은 화와 분노가 뒤로 물러나 앉고 말았다. 그것도 모른 채 여러 해가 흘러갔다. 개는 잔반 처리 기계가 아니다. 개는 장난감이 아니다. 개는 집의 부속물이 아니다. 개는 인간처럼 개다. 국가와 조직과 계급에 묶이든, 혈연과 학연과 지연에 묶이든, 언어와 말과 생각에 묶이든, 지폐에 묶이든, 차별과 역차별과 폭력과 무책임에 묶이든, 인정사정에 묶이든 인간은 묶인 동물이다. 이래저래 인간은 꽁꽁 묶인 동물이다.

인간에게 많은 게 필요치 않다. 때때로 담배 한 모금, 맥주 열다섯 캔, CD 다섯 장, 구름 낀 하늘, 펜과 종이, 강아지의 눈동자를 들여다보는 시간 가는 줄 모르는 시간 같은 게 필요할 뿐.

나는 수많은 너로 이루어진 불가능. 내가 그토록 네게 다가간들 너는 네게로 떠나가고, 너는 아무리 내게 다가와도 나는 내게로 달아나고, 네가 네 삶을 일으켜 세우듯 나는 내가 아닌 내가 되어 나에게 닿았고 마침내 다른 사람에 있었다. 한밤중에 깨어나 어둠 속에서 삶을 본다. 눈물이 나를 떨군다.

아무리 좋아해도 따라하지는 않고, 아무리 존경해도 따라가지는 않는, 그 누구의 편도 아닌 우주를 편들고, 우주를 편애하는 시적 순간은 어디에나 언제나 명멸하면서도 지금 막 있게 된, 지금 일어나는 순간의 역사다. 시의 역사가 비시와 반시의 역사이듯 시적인 순간은 비시적이고 반시적인 순간의 불연속적인 역사다. 삶의 모든 순간이 시적 순간이고 시적 순간이 아니다. 나는 지금 무엇을, 무엇에 대해, 무엇에 관해 말한 것인가.

송재학

1955년 경북 영천에서 태어나 1986년 《세계의문학》으로 등단했다. 시집 『얼음시집』 『살레시오네 집』 『푸른빛과 싸우다』 『그가 내 얼굴을 만지네』 『기억들』 『진흙 얼굴』 『내간체를 얻다』 『날짜들』 『검은색』 등이 있다. 〈전봉건문학상〉 〈목월문학상〉 등을 수상했다.

내부의 세계사들

고음과 저음

높은 소리를 듣고 싶을 때가 있다. 귀가 원하기 전에 몸이 먼저 원할 때가 있는 법, 그럴 때 내가 듣는 음악은 주페의 경기병 서곡이다. 경기병 서곡의 클라이맥스는 역시 나팔 소리라는 두근거림이다. 중고역을 담당해주는 이 높이에 길들려면, 볼륨 또한 까짓것 올려야 한다. 방음이 잘되는 지하실이어야 고음들을 보듬어주기도 하지만 무엇보다 중고역의 음역을 잘 확장해주는 혼과 드라이브라는 음악 장치가 필수적이다.

경기병 서곡의 높은음들이 주는 안식은 낮은음이 주는 부드러움과 다를 바 없다. 이상하지, 서로 다른 배경이 주는 친밀함, 게다가 경기병 서곡에는 자주 고역의 나팔 소리와 다를 바 없는 저역의 나팔 소리도 섞여 있다. 아니 낮은 나팔 소리는 높은 소리를 소실점까지 뒤로 물린 형태이다. 그러니까 그 역시 높은 소리의 갈래일 뿐. 경기병 서곡을 듣고 나면 내 생은 잠시 활력이 생긴다. 여기 씩씩하게 걸어가는 사람들이 있다는 의지, 혹은 여기 젊은 사람들이 있다는 의지가 탄생한다. 그것은 청춘에 대한 그리움이기 이전에 아직 내 몸속에 깃들어 있는 생에의 의지이기도 하다. 또한, 생이라는 괴물을 쳐다보는 의지이기도 하다.

죽음/주검

몇 살 때였을까. 아이들과 함께 놀다가 병아리를 밟아 죽인 적 있다. 그때는 놀라움이 더 많았지만, 점차 죄의식만 부끄럽게 남았다. 술래잡기였을 것이다. 아이들의 웃음과 뛰어다니며 서로 부딪치던 어린 몸과 함께 아련한 기억을 따라가 보면 그때 병아리의 미약한 비명을 늘 잊지 못하고 있다. 내가 처음 부딪친 죽음이자 주검이다. 그 죽음/주검 앞에서의 감정은 아직도 서늘하다. 살아 움직이는 것과 다른 죽어 움직이지 못하는 것! 그 이후 만났던 죽음/주검은 모두 최초의 죽음/주검의 변주이거나 확장이다.

마니차

내가 한때 경험했던 티베트의 염불통인 마니차는 둥근 원통형이다. 측면에 만트라가 새겨져 있고 안에 경문이 빼곡하다. 마치 영혼에 대한 설명을 압축시킨 듯한 마니차를 한번 돌리면 경을 한번 읽은 것으로 셈한다고 되어 있다. 경문을 읽지 못하는 티베트 사람들의 불교에 대한 의지이다. 하지만 나는 금방 알아차렸다. 누군가 마니차를 한번 돌린다는 것은, 같은 마니차를 돌렸던 사람들이 경험한 모든 경문이 같은 기억을 한다는 것. 즉 같은 마니차를 거쳐 간 모든 사람의 경문에 대한 기억을 같이 공유한다는 점이다. 문득 그 사실을 깨닫자, 두려움도 생겼다. 누군가의 경문뿐만 아닐 것이다. 누군가의 죄의식도 공유되리라.

다자이 오사무

다자이 오사무(1909~1948)를 몇십 년 만에 다시 읽었다. 장정일이 쓴 「다자이 오사무, 이광수, 김승옥」을 읽고 흥미가 돋기도 했지만, 젊은 날 읽었던 것 중 새롭게 읽어야 할 목록이 생기기 시작했던 터였다. 다자이 오사무와 김승옥을 비교한 장정일의 시선이 흥미로웠다. 예컨대, 장정일은 다자이 오사무의 여성 독백체와 김승옥의 남성화자 사이의 간극을 한일의 문화적 관점에서 짚었다. 그것이 정치한 논리는 아니지만, 그 비교의 낙차는 미루어 짐작할 수 있다. 마치 삼대목과 만엽집의 노래의 차이만큼.

그런데 다자이 오사무의 중단편집 『사양』(신현선 번역, 창비, 2015년)에서 「여학생」이란 단편을 읽던 중 가슴이 서늘해졌다.

> 상자를 열면, 그 안에 또 작은 상자가 있고, 그 작은 상자를 열면 또 그 안에 작은 상자가 있어서 그걸 열면 또, 또 작은 상자가 있고, 그 작은 상자를 열면 또 상자가 있고, 그리고 일곱 개, 여덟 개를 열면 결국 마지막에는 주사위만 한 작은 상자가 나오는데 그걸 살짝 열어보면 아무것도 없는 텅 빈 그런 느낌에 좀 더 가깝다.
>
> —「여학생」 부분

사춘기의 소녀가 아침에 눈뜰 때의 정서를 독특하게 그렸다. 햇빛이 시선을 간질이면서 눈을 뜰 때 우리가 느끼는 기분은 어떤 것일까 하는 것에 대한 묘사이다. 그것은 상자를 한없이 열다가 마지막에 아무것도 없는 마지막 상자 같은 감정이다. 기묘하게도 상자를 통한 상상력은 내 시에도 있다.

> 파묘자는 먼저 황장목관에서 깨끗하면서도 무늬 없는 상자를 볼 수 있을 터, 허나 상자를 열어보면 다시 상자이다 또다시 열어보면 고대로 처음 본 민무늬이니 인내심으로 다시 열어볼 일이다 또다시 상자와 상자라면, (…중략…) 송아무개의 일생 또한 텅 빈 것들의 악연이었다고, 그의 허묘와 생애를 가득 채운 건 의심 투성이였다고

졸시 「만복사 저포기」의 부분이다. 파묘자가 관에서 상자를 발견하고 그 상자를 열어 다시 상자를 발견하고 다시 그 상자를 열고 결국 마지막에 아무것도 없는 텅 빈 상자를 얻는다는 발상이 다자이 오사무와 다를 바 없다.

이 두 작품은 상자라는 매개체, 상자를 열면 다시 상자가 나오고 결국 마지막에 텅 빈 상자를 발견한다는 같은 플롯을 보여주고 있다. 물론 소재는 전혀 다르다.

내가 놀란 부분은 무엇보다 내가 이 소설을 읽지 않았다는 것이고, 상자 속의 상자, 다시 상자 속의 상자, 결국 마지막에 텅 빈 상자라는 문학적 구조는 어떻게 보면 별로 기이하지 않은 상식적인 결말이기는 하지만, 상자를 통한 서사가 너무 닮았다는 점이다. 다른 사람의 작품이었으면 나는 비난했으리라. 무어라 변명해야 하는가. 어쩔 수 없이 여기 기록을 남긴다.

물도서관

아이슬란드의 물도서관은 로니 혼의 작품이다. 빙하가 녹은 물을 담은 유리 기둥 스물네 개가 바닥에서 천정까지 이어져 있다. 왜 로니 혼은 도서관에서 책 대신 물을 선택했을까. 하긴 물이 가지고 있는 상상력은 책보다 더 다채롭다. 물이 가지고 있는 힘 역시 책에 꿀릴 것이 아니다. 게다가 물의 역사는 책보다 더 오래되었다. 물은 인간의 역사가 아니라 자연의 역사이다. 이제 아이슬란드에 가야 할 이유가 하나 더 생겼다.

미니멀리즘

미니멀리즘은 "대상의 본질만을 남기고 불필요한 요소들을 제거하는 경향을 일컫기에, 최소한의 색상을 사용해서 기하학적인 뼈대만을 표현하는 단순한 형태"를 지향한다. 임제록의 어떤 구절들과 비슷하게 들린다. "부처를 만나면 부처를 죽이고, 조사를 만나면 조사를 죽이고, 부모를 만나면 부모를 죽이고, 나한을 만나면 나한을 죽이고, 친척 권속을 만나면 친척 권속을 죽여라."

마네킹

점심 산책길에 철교 아래를 지난다. 그곳은 항상 처분 곤란한 쓰레기가 있다. 그래도 마네킹은 흔하지 않다. 머리도 없고 팔다리마저 없어 토르소처럼 보이는 마네킹은 처음부터 기이했다. 사람의 동체를 복사한 것이기 때문이리라. 절단면은 연마를 오래 한 것처럼 매끄럽다. 어느 날은 누군가 검은 마네킹을 세워놓았다. 더 기이하다. 사람이 기이하기 때문이다. 옷걸이가 그렇다. 옷을 벗기면 마른 옷걸이가 나온다. 옷이 걸리지 않는 옷걸이는 안쓰럽다. 철교 아래를 통과하는 사람들은 마네킹 때문에 대체로 불편해했다.

실

엉킨 실타래 속에서 실의 한쪽을 당기면 반대쪽 실의 끝을 알 수 있다. 무언가 서로 연결되어 있다는 느낌만큼 분명한 것이 어디 있을까. 어떤 풍경들이 그렇다. 나하고 연대감을 가지는 것들, 일렬로 서 있는 나무들, 한꺼번에 움직이는 잎새들, 서쪽의 구름들, 산봉우리와 산봉우리. 가끔은 꽃잎과 나 사이에서 진자처럼 진동하는 감정들이 있다.

시의 언어

시의 언어들을 평면화시키지 않고 입체적으로 혹은 이중적으로 배치하는 것은 내 오랜 습관이다. "사물의 양면성은 능동적으로 미학을 자극하여 시의 공간을 확장시킨다. 확장된 미적 공간은 한시에서는 대구(對句)라는 개념으로 정착되었다. 대구는 서로 길항하거나 간섭하면서 서로를 수식해주는 것들의 배열과 압축이다. 그 길항·간섭이란 자연/인간, 어두운 것/밝은 것들의 상호대비이면서 동시에 자연/자연처럼 같은 동류항의 짝이기도 하다. 대구는 리듬이면서 음양이고 이기이면서 조화이다. 세상을 아름답게 만드는 짝짓기가 시문에도 살아왔다"라고 생각했지만, 기실 나의 대구 개념은 기표와 기의의 활성에 기대는 바가 컸다. 기표가 기의가 서로 다르면서 같고, 같으면서 다르고, 또한 기표는 기의에서 치솟아 나왔지만, 독립적인 언표가 있고, 기의는 기표를 앞장세웠지만, 그것은 또한 기표에 대한 또 다른 의식, 발칙한 반발을 기저에 품고 있는 모습 등이 나의 대구이다. 즉 언어의 이중성 내지는 복잡함이야말로 세계를 가장 잘 표현하는 칼날이다. 언어에 감정이입을 입히는 작업을 평생 반복하면서 나는 나의 언어에 특별한 감정을 가졌다. 나의 언어가 탄생한 것이다.

정오의 산책

내 정오의 산책은 내 환상에 의해 실크로드의 몽환으로 바뀐다. 자주 만나는 탁발승을 피하고자 선글라스와 모자부터 챙긴다. 염주(焰州) 투르판은 아니지만, 금강역까지 철없는 시간은 네 겹의 느티나무로 분장되어 있다. 누란의 고고학처럼 나무터널 속은 봄의 꿈이 도착하는 곳이다. 도시 외곽의 연근 밭에서 작업하는 굴착기가 가끔 유적을 밭 곳곳에 올려놓기도 한다. 연근만 캐는 사람도 있지만 혹 누군가 고대유물을 발굴하는지 들쑤신 땅은 봄 흙의 지분으로 향긋하다. 학원, 구이집, 해물탕집의 간판에 가끔 낮달이 걸려, 위구르 사람의 왕래를 본 듯하다. 신기루와 아지랑이 사이로 돌아오는 봄이다. 카라반을 따라가는 느린 화물열차가 낙타의 울음을 흉내 낸다. 색만꽃 둔덕과 포도밭 그늘은 밀교 사원의 입구처럼 환하면서 어둡다. 흑옥강 백옥강의 물결이 왜가리 그림자를 으깨는 걸 보고 돌아오면, 서역 기담이 지겨울 때, 나무로 만든 목독 편지가 곱게 배달되어 있다.

외부와 내부

예컨대, 서쪽 노을이 무엇의 외부이기도 하지만 그게 무언가의 내부라는 것은 분명하다. 내부는 또 누군가의 외부이다. 지금 내 눈동자의 뒤쪽까지 아픈 이유이기도 하다.

드므라는 말

송재학

드므라는 말, 심심하지 않은가 수면 위의 '드'와 거울이라는 '므'의 부력을 생산하는 후설모음이다 물을 마시고 저장하는 낮고 넓적한 독이라는데, 찰랑거리는 물소리 대신 말을 잘 구슬리지 못한 혀가 앞장서면서 계면쩍다 드므의 손잡이를 잡는데, 물냄새가 훅 다가오면서 브라운 운동하는 물결의 수화문이 어지럽다 다시 물드므라고 들었기에 어떤 눈썹이 스쳤다 부적을 붙였기에 제 몸피보다 열 배 천 배 되는 물의 둥글고 모난 부피가 부풀었다 물이 물을 삼키듯이 물도 꾹꾹 쟁여놓을 수 있다 물의 입에 물을 퍼 담거나 물이 물을 쥐어짜거나 물은 물의 체온조차 외면할 수 있다 불귀신의 얼굴을 요모조모 비추는 거울 같다는 드므, 물드므이기에 결국 가장자리는 개진개진 젖었다 하, 그렇게 불을 해찰하던 드므, 내 눈물이 필요하다는 드므, 경복궁 근정전월대 모서리를 지그시 누르는 평생이 있다 드므라는 말, 무거운가 가벼운가

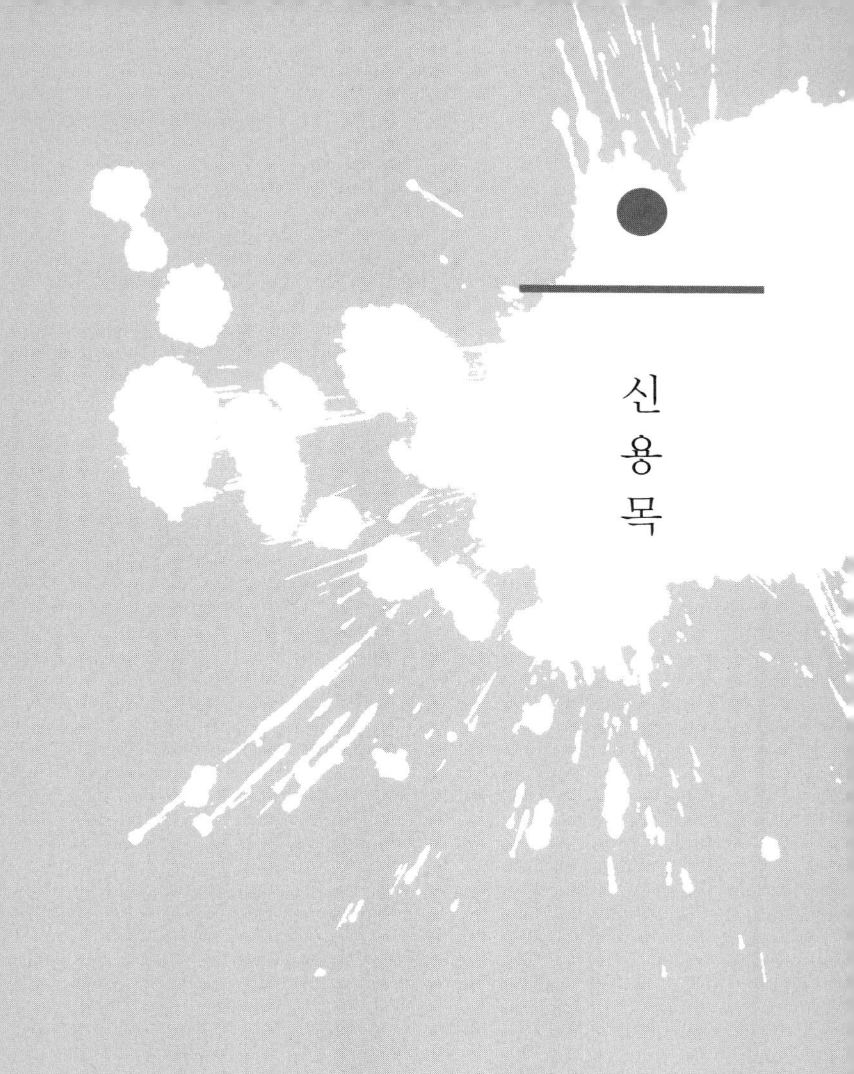

신용목

1974년 경남 거창에서 태어나 2000년《작가세계》로 등단했다. 시집『그 바람을 다 걸어야 한다』『바람의 백만 번째 어금니』『아무 날의 도시』『누군가가 누군가를 부르면 내가 돌아보았다』, 산문집『우리는 이렇게 살겠지』등이 있다. 〈시작문학상〉〈노작문학상〉〈현대시작품상〉〈백석문학상〉을 수상했다.

열세 번째 제자

1.

마지막까지, 누구도 자신의 생애를 벗어날 수 없다. 인간은 몸이라는 섬에 유배된 자이기에—그 결정을 견딜 수 없어 우리는 빗속을 달리는지도 모른다. 아무리 달려도 바다가 될 수 없는 해안선처럼. 그러나 모든 생애는 또한 비 내리는 밤이라서. 비의 투명함이 어둠을 통과할 때 혹은 어둠의 투명함이 비를 통과할 때! 우리는 기어이 파도가 되기도 한다.

2.

다만 어떤 생명이 인생을 찾아가서는 그 인생 가운데서 운명을 잃어버리고 꿈이 되는 순간이 있다. 여기서 꿈은 내 계획과 의도가 만드는 미래의 초상이 아니다. 나도 알지 못하는 나의 전체로서의 삶이 펼쳐놓은 알 수 없는 세계이다. 깨어나 생각하면 슬픈 것이지만 어떤 분간을 앞지르는 그곳이 우리 존재의 처소일지도 모른다. 이 메마르고 거친 세계의 한 편에 아픈 목숨을 위해 마련된 또 다른 생애일지도 모른다. 이 해안선이 도무지 뭍의 것인지 물의 것인지 알 수 없는 밤으로 가득 찬 생애 말이다. 그러나 파도가 물을 벗을 수 없다 해도 바람이 허공을 벗을 수 없다 해도, 기어이 달려서 제 전부를 드러내듯이—우리는 여전히 달리고 있다. 얼마나 다행인지 모른다. 저 빗방울들이 벌겋게 달아오른 얼굴을 때려 아픈 꽃들을 피워내고 있으니. 이 꿈이 꽃의 한 생애를 다 채우고 아침 뜰에 내 몸의 텅 빈 화단을 부려놓을 것이다.

3.

그러므로 모든 이야기는 운명론에 대한 것이 아니지만 결국 운명에 대한 이야기가 되고 만다. '제출될 결과'로서의 운명이 아니라 '제출된 원인'으로서의 운명 말이다. '결과의 제출'을 영원히 기각시키는 '원인의 제출'에 관한 이야기 말이다.

4.

창조가 슬픔을 시작하였다.

5.

지상의 길은 언제나 가팔라서 도무지 속수무책이지만, 한번 구르기 시작하면 멈출 수도 돌아갈 수도 없는 것—그래서 "후회"는 언제나 이편으로 굴러떨어진 인간이 저편에 서 있는 인간을 그리워하는 일이다. 거스를 수 없는 것. 어떤 불능 앞에 도래한 한 인간이 자신의 한계를 존재 속에서 확인하는 처절함 같은 것. 속수무책 같은 것.

6.

생각해보면 혼돈만큼 오래된 것은 없다. 어느 순간, 천지가 창조되었을 뿐. 엄밀히 말하자면 창조는 발명이자 발견이다. 하늘과 땅, 빛과 어둠은 혼돈 속에서 구해졌고 그 위에 처음과 다음을 가지런히 한 것이니. 애초에 질서는 혼돈을 원료로 하고 있는 셈. 이를테면, 질서와 혼돈은 세계의 총량을 나눠 가진다. 우리가 혼돈(죽음-불가능)의 세계에서 질서(생명-가능)의 세계로 왔다가 다시 혼돈(죽음-불가능)의 세계로 가는 것도 그와 다르지 않다. 흥미로운 점은, 태초에 신은 혼돈으로의 회귀를 예비하지 않았다는 것이다. '시작'은 있었으나 '끝'은 없었다. 죽음을 창조(하게끔)한 자는 악마이다. 인간은 영원한 생명을 누렸을 것이나 악마(뱀)의 꼬임으로 인해 죽음을 맞게 되었기 때문. 새삼스럽지만 혼돈에서 생명을 구한 것이 '말(신의 말씀)'이라는 사실은 다시 되짚을 만하다. 그래야 질서에서 죽음을 종용한 것도 바로 '말(뱀의 혀)'이라는 사실을 맞세울 수 있기 때문이다. 즉 신의 도구와 악마의 도구, 신의 방법과 악마의 방법—달리 말해, 세계가 질서를 획득하는 방식과 다시 혼돈으로 떨어지는 방식은 같다. 선악과를 먹으면 눈이 밝아진다는 악마의 예언과 그를 통해 죽음을 안내하고자 한 악마의 목표가 신에 의해 현실화된다는 사실도 흥미롭다. '눈이 밝아진다'는 것이 분별력과 관련한다는 점을 떠올린다면, 죽음에 도달하는 과정이 질서의 거절이 아니라 질서의 강화라는 사실을 알 수 있다. 그런데 왜 신은 뱀의 예언을 현실화시켰을까? 어쩌면 그들이 같은 도구(말)를 사용한 데서 그 까닭을 어림할 수도 있을 것이다. 그것은 신도 악마도 아닌, 언어가 스스로 만드는 힘인지도, 세계를 구성하는 것이 언어의 원리와 법칙이라는 사실을 보여주는 것인지도 모른다.

7.

그럼에도 불구하고, 이 저주의 계절을 묵묵히 통과하는 것이 형벌의 전부라면, 우리는 그 슬픔을 담담하게 받아들일 수 있을지도 모른다. 그러나 그 방향과 지평은 곧거나 편평하지만은 않아서 가끔 전후는 꼬이고 바닥은 뒤집힌다. 사건과 사연은 겹치거나 결별하고 몸과 감정은 서로를 혼동한다. 시간이 순간적으로 과밀해지거나 희박해져서 모든 알리바이가 한꺼번에 재연되거나 불신되는 때가 있는 것이다. 그것은 모든 것의 원인이면서 모든 것의 결과인 절대적인 순간을 만든다. 이러한 원인과 결과의 통합과 불일치는 물론 사랑이라는 충격을 통해 질서에 침입한 혼돈 때문이다. 그러한 침입은 수평적 시간 속에 위치한 개별적 사건들이 한 공간에서 충돌하는 가운데만 발생하는 것은 아니다. 그것은 수평적 공간 속에 위치한 개별적 사건들이 한 시간에 부려지는 가운데서도 발생한다. 종결된 사건이 느닷없는 순간에 다시 미제가 되는 것처럼 몇백 년 전의 슬픔이 생생한 감각으로 우리 앞에 나타나는 것이다. 아니 몇백 년 동안의 슬픔인지도……. 이 마음의 혼돈은 결과적으로 악마의 목표를 성공적으로 성취시키지만, 말의 질서를 벗어난다는 점에서 악마의 형식마저 휘발시켜 버린다. 그것은 무엇일까? 악마가 예비하지 않았지만 악마에 의해 성취된, 악마의 통제마저 벗어난 이 순간으로 인해 우리는 저주를 의심하게 되며 혼돈의 의미를 되묻게 된다. 여전히 형벌이지만 형벌의 원리가 파괴되고, 여전히 알리바이이지만 알리바이의 기능이 사라진 진공 속으로 던져지는 것이다. 그것은 기정사실화를 통해 운명이 된 우연이며, '혼돈의 질서'를 '혼돈 자체'로 바꿔놓은 '혼돈이라는 질서'이다. 어쩌면 이중의 부정이 긍정을 의미하듯 그것은 '혼돈의 혼돈'을 통해 '혼돈을 질서'로 바꿔놓는 것일지도 모른다.

8.

그리하여, 최후의 족속의 최후의 슬픔은 최초의 족속의 최초의 슬픔과 다르지 않다. 최후에 남겨진 것과 최초에 던져진 것은 모두 한쪽에 잘린 단면을 가지고 있기 때문이다. 그리고 그 단면은 진흙더미 속의 단층처럼 생의 한순간을 날카롭게 도려낼 때마다 나타나는 것이기도 하다. 그때, 단면은 모든 방향을 닫으면서 동시에 모든 방향을 열어준다. 그것은 각각의 오해들이 이유 없이 이해되는 순간이면서 모든 저기와 거기가 여기인 순간이다. 즉, 세계에 부려진 모든 고통과 고독과 서러움과 쓸쓸함 어느 하나와도 무관할 수 없는 순간인 것이다. 한편, 여전히 역사를 읽어내고 평화와 자연의 의미를 축출하고자 하는 노력은 또 무엇일까? 모든 역사의 상징과 자연의 은유를 통해 우리는 아득한 세계의 단면 속에 여전히 수직과 수평의 지도가 그려져 있음을 깨닫게 된다. 상하로 자라난 흔적과 좌우로 자라난 흔적이 공평하게 맞물린 나이테의 무늬처럼 말이다. 그래서 방향이 그 방향의 다채로움으로 면적을 만들고, 면적이 그 면적의 자유로움으로 방향을 갖는다는 사실을 알게 되는 것이다. 바로 혼돈이 자신의 방식을 통해 스스로를 질서로 바꿔놓는—혼돈의 혼돈으로서의 질서 같은—이 장면이 우리가 살아가는 현실의 지독한 리얼리티라는 사실을 알게 되는 것이다.

9.

드디어 시간이 흐르고, 나는 시가 삶을 구원한다는 말을 믿지 않게 되었다. 시를 쓰지 않아도 삶을 살았지만, 삶을 살지 않는 한 시를 쓸 수는 없을 것이기에. 오히려 삶이 시를 구원한다.

10.

가령, 아름다운 야경은, 어둠을 틈타 끝없이 귀환하는 고통을 감각으로부터 밀어낸다. 그러므로 우리가 완전히 착취당한 것은 고통이 아니라 어둠이다. 우리는 어둠 속에 홀로 남겨지는 시간을 빼앗겼다. 어둠이 호위해주던 상념들, 이를테면 나와 삶과 사랑과 우주에 대한 사색은 금지되었다. 마음은 욕망으로 번식하는 미래의 식민지가 되었다. 도시의 야경이 비추고 있는 미지의 시간 때문에 우리는 자신을 멈출 수 없는 것이다. 그러나 자고 나면 늘 오늘이듯이, 모든 내일은 오지 않는다. 미래는 언제나 죽어서 도착한다. 저 아름다운 야경은 미래의 썩은 시체로부터 우리의 시선을 끝없이 유린한다. 우리에게서 우리가 가진 가장 소중한 것들을 착취해 가기 위해서—네가 젊다면 젊음을, 네가 여자라면 여성을, 그리고 살아있다면 그 삶을 화려한 식욕으로 삼켜버리기 위해서. 도시의 야경이 아름다운 것은 그것이 인간성을 제물로 바치는 성스러운 의식을 닮았기 때문이다. 고백하건대 나는 이제 어둠을 잃었다. 그리고 나를 잃고서는 태연하게도 나를 잃었노라고 쓰고 있을 뿐이다. 도시의 야경 속에서 셔터를 누르고 있는 한, 나의 이 고백은 예리한 사랑이 되지 못한다. 나는 착취당하는 자의 고통을 착취당해야 하는 자의 운명으로 바꿔놓고 있을 뿐이다. 나는 이처럼 비겁하게 반복되는 고해성사에 참여함으로써 알량한 알리바이를 만들고자 하는지도 모른다. 미래를 살해한 용의자라는, 우리 모두의 협의로부터 말이다. 아름다운 야경은 도시로부터 약탈자의 표정을 지우기 위한 것이다.

11.

나는 내 내면의 모습을 그려보기 위해 글을 쓰지 않는다. 나는 말할 수 없는 것을 말하기 위해 글을 쓰는 사람이 아니다. 적대와 모순에 맞서 싸울 만큼 내 문장이 단련되었다고도 생각하지 않는다. 꿈을 이야기함으로써 꿈을 존재케 하고 싶은 것도 아니며, 순결한 꿈의 아름다움을 노래하고 싶어 하는 것도 아니다. 그러나 나는 쓴다. 다만 나를, 지금 여기를, 나의 헛된 상상과 치욕의 물이 뚝뚝 흐르는 기억과 아무에게도 용서받지 못할 사랑을 견디지 못해서. 그 견딜 수 없음을 조금은 견뎌보고자 하는 비겁함으로 쓴다.

12.

이제 그만 헛된 망령들이 나를 통해 말하지 않기를 바라던 때가 있었다. 이제 그만, 잃어버린 외짝 신발로 떠가는 구름과 끝내 상처인 노을과 비 그친 후 안개가 비끼는 골목, 그 모든 풍경의 근원으로 쓰러져 있는 죽은 영혼들이 나를 통해 말하지 않기를 바라던 때가 있었다. 나는 그 앞에서 서성이는 감각을 순수한 이성의 체로 걸러내기를 원했었다. 그러나 매번 내 말에 남는 것은 짓이겨져서 솟구쳐 오르는 망령의 감각들이었다. 어딘가 떨어져 나가 온전치 못한 감각들 말이다. 다리에 달라붙어 도무지 떨어지지 않는 거머리처럼 말이다. 그러나 생각해보라. 나는 죽은 자가 만든 세상에 살고 있지 않은가. 이 옷과 이 신과 이 말과 이 법을 보라. 나는 죽은 자가 지어놓은 밥을 먹고 살아가지 않는가. 어차피, 내 몸은 죽은 자로부터 온 것이 아닌가. 그리하여, 내가 보고 듣고 느끼는 모든 것들이 죽은 영혼의 것이 아니고 또 무엇이겠는가. 나를 가득 채운 것이 또한 죽은 영혼이 아니고 무엇이겠는가. 그래서 죽음은 거짓의 삶보다 훨씬 더 삶의 근원에 가까운 것이 아닌가. 이 슬픔이 쉴 새 없는 채찍질로 그것을 일깨워주고 있는 것은 아닌가.

13.

어쩌면 삶은 그 슬픔의 운반자가 아닌가.

14.

다만 나는 모든 시가 원하든 원하지 않든 슬픔을 질병으로 분류하려는 세계에 대한 영원한 저항을 형식으로 하고 있다고 믿는다.

문혜진

경북 김천에서 태어나 1998년 《문학사상》으로 등단했다. 시집 『질 나쁜 연애』 『검은 표범 여인』 『혜성의 냄새』가 있으며, 〈김수영문학상〉을 수상했다.

정지 비행하는 매

"자신의 환멸을 효율적으로 이용할 줄 모르고 그대로 사라지게
내버려둔 실패자, 그 실패한 예술가의 운명……"
—에밀 시오랑

태양빛이 하얀 매를 빨아들이고 어디론가 사라진다. 정지 비행하는 매. 매의 눈은 보이지 않는 것을 본다. 소리로 수렴되지 않는 진동을 느낀다. 사라지는 빛의 찰나를 감각한다. 수시로 변하는 바람에 따라 날개의 모양과 방향을 미세하게 바꾸며 공중에서 바람을 탄다. 신선한 피가 혈관 벽을 두드리고 내 안의 심실들이 일제히 깨어 태양을 향해 들끓는 난

기류의 시간, 허공에서 뜬눈으로 오래 꾸는 악몽.

*

나는 바란다. 아무것도 바라지 않기를, 고통의 잿더미에서 건져 올린 시간의 칠현금, 심장의 뜨거운 쇠줄을 뜯으며 내가 돌아갈 곳, 흙빛 바스러진 나뭇잎의 계절로 그 바싹 마른 낙엽을 누르며 결국 우리가 돌아갈 그곳. 사라진 빛과 들끓는 침묵, 땅속에 봉인된 시간의 파편들. 그리하여 점점 닳고 흐릿해져 이어붙이고 매만져도 결국 만져지지 않는 시간의 맥박 위에 나는 쓴다.

*

새 울음소리가 나를 따라 다닌다. 눈을 떠도, 눈을 감아도 폐를 쥐어짜는 듯 끓어오르는 새 울음소리. 만져지지 않는 소리를 찾아 숲을 오래 헤맨 적 있었다. 가까이 다가가면 아득히 멀어지는 새 울음소리. 어느 비 갠 오후 우연히 내가 엿보게 된 잿빛 새 한 마리. 베란다 화분 받침에 고인 물을 마시고 천천히 깃털을 씻고는 내가 좇아갈 수 없는 곳으로 흔적도 없이 날아가고 말았다.

*

내가 까마득한 밤의 아가리에 머리를 처박고 울부짖으면, 내 독방에 웅크린 흰올빼미가 찢긴 날개의 닻을 내린다. 내 독방의 흰올빼미, 밤의 파편을 걸치고 눈을 번뜩이며 폐선처럼 거기 앉아 있다. 비루하고 좁은 내 어깨 위, 그 희고 우아한 날개의 닻을 내려 납처럼 흐려진 내 눈을 닦는다, 닦아준다. 돌아갈 수 없는 빛, 어제의 그림자. 흰올빼미 속눈썹을 이어붙여 지난밤 악몽을 덮는다. 내가 까마득한 밤의 아가리에 머리를 처박고 울부짖으면, 잡은 모래쥐처럼 어깨를 움켜쥐고 나를 멀리 데려가 주기를! 나는 숨어들 곳 없는 나의 집, 어두운 식탁 밑에 웅크린 채 다시, 눈을 번뜩이며 폐선처럼 앉아 있는 흰올빼미를 바라본다.

*

관람객이 모두 돌아간 밤의 자연사 박물관, 박제 된 맹금류가 발톱을 세우고 나를 내려다본다. 호모에렉투스와 호모사피엔스 사이, 영장류와 인류가 마주보는 마네킹 사이를 떠다니는 검독수리의 환영, 서서히 바다가 되어가는 마지막 빙하의 그림자, 지층의 바닥에서 건져 올린 뼈와 살들의 시간을 거슬러 거대한 육식 공룡 화석 아래 눕는다. 거대한 날개가 펄럭인다. 호흡을 가다듬고 켜켜이 퇴적암이 된 원시 바다 속 이야기를 불러들인다. 나는 바라보던 것을 바라본다.

*

올무에 목이 걸린 고라니 그림. 내가 잠자는 방, 자작나무 합판 위에 맑은 붓 자국이 그대로 보이는 작은 그림 한 점을 걸었다. 자작나무 숲, 자정이 지나 작은 곤충들의 바스락거림과 시린 별빛이 하나의 소리에 집중되어 숨을 죽이는 시간. 생명의 사투를 벌이는 고라니의 몸부림에 숲속 작은 생명들까지 길을 터주고 그 울부짖음에 더듬이를 세우고 온 숲이 숨을 모아주는 것 같았다. 발목이라면 스스로 다리를 자르고 도망치겠지만, 목줄이 걸려 이러지도 저러지도 못하는 피투성이 고라니를 바라보다 잠못 드는 밤. 뒷목을 치켜들고 처절하게 울부짖는 피투성이 고라니에게서 나는 왜 가장 맑고 '순정'한 어떤 것이 떠오르는 것일까!

*

늙은 목수가 방 벽에 자작나무 합판을 설치하러 온 날, 나무 자르는 기계도 없이 오로지 낡은 톱 하나로 느릿느릿 나무를 자르고 이어붙여 내 공간을 자작나무의 살결로 둘러주었던 그날, 나에게 나무 냄새를 이식해 주고 떠난 늙은 목수를 생각한다. 그 방에 들어서서 나무의 결을 쓰다듬으면 나를 그때그때 둘러대 주었던 무거운 덧칠들을 다 덜어내는 것 같이 가뿐해진다. 폐 속 깊이 숨을 들이쉬면 텁텁한 방 안 공기 속에서 나무 냄새가 들이차 내 몸에 깃들었다. 자작나무와 나의 밀실, 나는 비로소 깊은 숨을 쉴 수 있는 사람이 된 것 같았다. 덕지덕지한 것으로부터 몸을 빼내어 덧칠들, 온몸에 주렁주렁 달고 있는 옷가지들과 장신구의 돌덩이들, 마음을 짓누르는 덧칠로부터 나를 빼내어 밤마다 자작나무 벽에 코를 대고 깊은 숨을 몰아쉰다.

*

어릴 적 우리 집 이층에는 공작비둘기 집이 있었다. 나는 그 사랑스럽고 비밀스러운 공작비둘기에 대해 이야기하지 않고는 배길 수가 없다. 아버지가 길들인 하얀 비둘기들은 낮에 어디론가 날아갔다가 저녁이면 어김없이 꼭, 꼭 집으로 돌아와 제 둥지에서 잠을 잤다. 아버지는 훈련시킨 비둘기 다리에 편지를 묶어 보내면 답장을 받을 수도 있다고 말했던 것 같다. 공작처럼 새하얀 꽁지깃을 세우고 반짝이는 까만 눈, 불가사리처럼 갈라진 붉은 발가락을 가진 새와 한집에서 살게 된다면 누구라도 그 새의 존재에 대해 몸달아 하지 않을 수 없을 것이다. 그 하얀 꽁지깃을 펼치기라도 한다면 너무 아름다워서 아아! 하고 탄성을 지르고 말 것이다.

비둘기가 가는 곳이 어디일까를 상상하고 또 상상했다. 자다가 갑자기 소나기가 쏟아지다 멈춘 시간, 그 시차가 붙들고 있는 물방울과 무더운 공기의 미끄러짐 같은 찰나의 냄새가 그들을 불러 모으는 것일까. 비둘기가 똥이 말라붙은 나무둥지로 들어가 까만 눈을 깜빡이면 어떤 먹먹함이 밀려와 그들을 그저 바라보는 것만으로도 경이롭고 가슴이 뛰었다. 하지만 나는 비둘기가 집으로 돌아오는 그 저녁, 회색과 오렌지색이 섞인 저녁의 그 느낌을 결코 문장으로 잡아두지 못할 것이다.

*

여름 한낮 고향집 마당 연못가에 키가 훌쩍 자란 야생 나리에서 뿜어져 나오는 '신경질'적인 매력은 주위를 압도하고도 남아 젖힌다. 진주홍빛 꽃잎에 검은 점이 찍혀 징글징글해 보이기까지 하는, 꽃이 피다 못해 뒤로 할랑 젖혀져 어떤 신경질적인 발산의 절정을 보는 것 같다. 귀를 찢을 것처럼 퍼부어대는 매미 소리가 갑자기 뚝, 멎으면 그 적막 속에서 더 이상, 더 이상은 없다고 몸짓하는 여름의 울분을 보는 것 같다.

이 신경질적인 꽃은 너무 신경질적이라 아름답다. 그 신경질이 몸을 활짝 젖히고 뒤로 나자빠진 채로 어쩔래! 하고 꽃술을 밀어낼 때, 눈앞에 펼쳐진 산 능선은 뿌옇게 흐려지고, 사는 게 점점 지루해져 서울 집으로도, 고향집에서도 내가 앉아 있는 연못가 돌, 외갓집 돌담에서 실어온 그 오래된 돌의 내력까지도 모두 그 강렬한 야생 나리의 젖혀진 세계 속으로 빨려들어 갈 것만 같다.

무더위에 얼굴이 발갛게 익어 아무런 의욕도 없이 연못가 돌 위에 앉아 그 작게 흩어져 있는 검은 점을 보고 있으면 온몸에 소름이 돋는다. 그 위에 당당하게 드리운 꽃술은 노란 가루를 뚝뚝 흘려 꽃잎에 얼룩진 모양이 당혹스럽게까지 하다. 무당개구리를 처음 보고 그 화려한 색깔에 질릴 정도로 놀랐던 장마철의 진초록과 진주홍의 대비. 신경질적인 자태의 꽃은 꺾을 마음도 생기지 않고 다가갈 마음도 좀처럼 생기지 않는다. 무당개구리를 손에 잡을 수 없었던 것처럼 이상한 경계심이 몸에 소름을 돋게 한다. 그 신경질적인 꽃대, 제멋대로 피어 있는 그들의 세계를 들여다보고 있으면 소란과 침묵이 팽팽하게 대치하고 있는 정원의 꽃들이 얼마나 사나운지 느끼게 될 것이다. 그 현기증 나는 붉은빛은 손목을 그어 자기 입으로 피를 흘려 넣는 사람처럼, 잘린 나무들의 수액처럼 절박하기만 하다. 그런 아름다움을 갖고 싶다.

*

황룡사지(皇龍寺址)에서의 이별, 베케트의 '막판' 첫줄 텅 빈 내부를 읽을 때, 우리는 황룡사 빈 절터에 내렸지. 끝이 보이는 허허로운 연애와 황량한 벌판의 석양. 너를 따라 밟아보던 예순네 개의 초석. 봉황 깃과 용비늘로 쌓아 올린 찬란한 금빛 구층목탑. 잿더미로 내려앉은 그 자리. 너를 따라 밟아보던 긴 긴 그림자. 텅, 텅! 폐사지를 떠도는 범종의 긴 울림.

*

목련꽃 터널에 꽃등이 켜지면 새장에 기르던 문조 한 쌍, 언제부턴가 그 새는 혼자다. 목련꽃 아래 앉아 있으면 이 마당을 거쳐 간 새와 할머니, 할아버지, 문조를 기르던 새장, 늙고 쇠잔한 그들의 배경에 초현실적으로 드리워져 있던 환한 목련꽃 터널.

*

이제 낱눈의 시간이다. 호접란이 낱눈을 하나씩 터뜨리는 동안, 꽃의 낱눈처럼, 다른 속도로 살다 사라지는 것들을 생각한다. 내 손 위에서 레몬빛 새끼 카나리아가 온기를 잃고 서서히 굳어간다. 깃털 사이 죽은 새의 성기를 처음 본 그 순간, 벌어진 깃털 사이로 처연한 떨림. 노루귀가 펄럭인다. 돌매화가 피어난다. 나는 처음부터 지는 꽃의 처연함을 알아버린 어린아이여서 끓어오르는 애를 삭히며 오래 울먹이는 저녁을 낳는다. 봄이 진다. 내 눈가가 물렁해져 간다.

*

너는 이런 유서를 쓰고 싶다고 했지. 눈 속에서 투명하게 풀어지는 물의 숨결, 너는 수만 년 전 눈이 쌓일 때 눈송이 사이에 들어간 공기, 눈이 쌓이고 쌓여 다져진 그 얼음 속에 갇힌 천 개의 밤이 슬어놓은 가장 오래된 빛. 차갑고도 순결한 시간의 결정체.

데킬라

문혜진

데킬라 생각나게 하는 비다
멕시코 남자 싸한 콧김이
플라타너스 잎새에 닿았다가
내 빨간 어깨로 뿜어지는 저녁

술잔을 탁자에 탁 내리치고
반달로 자른 레몬에
설탕, 커피를 꾹꾹 눌러
한입에 빨아들인다
침이 확 고이고
코끝이 시큰거려
신맛
단맛
쓴맛이
왈칵
죽은 애인의 주소처럼 밀려온다

인생은 참 화냥년 같아*
그치?

---

* 니코스 카잔차스키의 『그리스인 조르바』에서 조르바가 한 말이다.

이윤학

1965년 충남 홍성에서 태어나 1990년《한국일보》신춘문예로 등단했다. 시집『먼지의 집』『붉은 열매를 가진 적이 있다』『나를 위해 울어주는 버드나무』『아픈 곳에 자꾸 손이 간다』『꽃 막대기와 꽃뱀과 소녀와』『그림자를 마신다』『너는 어디에도 없고 언제나 있다』『나를 울렸다』, 장편동화『왕따』『샘 괴롭히기 프로젝트』『나 엄마 딸 맞아?』, 산문집『불행보다 먼저 일어나는 아침』 등이 있다. 〈김수영문학상〉〈동국문학상〉〈불교문예작품상〉을 수상했다.

스파크와 포옹

폐광됐던 금광에서 다시 다이너마이트 폭발음이 들렸다. 차돌의 파편과 먼지가 날아올랐다. 광산업자 아비를 둔 도시 여자아이가 전학을 왔다. 그녀를 바라보는 것만으로도 가슴이 뜨끔거렸다. 그녀가 올 리 없는 벼꽃이 핀 논두렁에 쭈그려 앉아 금세 피었다 지는 벼꽃을 바라보았다. 나에게는 사람을 만날 때마다 다이너마이트 폭발음이 들렸다. 나는 숨을 곳을 찾지 못한 패잔병이나 다름없었다. 사람들에게 무슨 말을 할 수 있을까. 숨지 못한 나는 피할 방법을 찾는 대신 그들에게 눈으로 말했다. 제발 나를 아는 척하지 말아 주시길. 그냥 왔던 길로 돌아가 주시길. 나는 소심해져 차돌에 박힌 금속이 되고는 했다. 겉으로 드러나지 않은 금속과 만나기 위해 차돌에 차돌을 던졌다. 수천만 년 전에 생성된 스파크와 내가 하지 못한 말들이 포옹하는 순간이 있었다. 그때마다 별이 태어나고 별들의 운행이 시작되었다. 나는 지독한 말더듬이였다. 하지만 말을 잘하기 위해 말을 더듬지 않기 위해 어떤 노력도 기울이지 않았다. 새벽마다 아래사랑채 대청마루 쪽 측백나무에 앉아 재잘대는 참새들의 말을 들었다. 밥 먹을 때마다 말을 붙이는 부모님과 동생들이 성가셨다. 뒤곁의 고야나무, 앵두나무, 감나무, 밤나무, 개망초, 졸(부추), 토담의 벌집을 들락거리는 벌들, 장독대의 항아리들에게 대신 말해주기를 바랐다. 나는 밥 먹을 때 산 정상에 올라 호흡을 할 때 달리기를 할 때 입을 크게 벌리고 잠잘 때를 제외하곤 입을 다물었다. 나는 설명이나 변명을 하지 못하는 벙어리가 된 거였다.

벙어리 한 씨 아저씨는 장가를 들고 열흘쯤 말문이 트였다고 했다. 이후로 그의 말문은 어떤 연유로 닫히게 된 걸까. 그는 늘 웃는 낯으로 사는 벙어리였다. 취중에 엄지와 중지를 번갈아 펴들고 애개개, 애개개개, 애개개개를 연발했다. 그는 누구보다 말을 잘하고 싶었던 게 아닐까. 누구보다 하고 싶은 말이 많았던 게 아닐까. 아무도 알아들을 수 없는 그만의 말이 사람들 사이에서 공허하게 울렸다. 한자리에 모여 앉아 낮부터 술을 마셨지만 사람들은 화투를 치지 않는 그의 존재를 지운 상태였다. 불콰하게 취한 그가 술집을 나와 맨손 세면을 하고 공동묘지를 바라보고 게를 내리고 소변을 보았다. 부글거리는 거품이 일었다. 부화하지 못한 말들이 거품이 되었다. 소변을 보는 독에서 흘러넘친 거품이 신작로까지 침범하였다. 아버지를 불러올리라는 어머니의 특명을 받은 나는 그가 열고 들어간 칸이 많은 유리문에 번들거리는 저녁노을을 바라보았다. 그는 왜 소통 불가능한 사람들과 어울릴 수밖에 없는 걸까. 그는 왜 집에서 기다리는 마누라를 염두에 두고 있지 않는 걸까. 정중앙 가르마를 타 비녀를 꽂은 머리에 물을 찍어 바르며 이제나저제나 그를 기다릴 마누라는 그냥 있는 존재가 되어버린 걸까. 진드기가 달라붙은 무궁화나무에 꽃이 만발한 여름밤, 그가 혼잣말을 흘린 적이 있었다. 그는 걷잡을 수 없이 취해 좁은 교각에 서 있었다. 녹이 슨 교회 종탑이 간신히 윤곽을 드러낸 언덕을 바라보았다. 그가 찬물의 개구리처럼 짧게 울었다. 거기 목매달아 죽은 동네 아주머니의 이름을 부른 것도 같았다. 그의 걸음은 휘청거렸지만 신작로를 벗어날 정도는 아니었다. 그는 누추한 슬레이트집 마루에 켜진 백열등이 발산한 빛을 볼 수 없었다. 그는 혼자였지만 혼자이기를 원한 적이 없었다. 그의 집엔 가솔들이 우글거렸지만 그의 집은 홀아비 혼자 사는 옛집이었다. 장에 갔다 돌아오는 마누라를 정류장까지 뛰어나와 업고 가던 그의 젊은 시절은 사람들 뇌리에만 남았다. 나는 언제나 탈출하는 그를 기억하고 있었다. 마누라를 목마에 태운 그가 술 없이도 흥에 겨워 추던 춤을. 그리고 그가 부르는 가사 없이도 완벽한 노래들을.

학교에서 돌아와 책보를 마루에 집어 던진 나는 산과 들, 바다를 쏘시고 다니는 벙어리였다. 어디에 어떤 새가 둥지를 틀었는지 토끼와 노루길이 어떻게 이어지는지 어디에 너구리굴이 있는지 부엉이는 어디서 사는지 어디에 있는 야생보리수와 토종블루베리(정금)가 언제 익을지 도라지와 창출과 잔대가 어디에 밀집해 있는지 오이꽃버섯은 어디서 올라오는지 말할 필요가 없는 독립공간에서 나는 신이 났다. 주전자를 들고 바다로 달려가 혼자서 수영을 하고 손으로 게를 잡고 고기를 잡았다. 나는 샘물이 어디에 고여 있는지 알고 있었다. 한쪽 다리를 들고 맘껏 샘물을 들이켜고 자갈 바닥에 벌렁 누워 눈을 찡그린 채 태양과 구름과 하늘을 보았다. 옅은 지린내를 몰고 온 갯바람이 비단결 홑이불을 덮어주고 잠결을 부채질했다. 저녁쯤에 눈이 떠져 바라본 언덕에 관이 떨어져 사각

형의 구멍만 남은 무덤이 보였다. 그곳의 수문이 들이켜는 밀물 소리에 놀라 꼼짝할 수 없었다. 해골과 뼈들이 굴러떨어지는…… 파도에 파먹힌 해변의 묘지가 있던 언덕에 꼼짝없이 사로잡혔다. 나는 죽은 자들이 살아보겠다고 악을 쓰는 현재에 외따로 갇힌 벙어리였다. 온갖 상상을 뒤따르는 공포를 떨치고 일어날 용기가 내게는 없었다. 나와는 상관없는 그들의 현재를 상상하면서 내 과거를 지울 수 있었다. 나는 말할 수 없어 말을 더듬었다는 사실을 망각한 어린아이였다. 그때 누군가 불쑥 나타나 준다면 다시는 말을 더듬지 않을 수 있겠다 싶었다. 바닷물에 빠져 몇 번 죽을 고비를 넘긴 다음이었다. 나는 영원히 죽지 않을 거라는 자신감을 상실해가고 있었다. 홍수가 진 날 불어난 냇물을 건너다 보창에 휩쓸렸을 때 그곳에 빠져 죽은 여자아이가 떠올랐다. 그 아이가 발목을 잡고 세상 끝으로 이끌고 있었다. 그곳의 흙탕물 소용돌이에서 세 번 떠올랐을 때 나는 계속 물풀을 이어 잡고 있었다. 죽음에 대한 공포 때문에 숨이 막히고 더 이상 말을 잘할 자신감 또한 상실했다. 삽으로 뱀목을 치는 광경을 지켜보면서 뱀이 목 없이 얼마나 빠른지를 알았다. 잠글 수 없는 수도꼭지에 연결된 호스가 피를 내두르며 질주하는 광경이 꿈에도 나타났다. 우리는 태어날 때 이미 목이 잘린 게 아니었나. 그래서 어딘지 모르는 곳을 향해 질주할 수밖에 없었다. 뱀 껍질을 벗겨 막대기에 끼운 지휘봉을 든 선생님께서 대답을 못하고 구구단을 못 외우고 책을 못 읽는 내 등을 휘저었다. 그가 잘린 뱀목에서 떨어진 뱀 대가리를 보여주었다. 그의 말을 듣지 않으려고 나는 달리고 있었다. 고무줄이 팔뚝에 묶이고 주사바늘이 꽂힐 때에도 나는 달리고 있었다. 나를 지키고 위해 순간을 모면하기 위해 나는 달리고 있었다. 말이 필요 없는 세상으로 도주하고 있었다. 다시 태어나고 싶은 세상으로 가출하고 있었다.

"나는 내가 아니었음 싶다/나는 내가 없는 곳으로 가서/나랑 만나 살고 싶다//복숭아 꽃 피는 언덕을 넘고 싶다/복숭아 꽃 피는 언덕으로 가고 싶다"(「복숭아 꽃 피는 언덕」 전문)

말이 필요 없는 세상이 존재했다면 나는 끊임없이 그곳으로의 탈출을 시도했을 것이다. 초등학교 4학년 때 담임선생님이 우리 집에 이사와 살았다. 선생님은 밖으로 나도는 나를 저녁마다 신혼 방으로 불러내려 글을 쓰게 했다. 그때까지 일기도 써보지 않은 내게 글을 쓰라고 했다. 처음엔 몇 줄 쓰지 못했지만 곧 혼자 떠돌면서 관찰한 내용을 옮겨 쓰는 일에 익숙해졌다. 내가 책을 읽고 글을 쓰게 될 줄은 몰랐다. 나로 인해 내가 감탄할 일이 생겼다. 나무에 기어 올라가 책을 읽고 글을 쓰는 생경한 내 모습에 내가 놀랐다. 그때 내가 말더듬에서 벗어났다면 묻고 대답하기를 쉽게 했다면 말을 더듬다 첫 마디가 터져 나오지 않아 발을 구르다 윗집 누나의 발을 밟고 선생님의 발을 밟지만 않았다면 그 상처를 내가 아무것도 아니라고 치부했더라면 나는 문자언어로 말하려는 노력을 접었을 것이다. 써레질하는 아버지 뒤를 제비들이 낮게 날았다. 수십 마리의 제비들이 날면서 소리를 질렀다. 전깃줄에 앉은 제비들이 무슨 말인가를 끊임없이 쏟아냈다. 그 말들과 들뜸 소요를 견디는 유일한 방법은 눈을 감고 귀를 닫는 게 전부였다.

"집질 자리를 고르듯, 지붕 위에 앉은/한 쌍의 제비가 재잘거리는 걸 본다/제비의 말은 너무 빠르다 제비의 말은/너무 길다 나는 알아듣지 못한다/제비들은 어떻게 그걸 다 기억하는지, 알아듣는지/모른다 언젠가 살아본 곳이라는 듯/오랜만에 찾아와 할 얘기가 끝없이/밀려 있다는 듯,

제비는 나란히 앉아/재잘거린다 제비들이 보고 있는 곳이 나에게는/보이지 않는다//상처를 감추려는 사람은 어느새/말이 많아진다는 생각 허공 속으로 눈길을 돌린다는/생각…… 제비는 하늘 높이 날아가고 있다"(「제비」 전문)

나는 고등학교 1학년 가을까지 소설을 쓰는 말더듬이였다. 하숙집 뒷산에 올라 추수가 끝난 평야를 바라보았다. 바짝 잘린 벼 밑동에서 새싹이 올라와 있었다. 곧 혹한이 닥쳐올 것이었다. 그런 것을 염두에 두고 살고 싶지 않았다. 평야를 가로지르는 경부선 철길에서 비명을 지르며 교차하는 기차들을 보았다. 나는 나를 버리고 새로운 나와 만나기 위해 시를 써볼 작정이었다. 양계장을 하는 하숙집에서 밤마다 달걀을 삶아 먹고 진탕 닭똥 냄새를 맡았다. 한밤의 성에 낀 하숙방 창문을 노크하는 소리가 들렸다. 수학여행에서 돌아온 그녀가 에델바이스 액자를 건네고는 하숙방보다 높은 길로 달아났다. 벙어리인 내가 어떻게 그녀에게 다가갈 수 있단 말인가 내 절망은 비탄에서 비롯되었다. 그녀가 남긴 에델바이스 액자를 수천 번 열었다 끼워 맞춘 어느 날, 나는 짧은 시 한 편을 옮길 수 있었다.

"그대가 꺾어준 꽃/시들 때까지 들여다 보았네/그대가 남기고 간 시든 꽃/다시 필 때까지"(「첫사랑」 전문) 그리고 이십여 년이 흐른 어느 날 옛 하숙집에 가 변한 것 없는 하숙방에서 시 한 편을 옮겼다. "초승달이 설산(雪山) 높이에서/눈보라에 찌그러지면서 헤매는 것,/내가 얼마만큼이라도/너에게 다가가고 있다는 증거다//창문보다 높은 골목길/ 발자국이 뜸한 새벽녘,/설산 어딘가에 솜털 보송한/네가 있다기에 나는 아직도/붉은 칸 원고지에 소설을 쓰는 거다//너와는 이루어질 수 없는 사랑이라/너와는 이루어지는 소설을 쓰는 거다//곁에 있던 네가 내 안으로 들어와/이룰 수 없는 꿈을 같이 꾸는 거다"(「에델바이스」 전문)

죽은 세포까지 살려내는 시를 쓰겠다고 떠벌렸던 나였다. 언젠가는 약속을 지키기 위해 시를 썼다. 배꽃이 피기 시작할 때, 자귀꽃이 피었을 때, 나는 그곳에 가서 네가 자취하던 집 창문을 바라보았다. 공주집에 앉아 소주를 마시며 너를 기다렸다. 첫 시집이 나온 얼마 후 너를 만나러 태종대에 갔었다. 나는 너에게 폐등대였던 게 확실해 너는 나에게 올 수 없었다. 네가 화장실에 갔을 때 나는 너와 내 이름이 적힌 우리들의 첫 시집을 파도의 페이지에 끼워 넣었다. 등대에 기대어 울 수도 웃을 수 없는 상태가 되었다. 나는 어떤 말도 할 수 없는 벙어리였다. 오디가 익을 무렵 다시 찾은 그곳에서 나는 노을이 깔린 수평선을 보았다. 시공을 달리해 살아가는 너와 내가 다시 만나 소주를 마실 우연은 더 이상 일어나지 않았다.

"내가 먼저 도착해 파도 밑에/핸드폰을 넣어두고 떠나야 했지/저물녘 수평선까지 다가갔던 마음/이런 상태로 하늘을 본 적은 없었지/몹쓸 소설의 표지를 디자인한/노을이 빠져나갔지/완성 불가능한 소설에 구겨넣은/이미지들 조류를 타고 쓸려 다녀/반을 잃은 보름달이 떠올랐지/내용을 가르고 화물선이 지나갔지/거래는 이루어지지 않았지/상처는 찰나에 꿰매어지고/누군가의 눈빛으로 읽히고/아물 수 있다고 믿었지/고개를 가로젓는 달밤이 돌아왔지"(「태종대」 전문)

네가 내 환상이 되어주지 않았다면 나는 벙어리가 되어 벌써 억새를 피우는 무덤에 들지 않았을까. 네가 내 피부였고 내 의지였고 내 심장이었다. 너는 언제나 나에게는 질 수 없는 나로 만들어주었다. 그러나 너는 내가 사라진 후엔 아무것도 아니게 되리란 걸 모를 것이었다. 나는 내가 아닌 '나'였고 너 또한 네가 아닌 '너'였으므로. "하루 종일,/내를 따라 내려가다 보면/저수지가 나오네/내 눈 속엔 오리 떼가 헤매고 있네/내 머릿속엔 손바닥만 한 고기들이/바닥에서 무겁게 헤엄치고 있네//물결들만 없었다면, 나는 그것이/한없이 깊은 거울인 줄 알았을 거네/세상에 속까지 다 보여주는 거울이 있다고/믿었을 거네//거꾸로 박혀 있는 어두운 산들이/돌을 받아먹고 괴로워하는 저녁의 저수지//바닥까지 간 돌은 상처와 같아/곧 진흙 속으로 비집고 들어가 섞이게 되네"(「저수지」 전문) 나는 너를 기다리면서 나를 기다렸다는 걸 알았다. 너 또한 "파먹을 수 있는 것,/나 자신밖에는 없"(시집 『붉은 열매를 가진 적이 있다』 표4글 부분)어 저녁이면 벙어리가 될 때가 있을 것이다.

김신용

1945년 부산에서 태어나 1988년 《현대시사상》으로 등단했다. 시집 『버려진 사람들』 『개같은 날들의 기록』 『몽유 속을 걷다』 『환상통』 『도장골 시편』 『바자울에 기대다』 『잉어』, 시선집 『부빈다는 것』, 장편소설 『달은 어디에 있나』 『기계 앵무새』 『새를 아세요?』가 있다. 〈천상병문학상〉 〈노작문학상〉 〈올해의좋은시상〉 〈고양행주문학상〉 등을 수상했다.

물방울 변주 3

*

물방울의 표면장력은, 혹시 물방울의 영어(囹圄)가 아닐까?
날마다 한 방울씩 받아먹는 물방울 감옥—.

*

하루를 살기 위해 하루살이가 되어서도, 그 한 모금의 해갈에 다시 되살아나는 하루치의
희망처럼—,

오늘도 맑고 투명하게 맺히는 새벽의, 인력시장을 서성이는 갈증을 본다.

*

하루가 영어 같다고, 감옥 같다고 생각하면서도
이 하루를 살지 못하면 다음 하루는 없으므로

다시, 스스로 찾아드는

—이 영어,
—이 감옥.

*

그 한 모금의 해갈에, 다시 맑고 투명하게 맺히는
또 하루치의

표면장력—.

*

횟집에서 회를 주문하면 회가 담긴 접시 위에 노란 레몬 몇 조각이 얹혀 있다

살균과 풍미를 위한 레몬 조각들, 꼭 웃는 조등(弔燈) 같다

*

'더미(dummy)'라는 것이 있다. 인간의 골격과 가장 유사하게 만든 마네킹이다.

시속 200km의 속도로 달리는 차가 콘크리트 방호벽과 부딪쳤을 때, 인체가 어떻게 반응하는지를

어떻게 부서지고 어떻게 변형되는지를 시뮬레이션으로 보여주는, 더미들—. 인간 대행(代行)의 마네킹들—.

*

도장골에 살 때, 집 뒤 산밭에 먹이를 구하러 왔다가 덫에 치인 어린 짐승을 본 적이 있다.

쇠로 만든 덫에 물린 한쪽 발목이 반쯤 잘려져 있는—, 이제 고통도 아픔도 마비되었는지 까만 눈동자로 풀숲 사이로 불쑥 나타난 나를, 공포도 잊은 채 뭔가를 호소하듯, 뭔가를 애원하듯 애처롭게 올려다보던—.

그 맑고 초롱하던 검은 눈동자를 지금도 잊을 수가 없다.

*

거미에게 가장 어려운 것은 거미줄을 뽑지 않는 것이다.

천양희 시인의 시 「무소유」에 있는 구절이다.

*

무소유를 무소유한 사람을 알고 있다. '샤카무니'다. 그는 몸에 지니지도 못할 우주를 도둑질하고도 안 훔친 척 시치미를 떼고 있다. 죽어서도 관 밖으로 두 발을 내밀고 있다.

*

우주에서 바라보면 이 지구도 한낱 물방울이다. 그러나 인간의 눈엔 한없이 부드러운 푸른빛의 표면장력을 가진, 아름다운 물방울이다.

*

내가 싫어하는 표현 중에 이런 것이 있다. 몇억 광년의 무한공간을 지나와, 저 별빛이 지금 우리 곁에 빛나고 있다.

몇억 광년이라는 거리가, 도무지 손에 잡히지 않기 때문이다.

그냥 이렇게 말하면 어떨까? 저 별빛은 무한 심연의 어둠 속에 알몸으로 투신해, 지금 내 곁에 머물고 있다.

*

아무래도 나는 즉물적 인간인 모양이다. 나는 손에 잡히지 않는 것은 믿지 않는다.

*

'자기절단'은 동물이 위험에 처했을 때 나타내는 본능적인 방어 행위이다. 가장 아픈 것을 떼어주고 가장 소중한 것을 지킨다.

저 물방울을 보라, 가장 작은 것을 떨어트리고 더 큰 자신을 지킨다.

*

요즘 영어(囹圄)가 유행이다. 영어의 몸이 무슨 귀하신 몸처럼 회자되고 있다. 감옥에 갇힌 것을 '영어의 몸'이라고 표현하니, 낭만적이고 시적이기까지 하다. 감옥을 상징하는 이 한자어가 무슨 고상한 언어처럼 느껴지는 것이다. 창가에 놓인 아름다운 새장쯤으로 여겨지기도 한다. 지난날, 교도소에서 매달 발행되는 《새길》(new life)이라는 잡지에는 흔히 이런 글들이 실려 있었다. "어머니, 이 불효자는 웁니다. 이제 '영어의 몸'이 되어서야 부모님의 은혜가 뼈에 사무칩니다." 이 글을 읽은 어떤 재소자는 '영어의 몸'이 어떤 뜻인지 정확히는 몰라도, 그 말이 너무 듣기 좋고 가슴에 사무친다며 눈시울을 붉히기까지 했다. 나 또한 그 표현이 너무 마음에 들어, 감옥이 무슨 고향처럼 포근히 느껴지는 것이었다. 인간이기를 포기함으로서 새롭게 만들어지는 번호인간—, 그것이 오늘날의 영어의 몸인데도, 감옥의 죄수인데도, 표현 하나에 의미가 이렇게 희석되다니! 새삼 언어의 힘을 느끼면서도 실소가 머금어지곤 한다.

*

그래, 땅에 금만 그어놓아도 감옥이 되는 시절이 있었다. 금이 禁이었기 때문이었다. 땅에 아무렇게나 그어진 금—. 혹시 이 금이 영어(囹圄)라는 한자어를 만들어내지 않았을까?

*

이 영어와 오늘날의 감옥을 생각하면, 문득 밀란 쿤데라의 말이 떠오르곤 한다. "저녁의 노을에 비치면 모든 것은 향수(鄕愁)의 유혹적인 빛깔을 띠고 나타난다. 단두대까지도—."

그렇다면 이 '영어'가 저녁노을일까?

저녁노을의 빛깔을 띤, 언어의 단두대일까?

*

사람이 돼지로 변했으면서도 사람처럼 생각해야 하는 형벌이 있다. 물론 오디세이아에 나오는 이야기다.

돼지의 몸속에 뿌리박혀 있는, 사람으로서의 기억—.

이것이 망각의 쾌락을 거부하고 아무리 고통스럽다고 해도 지나간 시간과 현실을 잊지 않으려는 사람에 대한 '연을 먹는 사람들의 나라'의 형벌이었다.

돼지로 변했으면서도 사람처럼 생각해야 하는, 이 형벌—.

혹시 이것 또한 언어의 단두대일까?

*

밤의 광화문 광장을 가득 메운 촛불들—. 망각을 거부하는 눈빛들—.

*

며칠 전, 한 아이가 물었다. 아저씨, 영어의 몸이 뭐예요? 영어의 몸이 어떤 거예요?

나는 신문을 보다 말고 아이를 물끄러미 쳐다보았다. 아이는 마치 영어를 잘하면 영어의 몸이 되는 거예요? 하고 묻듯 웃고 있었다.

그러나 나는 선뜻 대답할 수가 없었다. 영어는 감옥이란 것을—. 영어의 몸은 감옥의 죄수라는 것을—.

그래, 나는 선뜻 대답을 해줄 수가 없었다.

문득 지난날 감옥에서 들은 한 일화가 생각났기 때문이었다. 그것이 영화의 스토리였는지, 감방의 죄수들이 시간을 죽이기 위해 지어낸 이야기인지는 몰라도, 재미나게 들었던 한 일화가 생각났기 때문이었다.

어느 날, 미국의 악명 높은, 중범죄자들만 수용하는 교도소의 감방에 갇힌 한 죄수에게 신부님이 찾아온다. 신부님이 찾아온 감옥의 죄수는 암흑가의 보스였다. 정확히 말해, 같이 고아원을 탈출할 때 한 아이는 불의의 사고로 죽었고, 한 아이는 신부님이 되었고 또 한 아이는 암흑가의 보스가 되었다.

그러니까 신부님은 같이 고아원을 탈출하여 이제 암흑가의 보스가 된 어린 시절의 친구를 찾아온 것이었다.

면회실에서 어린 시절의 친구를 만난 신부님은 이렇게 말한다. 사형당하는 날, 제발 살려달라고 애원하고 애걸해 달라고―. 그렇게 비참하고 비굴한 모습을, 너를 영웅으로 생각하는 빈민가의 아이들에게 보여달라고―. 그래야 그 아이들을 미래의 죄수로, 사형수로 만들지 않는다고―.

그러자 암흑가의 보스는 말한다. 그렇게 해주면 내가 마지막 가는 길을 배웅해주겠느냐고―. 신부님으로서, 친구로서 그런 내 모습을 지켜봐주겠느냐고―.

신부님은 슬프지만 애써 담담한 눈빛으로 꼭 그렇게 해주겠다고 약속을 한다.

그리고 며칠 후―, 그 암흑가의 보스는 친구인 신부님의 부탁대로 한없이 나약하고 비굴한 인간의 모습으로 사형장의 '이슬'로 사라진다. 죽음 앞에 가장 못나고 부끄러운 한 인간의 모습으로―.

물론 이 이야기는 감옥에서 죄수들이 시간 죽이기 구라빨로 회자되던 것이었지만, 갑자기 그 이야기가 떠올랐기 때문이었다.

나도 그 '이슬' 한 방울을 아이의 이마에 얹어주고(서정주 시, 「자화상」) 싶었을까? 차마 영어의 몸이 감옥의 죄수를 멋지게 표현하는 것이라고 말해주지 못했다.

*

배고픔을 달래지 못하면 영혼을 진정시킬 수가 없다. 이것은 잭 런던의 『강철군화』에 나오는 말이다.

이 말을 이렇게 바꾸면 어떨까?

마음을 달래지 못하면 영혼 또한 진정시킬 수가 없다.

*

또 요즘 키친 캐비닛이란 말이 유행이다. 술자리에서도 니 키친 캐비닛은 뭐꼬? 하고 농담을 주고받기도 한다. 그러면 나는 골똘히 생각해보곤 한다. 혹시 내 키친 캐비닛은 뭘까? 그런 것이 있기나 한 것일까?

혼자 그런 생각을 하다가 문득 떠오른 것이 있었다. 어쩌면 내 키친 캐비닛은 기억이 아닐까? 아무리 잊으려고 해도 잊히지 않는 기억—, 하고 곰곰이 생각하다가 혼자 피식 웃고 만다. 내가 너무 초라하게 느껴져서이다.

그래, 가진 것이라고는 기억밖에 없으니 이런 궁상도 무리는 아니지—, 하고 자위하다가 또 씁쓸히 웃는다. 그러다가 머릿속에 반짝하고 필라멘트가 켜진다. 이 키친 캐비닛을 주제로 멋진 시가 한 편 쓰일 것 같다. 그래, 지금의 내게 키친 캐비닛은 무엇일까? 혹시 노을은 아닐까? 내가 마른 갈대가 되어 사양(飼養) 같은 사양(斜陽)에 젖게 하는—, 단 하루가 사양(飼養)인 사양(斜陽)에 젖게 하는—.

*

자기공양은 불가(佛家)의 최고의 미덕이다.

이것은 삼라만상이 하나로 연결되어 있다는, 즉 내가 너고 너가 나라는, 궁극적으로 너와 나라는 이분법적 분별심도 없어지는, 원(圓)의 사상에서 발생한다.

흔히 소신공양으로도 부르는, 이 자기공양은 나를 죽으로서 너를 살리는—, 그러나 너를 살림으로서 내가 사는—

그래서 끝내 모든 것이 사는—,

이 원리에 의해 삼라만상이 작동되고 있다는, 사상에서 발생되는 미덕이다.

*

보라, 산중에서 범을 만난 어느 선사는, 주저 없이 자신의 팔 하나를 뚝 떼어 배고픈 짐승에게 던져주었다는 이야기—.

*

선(禪)의 세계는 불립문자의 세계이다.

그 불립문자의 세계를 언어로 표현하고자 했던, 선(禪)의 시인이 있었다. "흰 설원 위에 붉은 꽃잎이 뚝뚝 떠가고 있다." 이 "붉은 꽃잎"이 진흙으로 만든 소다.

이 진흙소를 타고 물을 건너야, 깨달음의 세계를 만날 수 있다.

배고픈 짐승에게 던져준 '팔 하나'의 의미를 알 수 있다.

*

한때 나는 空의 사상을 저주한다, 라고 쓴 적이 있다.

생을 무(無)라고 말하는, 이 우주가 텅 빔으로 가득 차 있다는, 그 입속의 검은 구멍을 저주한다, 라고 썼었다.

숟가락도 없이 공기를 먹고 부풀어 오르는, 공기가 밥인, 그 공기가 내장인

그래서 입과 항문이 '하나'인—, 空.

내가 무소유라는 개념마저 무소유한, 텅 빈 몸이었을 때.

*

풀잎에 붙어 있는 낡은 염낭거미의 집을 열어보면

거기, 새끼들에게 자신의 체액을 다 빨린, 이제는 말라 바스러져 가는 염낭거미의 껍질이 놓여 있다.

한없이 얇고 가벼워져, 자신의 체중이라고는 한 점도 없는—.

*

이 空—, 오늘도 길을 걷는 내 목 뒷덜미에 차갑게 떨어져, 소스라쳐 뒤를 돌아보게 한다.

뒤를 돌아보며 등줄기를 타고 흐르는 그 서늘함에, 멍하니 서 있게 한다.

*

또 한때, 空의 사상이란 이런 것이 아닐까—, 상상한 적이 있다.

살은 모두 회로 뜨여졌는데도, 얼마나 날카롭고 정교한 칼날이 지나갔는지 뼈만 남은, 살 한 점 없이 뼈만 남은 몸뚱이로

아직 살아, 횟집 수족관에 담겨 있는—,

아직도 바다 밑 평화로운 산호초 사이를 유영하고 있던 때를 기억하고 있는지, 꿈을 꾸듯, 이따금 느릿하게 등줄기의 지느러미를 일렁이곤 하는

그 뼈의 물고기—.

*

정말 인간의 이성이란 불안한 직관을 덮는 얇은 칠에 불과한 것일까?
(『우리는 어떻게 괴물이 되어 가는가』)

*

그래, 물방울은 계속 물방울로 남아 있어야 한다.

물방울의 해방은, 또 다른 것의 물질적 궁핍을 의미하기 때문이다.

*

—돼지를 경주마로 만들 수는 없어요.

—물론 그야 안 되지, 하지만 아주 빠른 돼지로는 만들 수 있다네.

—존 스타인백의 『에덴의 동쪽』

*

물방울이 물방울 악기를 연주하고 있다

마치 발가벗은 몸으로 첼로를 연주하는 나탈리아 망세처럼

알몸으로 백색의 음을 연주하고 있는. 저 물방울들—,

오늘, 두 손 내밀어 가만히 받으면

손바닥 안에 맑게 고이는, 또 한 모금의 해갈—.

손택수

1970년 전남 담양에서 태어나 1998년 《한국일보》 신춘문예로 등단했다. 시집 『호랑이 발자국』 『목련 전차』 『나무의 수사학』 『떠도는 먼지들이 빛난다』, 동시집 『나의 첫 소년』이 있다. 〈신동엽문학상〉 〈오늘의 젊은 예술가상〉 〈임화문학예술상〉 〈노작문학상〉 등을 수상했다.

소년이여, 오라

나무 인간

거기에 나무가 있었다. 농가 왼쪽에는 감나무가 있었고, 오른쪽에는 배나무가 있었다. 어른들은 들일을 나갈 때면 언제나 새끼줄로 아이를 묶어놓았다. 감꽃이 필 때는 감나무가, 배꽃이 필 때는 배나무가 베이비 시터가 되어주었다. 그때 우는 아이를 위해 나무는 자장가를 불러주었으리라. 울다 지쳐 잠든 아이를 위해 다독다독 이파리를 흔들었으리라. 꽃이 지는 어느 봄날이었던가. 새끼줄이 허락하는 범위까지 나무 둘레를 자전하던 어린 짐승은 지는 꽃에 흙을 버무려 먹고 있었다. 그때의 새끼줄은 이 행성과 나를 잇는 탯줄이었다.

농경문화시대의 궁핍마저 설화적 어조로 위무해주던 그 유실수로부터 떨어져 나온 것이 내 근대의 어렴풋한 기점이다. 어머니는 대소쿠리 바구니 행상으로 경전선을 탄 여섯 살 무렵에 나의 전근대가 끝났다 하고, 선친은 농업을 팽개치고 떠난 그 무렵이 우리 가족사의 눈부신 계몽기였다고 한다. 뿌리내린 나무의 장소애 대신 속도와 스펙터클의 휘황찬란한 편람이 우리를 기다리고 있었다. 설화와 농업과 미신으로부터 해방된 나는 계몽의 단계를 충실히 밟기 위해 제도 언어를 학습했다. '더 높게, 더 빠르게, 더 멀리!'. 올림픽 표어를 외우면서 열등생과 낙오병의 공포감에 포박되는 일이 없도록 자신을 독려했다. '이승복 어린이'처럼 새로운 국가의 설화에 비분강개하면서 애먼 책상에 삼팔선 칼금을 긋고 함부로 적의를 불태웠다. '새벽종이 울렸네 새 아침이 밝았네'로부터 눈을 뜨고 길을 가다가도 애국가가 들려오면 가슴에 손을 얹고 하루를 마감했다. 주술의 리듬 같은 그 노래들이 두려워지기 시작한 게 언제부터였을까. 살아보기도 전에 이미 소진된 나는 향수병에 걸린 성장기를 막 통과하고 있었다.

소진된 인간은 거부하는 인간이다. 소진된 인간은 또한 어딘가로 회귀하고 싶어 하는 인간. 그러나, 소진된 인간은 무엇보다 자기 자신이 되고 싶은 인간이다. 그때 거기에 다시 나무가 있었다. 학교 담벼락 옆 그늘진 자리의 볼품없는 석류나무였다. 그가 나의 유일한 교우였다면 향수병에 실어증까지 겹친 내 외로운 소년기에 위로가 될까. 나는 무려 삼 년 동안 한 그루의 나무와 우정을 나누었다. 그의 꽃잎이 어떻게 피어나는지, 그의 수피는 어떻게 변해가는지, 그의 열매는 어떻게 둥글어가는지…… 한 대상을 하염없이 들여다보면 그 대상이 바라보는 자신을 보여주기 마련이다. 한 대상을 하염없이 들여다보면 그 대상과 나만이 아는 비밀이 생기기 마련이다. 지식 검색창을 두드려도 나오지 않고, 식물 사전에도 없는 어쩌면 하찮고 사소하고 간지럽기까지 한 작은 서사들을 나는 받아 적게 되었다. 그때 시가 나를 찾아왔으리라.

최근에 내가 보고 있는 나무는 공사장 한 중심에 있는 아파트 정원의 자작나무다. 이사를 오던 날 그도 트럭에서 짐 보따리 같은 뿌리를 품고 내렸다. 어느 산협에서 뽑혀 온 것일까. 뽑혀 내던져진 것으로 치자면야 그나 나나 처지가 크게 다를 바가 없다. 전기스토브를 쬐고 있는 겨울 동물원의 기린처럼 그 서늘한 목덜미가 슬펐다. 수액주사를 맞던 한여름은 가지에 달린 비닐포대가 영락없는 링거병이었다. 어느 날은 흉터 딱지가 축 처진 내 눈 그늘만 같았다. 말라죽는 일이 없도록 거름을 뒤집어쓴 나무 앞을 지날 때 어쩌면 나는 망측하게 존엄사를 문득 떠올리기도 했는지 모른다. 한때는 죽은 자를 위해 천마도를 그렸다는 나무였다. 팔만의 경을 파 넣기도 했다는 나무였다. 북방의 눈보라 속을 달려가는 기차의 흰 연기처럼 피어오르던 나무였다.

그래도 나무는 자란다. 여기가 비록 눈보라 치는 북방이 아니라 하더라도. 한여름이면 부패를 막는 생선상자 속 얼음조각처럼 눈부신 빛을 뿜어댄다. 지열로부터 가장 높은 곳까지 자신을 뽑아 올리기 위해 가지를 쳐낸 자리의 흉터 딱지를 품고 아파트 계곡과 계곡 사이로 불어 가는 바람이 더러는 어느 먼 북방 얼어붙은 산협의 바람 소리나 되는 것처럼 이파리를 흔든다. 뿌리 뽑혀 유랑하는 내국 디아스포라의 삶을 만나지 못했더라면 나는 나무의 저 눈물겨운 노래 또한 알지 못하였으리라. 그리하여 내가 무엇을 잃어버렸는지 또한 발견하지 못하였으리라. 나무는 나의 모국어이며 동시에 낯선 미지다. 모국어의 혈연감은 굳이 이해하거나 해석하려 애쓰지 않아도 통하는 대지로부터 오고, 외국어 같은 미지의 이질감은 도무지 번역할 수 없는 고유의 몸짓으로부터 온다. 나무가 나의 혀라면, 나는 일찌감치 갈라져 있었던 셈이다. 이 욱신거리는 균열이 시의 숨구멍이라면 어떨까.

사라진 아이

강물 속으로 아이 하나가 사라졌다. 아카시아 늘어진 강둑에서 함께 곧잘 숨바꼭질을 하던 아이였다. 잠수를 잘하던 그 애는 마을 아이들 중에 숨을 가장 오랫동안 참고 물속에 머무를 줄 아는 특별한 재주를 가지고 있었다. 한참을 지나도 떠오르지 않던 아이가 두려움으로 찌푸려진 수면을 깨트리며 솟구쳐 오를 때의 경이와 안도감을 나는 좋아했다.

'물귀신이 머리카락을 잡고 놓지 않은 것이여. 물귀신이 머리카락을 잡으면 정신 똑바로 차리고 머리카락을 끊어버려야 허는디.'

어른들은 한동안 아이들의 강변 출입을 단속하였다. 상류에서 아이의 시신 하나가 또 떠내려 왔다는 둥 죽은 아이들이 같이 놀던 아이들을 불러내느라 강변을 서성이고 있다는 둥 오싹한 이야기들로 밤잠을 설치게 했다. 대숲이 울던 밤은 측간을 찾는 일도 주저하고 요강 신세를 지는 아이들이 늘어났다. 아침이면 키를 뒤집어쓰고 소금을 얻으러 가는 아이도 있었다.

저물녘 식구들의 달그락거리는 수저 소리를 들으며 강둑이 보이는 뒤란에 홀로 앉아 산 너머로 지던 노을을 하염없이 바라보고 있던 어느 날 나는 홀린 듯이 강둑을 찾았다. 내 머리는 다행히 까까머리에 가까웠던 만큼 물귀신도 어떻게 할 수 없을 것이었다. 무엇보다 나는 그 애가 죽은 게 아니라 실은 술래가 오길 기다리며 어딘가에서 콜콜 단잠에 빠져 있는 게 틀림없을 거라는 믿음을 갖고 있었다.

'이제 그만하고 나와, 제발! 집으로 돌아가야지. 사람들이 기다리고 있단 말이야. 너무 꼭꼭 숨으면 술래도 찾을 수 없어.'

수천 마리 까마귀 떼가 아침저녁으로 자욱한 울음소리를 내며 지나가는 벌판을 가로질러 흰색 페인트를 칠한 양수장을 넘어 강둑에 이르는 동안 나는 우리들 발자국이 닿았을 법한 곳들을 샅샅이 뒤져 보았다. 그리고 아이가 자맥질을 하다 사라져버렸다는 강물을 하염없이 바라보다 돌아오곤 하였다.

혼자서 강둑을 서성이는 외로움을 달래기 위해 물수제비뜨기 좋은 돌들을 모으는 버릇이 생긴 것도 그 무렵일 것이다. 내 바지 주머니 속엔 항상 수면과 궁합이 잘 맞게 마모된 돌들이 수북했다. 돌이 이륙하는 물새의 갈퀴처럼 하얀 스파크를 일으키며 달음질을 치면 밋밋하게 흐르던 강물이 아연 긴장을 하고 부르르 떠는 것이 느껴졌다. 나는 마치 노크를 하듯 강물과 교감할 수 있는 각도를 파악하기 위해 투수처럼 강물에 돌을 던지는 아이였다.

술래 역이 마냥 따분했던 것만은 아니다. 술래는 평소엔 아무렇지도 않게 지나치던 사물들과 공간을 그냥 지나쳐 갈 수가 없다. 장독대와 장독대 사이에선 거미줄에 걸린 날벌레가 파닥거릴 때마다 시리게 빛나는 이슬방울을 만나고, 곳간에 쌓아놓은 어둠 속에선 이제 막 태어난 생쥐가 달게 숨 쉬는 소리를 듣는다. 미처 숨지 못한 구름 너머 낮달과 다리에 꽃가루 분을 잔뜩 묻히고 꽃 속에서 막 고개를 내미는 벌들을 만난다. 바람에 몸을 맡긴 풀들의 흔들림이 한 번도 같은 적이 없었다는 것을 발견하게 된다.

그로부터 나는 뒤적이는 세상의 갈피갈피를 뚫어져라 바라보는 버릇을 갖게 된 것 같다. 한 번은 관처럼 꽉 잠긴 우물 뚜껑에 난 옹이 구멍을 들여다보고 있었다. 혼자 있는 날이 많았던 내가 턱에 허리를 걸치고 고개를 숙인 뒤 그날 학교에서 배운 노래를 아무런 부끄럼 없이 들려줄 수 있던 우물이었다. 노래를 부르면 우물은 어떤 마이크보다 더 울림이 좋은 성량으로 음들을 증폭시켜 주었다. 그 우물 속 이끼 낀 돌 틈에서 어느 날 저녁별이 비늘을 반짝이며 어딘가로 헤엄쳐 가는 것을 보고 소스라쳤다. 그별은 사라진 아이와 내가 고무신 속에 담아와서 풀어놓은 각시붕어였다. 어쩌면 나는 그때 강물과 우물과 은하수가 다 내통하고 있는지도 모른다는 생각을 하였는지 모른다.

그 후로도 많은 사람들이 내 곁에서 떠나갔고, 그 사람들과 얽힌 기억들마저 조금씩 희미해져 갔다. 그러나 그 아이의 기억은 좀처럼 지워지지 않았다. 사라진 아이와 나는 꿈속에서 달리기 시합을 한다. 그때나 지금이나 뜀박질에 영 자신이 없는 나는 늘 뒤처져 있다. 몇 발자국을 앞서 결승선을 눈앞에 둔 아이가 갑자기 고꾸라진다. 무르팍에서 피가 솟고 있다. 눈에는 차오른 물방울이 가득하다. 구경하던 사람들은 어서 추월해서 결승선을 향해 달려가라 야단이다. 어찌할 바를 모르고 나는 아이 앞에 함께 주저앉아 흐느끼기 시작한다.

소년의 문장

한글을 뗀 직후부터였을 것이다. 문맹률이 높았던 시절 마을 할머니들은 우체부에겐 차마 보여줄 수 없는 내용의 편지를 들고 나를 찾는 날이 있었다, 그런 날이면 어김없이 복숭아나 참외 같은 귀한 과일을 맛볼 수 있었다.

대부분이 '부모님 전상서'로 시작하는 편지들이었는데 처음에는 떠듬

거리다가 나는 어느새 물외 꼭지처럼 쓴 얘기는 살짝 눙치고, 잘 익은 가지 속처럼 단 얘기들은 제법 낭랑한 낭송조로 할머니들의 마음을 들었다 놓을 줄도 알게 되었다. 중요한 어느 대목에서는 부러 목이 탄다는 듯 뜸을 들이면서 말이다. 그러면 냉큼 귀한 설탕물을 대령시킬 수 있었다.

편지 읽기가 끝나면 할머니들은 언제나 신신당부를 하듯 '우리 대추리댁 손주는 다른 아이들과 달리 입이 무거운 아이'라고 덕담인지 당부인지 모를 말을 잊지 않았다. 나는 결코 입이 무거운 아이가 아니었기에 할머니들의 집안 대소사를 낱낱이 꿰뚫고 있는 마을의 가장 강력한 정보국으로서 늘 귀한 대접을 받을 수 있었다. 여기에 할머니들을 쩔쩔매게 할 병기를 하나 더 가지고 있었으니, 전화도 귀하던 시절 답장의 위력은 실로 상상을 초월할 만한 것이었다.

편지를 읽을 때의 진상품과는 비교도 되지 않는 선물을 아삭거리면서 툇마루에 든 볕을 책받침 삼아 답장을 쓸 때 마치 무슨 신동이라도 난 듯 찬탄을 거듭하던 할머니들의 경이에 찬 모습을 잊을 수 없다. 그러나 말을 글로 옮기는 작업이 여의치 않음을 곧 알게 되었다. 가령, 날씨 이야기를 어떻게 전달해야 할지부터 식은땀이 흘렀다. 천변만화하는 자연의 뉘앙스를 고정된 문자 용기 속에 담는다는 것이 거의 불가능해 보였다. 무엇보다 대학 등록금 마련을 위해 소 판 이야기를 전하면서 고향 들녘 밀밭을 한숨처럼 훑고 가는 바람과 불가뭄에 쩍쩍 갈라지는 논바닥에 대해선 쓸 수 없다는 걸 알게 되었을 때, 무엇인가 부끄러워지면서 차라리 떠나온 까막눈 시절을 그리워했는지도 모르겠다.

자신의 무능에 가슴을 치던 소년에겐 자연과 사물과 끝없이 흘러가는 사람들의 이야기를 고스란히 담고 싶다는 불가능한 열망이 있었다. 그때 나를 키워준 마을엔 팽나무 그늘이 너그럽고 깊은 정자가 있었다. 그 정자를 사람들은 놀랍게도 '시정'이라고 불렀다. '아가, 시정에 가서 할아버지께 진지 드시라고 일러라.' 그러면 나는 들일을 마친 할아버지가 소와 함께 쉬고 있는 시정을 향해 뜀박질을 하였다. 내 뜀박질이 빠르면 빠를수록 할아버지의 허출한 기운도 서둘러 사라지고 외양간에서 어미를 기다리며 보채는 송아지의 시장기도 그만큼 속히 재워둘 수 있었으니까. 그때 가쁘게 달려가던 시정이 '詩亭'이었음을 나는 까맣게 몰랐다. 하긴, 아무리 둘러봐도 시정에 시 따위는 어디에도 보이질 않았다. 그저 메타세쿼이아 신작로를 따라 피라미 떼처럼 날렵하게 달려가는 소년들의 자전거 행렬과 군내버스를 기다리며 도란거리는 사람들, 온 들판을 집어삼킬 듯 씩씩하게 쿵쾅거리는 정미소의 기계음이 들려올 뿐이었다.

지금 생각하니 그 평화로웠던 풍경이 네게는 불립문자로서의 시였나 보다. 면앙정 식영정처럼 능선 위에 올라가서 평야를 내려다보는 지체 높은 정자에 걸린 문자로서의 시가 있는가 하면 그냥 평지에 납작하니 엎드린 무명의 정자가 품은 시도 있다. 온천지에 가득한 불립문자를 알게 한 것이 문자라면, 문자의 권위를 비판적으로 바라볼 줄 아는 눈을 가르쳐준 것이 불립문자의 아름다움이다. 어린 시절 나는 내 안에서 머물다 떠난 부끄러움의 실체가 불립문자의 아름다움으로부터 오는 것임을 겨우 안다.

오랜만에 고향을 찾았을 때 그 옛날의 할머니 중 한 분이 반겨주었다. '오매 장한 거, 우리 대추리댁 손주가 시인이 됐담섬'. 많은 분들이 세상을 떠났지만 손을 잡아주는 그 할머니의 눈빛 속에서 나는 그 옛날의 할머니들과 편지 읽어주던 소년을 다시 만날 수 있었다. 그때 대독하고 대필하던 편지들이 없었다면 가족과 헤어져 살던 나의 유년은 얼마나 적막했을까. 대독과 대필로 시작된 소년의 문장은 여전히 미완성이다. 미완성이 어쩌면 소년의 문장이 닿고 싶은 각성의 상태인지도 모르겠다. 이제는 아무도 편지를 보내지도 않는다고 쓸쓸해하시던 그 할머니를 기억하면서, 내 곁에 머물다 떠나간 사람들의 숨결을 다시 불러오면서…….

나무의 수사학 1

손택수

꽃이 피었다,
도시가 나무에게
반어법을 가르친 것이다
이 도시의 이주민이 된 뒤부터
속마음을 곧이곧대로 드러낸다는 것이
얼마나 어리석은가를 나도 곧 깨닫게 되었지만
살아 있자, 악착같이 들뜬 뿌리라도 내리자
속마음을 감추는 대신
비트는 법을 익히게 된 서른 몇 이후부터
나무는 나의 스승
그가 견딜 수 없는 건
꽃향기 따라 나비와 벌이
붕붕거린다는 것,
내성이 생긴 이파리를
벌레들이 변함없이 아삭아삭
뜯어 먹는다는 것
도로변 시끄러운 가로등 곁에서 허구한 날
신경증과 불면증에 시달리며 피어나는 꽃
참을 수 없다 나무는, 알고 보면
치욕으로 푸르다

이규리

경북 문경에서 태어나 1994년《현대시학》으로 등단했다. 시집『앤디 워홀의 생각』『뒷모습』『최선은 그런 것이에요』가 있다.

부끄러움

1.

정오는 그림자를 어디에 엎어두었을까.

2.

떠오른 이미지를 잡으러 기꺼이 나비가 되는 사람. 자신이 잠시 경험한 것이 천국임을 스스로는 모른다. 천국은 그렇게 성립한다. 천국도 이미지에 다름 아니다.

3.

사진작가처럼 동일한 위치에 카메라를 고정시켜놓고 같은 시각에 서터를 눌렀다. 강물과 햇살, 흔들리는 나무와 구름, 한 달 동안 찍은 서른 장의 사진을 비교했을 때 거기엔 자연의 변화 이외에 다른 요소들이 틈입해 있었다. 분명히 풍경을 찍었을 뿐인데 함께 담긴 슬픔 또는 알 수 없는 수런거림은.

어떤 한 모습이 나의 전부가 아니듯 사진 속의 풍경이 풍경의 전부는 아니다. 풍경은 우리에게 무엇도 먼저 말하거나 요구하지 않았으나 피사체를 두고서 우리는 자의적으로 풍경을 해석했다. 그러할진대 어느 날 그것이 오해였다고 어떻게 진실이 그래, 라고 울부짖는다면 풍경은 뭐라 할 것인가.

대상이 고정된 존재가 아니듯 풍경도 살아 움직이는 유기체였다. 눈에 보이는 것, 귀에 들리는 것만 믿었던 때도 있었다. 우리가 현상 너머를 꿈꾸고부터 불행에 편입되었으나 의심하고 부정하면서 지나온 풍경은 나의 것이 되었다. 너무 일찍 온 생리처럼 두려움과 아픔 사이로 오는 그 세세한 풍경들에게 묻는다. 나는 나를 지나갈 수 있을까.

4.

자의식은 평생 따라다니는 질병 같은 거다. 그 세포는 증식하거나 분열하지도 않은 채 곳곳에 눈뜨고 있다. 자의식은 자의식을 부정하며 받아 안는다. 측은한 것은 그 고단한 대가가 자신에게 누적되는 것이다. 백합꽃을 보면 자의식을 가진 자의 고독한 태도가 보인다. 고개가 늘 무겁다. 자의식은 위로 받을 수 없고 수혈 받을 수도 없다. 전염성은 더욱 없다. 아픈 의식의 티눈. 나는 나에게 늘 미안하다.

5.

이른 새벽 산책길에서 줄지어 선 가로등의 전깃불이 팟! 하고 일제히 꺼지는 순간, 불 꺼진 자리에 잠시 고이는 어둠을 지우자 한 사람이 시선에 들어왔다. 그저 운동복 차림의 사람들이 지나다니는 이곳에 형광빛이 도는 흰 와이셔츠에 검은 양복바지를 입은 남자가 벤치에 있었다. 정물처럼 고정된 뒷모습이 카메라의 줌처럼 확 당겨 왔다. 젖은 물소리가 들렸다. 어떤 절망이 저토록 아름답다면 우리가 절망을 피할 필요가 있을까. 비참이 매혹이 될 때까지 숨어서 보았다. 서늘하고 길었다. 아름다움이 추위처럼 파고든다.

6.

평소 순한 짐승이 난폭해지는 건 환경이 맞지 않다는 증거다. 그 난폭성을 내부로 돌리는 자학 또는 자해란 보통 선량한 사람이 선택하는 방법이다.

7.

고수부지 잔디에 앉아서 피자를 주문하고, 배달된 프라이드 치킨을 먹는다. 제초 작업하던 사람들이 아이스커피, 하면 스쿠터를 탄 젊은 여자애가 쪼르르 배달을 오는 일은 이미 새롭지 않다. 그들이 마시는 건 커피가 아니라 딸같이 젊은 여자 아이의 싱싱한 몸이다. 어떤 논리보다 앞선 갈증과 해갈은 육체가 관여한다. 오늘, 강변 둔치에서 축구 시합 끝낸 선수들이 짜장면을 시켜먹는다. 반경 10미터에 냄새처럼 달려든 여자 구경꾼들과의 희롱. 허기는 또 다른 허기를 향한다. 아무렇게나 밀쳐둔 그릇들처럼 입을 벌리고 기다리는 식욕과 성욕.

8.

목줄을 놓친 개 주인과 목줄을 놓아버린 개 주인은 다르다. 진실공방은 무의미하다. 자의와 타의, 거짓과 진실은 서로 바꿔치기가 가능하다. 은폐된 고의는 자신에게 목줄이 되어 죄어 오리라.

9.

너무 벗어나면 어떻게든 그 여파가 자신에게 돌아온다. 정신적인 면만 그런 게 아니다. 마스카라가 너무 짙어 눈가에 먹물이 번진 건 적당하지 않아서다. 또한 귀에 뚫은 구멍이 늘어나 늘어난 구멍에 맞추기 위해 귀걸이는 점점 커져야 한다. 그렇지 않으면 이미 늘어난 구멍이 측은하다. 대가는 유형만이 아니다. 몸은 기억이 명확하고 습관은 기억이 실행된 흔적이다.

10.

디퓨저의 향들은 차츰 휘발하여 나중엔 빈병만 남는다. 액체에서 기화할 때 향을 가지고 나가도록 한 건 아름다운 발상이다. 내가 향수를 좋아하는 건 휘발하는 점 때문인데 스스로 남아 있지 않도록 만들어진 존재, 귀한 존재는 오래 남으려 않는다.

11.

우리에 갇힌 야생동물은 야성을 상실한다. 아버지라는 우리 속에서 내가 상실한 야성은 투쟁이다. 스스로의 먹이조차 마련하지 못하고 발톱을 잃어버린 채 살아가는 일은 아버지의 몫이 아니라 나의 몫이다.

12.

비 오시는 날은 무얼 자꾸 정리하려 한다. 젖으므로 그럴 리 없는 것도 젖으므로. 그런 연유, 어떤 절대라 여기며 흔들림을 떨림으로 한 땀씩 꿰매었던 낮과 밤이 있었다. 그 부질없음. 한 끝을 잡고 당기면 단숨에 풀리는 실마리가 어느 날 헛된 바느질을 멈추게 했다. 이미 반이나 지나간 후였다. 어떤 회복은 원상복귀가 아니라 절단과 정리이다.

13.

너는 내가 아팠느냐, 나는 네가 슬펐다.

14.

관계가 이루어지면서 원하지 않은 먼지가 일어나지요. 사람 사이에서 일어나는 먼지, 내 기침이 다른 사람을 방해하는 건 견딜 수 없어요. 내가 혼자가 되려는 이유는 나에게 있어요.

15.

캔맥주 하나 들고 강가에 서는 시각, 운이 좋으면 일몰 속으로 황홀하게 빠질 수 있다. 일몰은 매혹하는 처연함 때문에 순간만 허락되었을 것이다. 한 차례의 곡이 지나간 후, 어둠은 더 빠르고 깊숙이 온다. 그때 강물은 슬픈 사람처럼 돌아누워 물 이불을 당긴다. 맥주 한 모금이 내장을 따라가는 소리와 강어귀 물살 찰박이는 소리.

16.

내가 너를 먼저 생각한다면 조금 더 잘 죽게 될 거야.

17.

태풍 상륙, 블라인드 위로 거칠게 일렁이는 나무들을 본다. 그림자가 더 많은 말들을 하고 있다. 어디로 가지도 못하는 나무들은 혼신으로 흔들리며 의지를 다하고 있었다. 그동안 멀리 달아나려 했던 마음, 달아났던 마음, 돌아온 마음들이 웅성이며 시간을 견디고 있었다. 안간힘으로 내가 있었다. 프랑시스 퐁주는 말한다. "나무에서 나오는 방법은 나무를 통하는 길뿐이다."

18.

복잡한 엘리베이터에서 고개를 돌리다 옆 신사의 양복 어깨에 내 입술이 묻었다. 그는 그걸 달고 종일 업무를 보고 귀가도 할 것이다. 말하지 못한 미안과 보이지 않는 질책이 종일 따라다녔다. 오해는 절반 이상이 소모다.

19.

병(病) 안에서 병이 잘 보인다. 병든 사람이 건강한 이유이다.

20.

페터 빅셀의 『책상은 책상이다』를 보면, 침대를 사진이라 하고 책상을 양탄자라 했다. 의자는 시계라 하고 신문을 침대라 불렀다. 거울은 의자라 하고 시계는 사진첩이라 불렀다. 내가 당신을 고통이라 부르고 아침을 무덤이라 부르며 책을 장미라 한다면, 고통은 무덤에서 장미를 피울 수 있다는 말이니.

르네 마그리트의 그림 중 〈꿈의 열쇠 1936〉에는, 네 가지 오브제가 한

구획 안에 있는 이미지를 보여주고 각기 그 이미지들에 어린이 그림책처럼 명칭이 붙어 있는 것을 볼 수 있다. 처음 세 가지 오브제는 틀리게 명명되어 있고 나머지 네 번째 경우는 오브제와 명칭이 일치한다. 말[馬]은 The door, 시계는 The wind, 주전자는 The bird, 그리고 여행용 가방은 the valise라 쓰여 있다.

비슷한 시기에 살았던 이 두 사람은 낯설게 하는 일의 은밀한 즐거움을 일찍 알았겠다. 열심히 베끼던 은유와 환유는 여기 이 놀음에 다 있다. 르네 마그리트는 「단어와 이미지」라는 글에서 말한다. "대상은 그 이름이나 이미지가 가지는 똑같은 기능을 결코 완성하지 못한다"고. 완성하지 못하므로 시인들은 그 일에 죽자고 매달려 있다.

21.

기린은 목이 길지만 성대가 일찍 퇴화해 울지도 못한다. 더 멀리 보고 더 많이 살피는 이유가 자신의 장애를 보완하기 위해서이다. 세 시간밖에 자지 않는 이유도 거기에 있다. 자기 안에서 세계의 밖을 살피는 울지 못하는 시인의 자리와 비슷해 보인다.

22.

당신의 책을 복사해 읽는 시간, 당신이 줄 친 대목에서 훅 숨이 멎을 때, 영혼의 부딪힘이 있다면 그 순간일까.

23.

누추한 부모님을 보자 마구 통증이 밀려왔다. 어떤 가망도 없는 사랑은 왜 이토록 강렬한가.

24.

매장에 옷을 단 몇 벌만 걸어둔다면 그 옷은 명품으로 보일 것이다. 미니멀리즘을 선호하는 것도 잡다함에 대한 식상함 때문이다. 희소성의 가치를 알면서도 실천하지 않는 이유는 뭘까. 결국 하고 싶은 말을 참지 못하는 때문이다. 견딜 수 없는 말의 홍수. 본질은 설명을 덧붙이기보다 설명을 줄일 때 드러날 것이다. 시도 마찬가지다.

25.

같은 풍경을 보고 이토록 다양한 해석을 할 줄이야. 같은 현상을 두고 이토록 절망적인 편견을 가질 줄이야. 특히 보수와 진보에 대하여 피 터지는 갑론을박은 같은 나무에 달린 다른 열매처럼 보인다.

26.

아침에 본 날개가 노란 새, 아침에 먹은 노란 알약. 표지가 노란 노트. 의미 없는 일에 의미를 부여하는 일은 어떤 공통성으로 자신을 위로하고 싶은 때문이다. 어느 색채심리학에서 노란색은 소통을 뜻한다는데 소통하지 못하는 심리가 은밀하게 노란색을 모았을 것이다.

27.

발가락에 물집이 생긴 때는 주로 맨발로 신을 신은 때문이다. 마찰은 어느 쪽엔가 상처를 내고야 만다. 내가 맹목으로 달려갔던 그 여름처럼. 시나 삶에도 양말을 신겨주어야 하리라. 양말이라는 여백, 양말이라는 상징, 양말이라는 메타포.

28.

당신은 나를 사랑한 게 아닙니다. 당신은 나를 절망한 적 없이 보송보송한 걸요. 한 사람 건너 지워질 사랑, 그토록 온전하다면 그게 절망이지요. 그러니 난 갈 수 없어요.

29.

책상 위에 커피를 쏟아버렸다. 젖은 책과 젖지 않은 책, 더 가까운 쪽이 늘 더 많이 젖었다.

30.

그냥 당해주면 안 되나. 좀 당해주면 안 되나. 수고한 적 없이 꽃을 보았는데, 보낸 마음도 없이 빛을 받았는데, 좀 당해주면 안 되나. 좀 쓰러지면 안 되나. 난해하면 좀 안 되나.

31.

나는 아닐 불(不)자를 좋아한다. 불안, 불편, 불리, 부족, 불가능 등. 그 단어들을 오래 함께 의복인 양 입을 것이다. 불안은 이미 일상이 되어 있고 불편은 또 다른 편안이라 안다. 불리는 그것이 타인을 이롭게 하는 일이며 부족은 넘치지 않는 가벼움이라 좋다. 의도하지 않았으나 문학의 자기희생 자기불리가 은연중 투영된 걸까.

그러나 좋아하지 않는 불(不)자도 있다. 불법, 불신, 부정, 부실 등. 어떤 말씀에 의해 구별할 수 있는데 전자가 칼끝을 자기에게로 두고 있다면 후자는 칼끝을 상대에게로 향하고 있다고 할까.

32.

처음에는 사람들이 나를 잊을까 두려웠다. 그다음엔 내가 사람들을 잊을까 두려웠다. 그러나 지금은 내가 잊히지 않을까 두려워한다.

33.

어떤 경우에도 불완전한 자의 위치를 벗어날 순 없지만 해답을 구해야 하는 일에 직면했을 때 더 아름다운 쪽을 선택했다. 그러나 이제는 덜 부끄러운 쪽을 선택한다. 그리고 입을 닫는다.

1968년 경기 시흥에서 태어나 1994년 《문학과사회》로 등단했다. 시집 『말괄량이 삐삐의 죽음』 『천국의 난민』 『붉은 달은 미친 듯이 궤도를 돈다』 『마계』 『묵시록』 등이 있다. 〈애지문학상〉 등을 수상했으며, 현재 대전대 국어국문창작학부 교수로 재직 중이다.

시의 탄생

사실 나는 실무주의적인 사람이다. 직업병일지는 몰라도 어떤 일이든 구체적으로 제시하고 늘 철저히 계획을 수립하고 행동한다. 특히 시가 아닌 '시적 순간'과 같은 이런 글에서는 두루뭉술하게 감상을 드러내거나 시적인 문장으로 표현하는 것에 서툴다. 대신 세부적이고 효용적인 내용을 직설적으로 드러내는 것에 익숙하다. 아무튼 이 글에서는 한 편의 시가 어떻게 탄생하게 되었는가, 시가 완성되기 전까지의 과정에 어떤 '시적 순간'이 작용했는가에 대해 얘기하고자 한다. 나에게 '시적 순간'이란 그것이 결국엔 한 편의 시가 될 수 있는, 일상에서의 특이점 같은 순간들이다.

1. 기억의 이접

이제 2008년에 쓴 시 「石魚」를 어떻게 쓰게 되었는지 얘기하고자 한다. 왜 이 시를 선택했느냐면 내가 아끼는 시여서도 그렇겠지만 탄생 과정이 유독 힘들었고 특이했으며 아직도 기억에 남아 있기 때문이다. 이 시는 정확히 2008년 9월 17일 새벽 4시 34분에 쓰기 시작해서 같은 날 새벽 6시 6분에 완성하였다. 나는 내가 쓰는 모든 시에 대해 쓰기 시작한 시간과 다 썼을 때의 시간을 기록하는 습관이 있다. 모든 시는 나의 역사이고 이 세계에서 역사적인 위상을 점유하고 있어야 한다는 젊었을 때의 생각으로 인해 탄생 시간을 기록하고 있는 것인데 번거롭다고 할 수 있지만 나중엔 일종의 의례가 된 것 같기도 하다. 「石魚」를 쓴 시간은 약 1시간 반 동안이지만 쓰기 전에 시에 대해 구상하고 방향을 생각하고 내용을 생각하고 했던 시간은 거의 8시간쯤인 것으로 기억하고 있다. 서재에 틀어박혀서 시간 가는 줄 모르고 몰두했다.

처음엔 시를 쓰고 싶어서 무슨 얘기를 쓸까 기억을 더듬다가 예전에 주왕산에 다녀온 일을 떠올리게 되었다. 주왕산에는 용추폭포(제1폭포)가 있고 거기에 물이 고여 있는 용소가 있다. 용소 한가운데에 내가 보기에는 물고기 모양의 유선형 바위가 잠겨 있다. 휴대전화로 찍어온 사진을 자세히 들여다보며 "석어"라는 단어를 떠올렸다. 물속에 사는 돌물고기라는 상상을 한 것이다.

생각이 여기까지 이르자 시를 쓸 거리를 마련한 듯하였지만, 단지 물속에 물고기 모양의 돌이 있다는 묘사나 설명만으로는 시가 될 수는 없는 일이다. 세상에는 신기하고 독특한 현상과 사물이 무수히 존재하지만 그런 모든 것들이 다 시로 이어지지는 않는 것이다. 나는 "석어"에 기입할 수 있는 또 다른 얘기를 기억 속에서 찾느라 긴 시간을 소모했다. 당시 시의 구조에 대해 많은 생각을 하고 있었는데, 그중 하나가 이질적 소재가 유기적으로 결합된 구조였다. 어떤 하나의 사건이나 사물이 다른 하나의 사건이나 사물과 아무 관계가 없을지라도 내적 연계성이 있다면 유기적 이접이 이루어질 수 있고 그 시는 제3의 의미를 파생시키는 중층적인 구조를 이루게 된다. 일종의 구조적 은유라고 할 수 있다. 서로 관계가 없는 두 가지 기억을 이접하는 방식은 까다로우면서도 매혹적이다.

"석어"에 접목할 얘기는 현실적이고 일상적인 내용이면 좋겠다는 생각이 들었다. 왜냐하면 주왕산에 자리 잡은 "석어"는 산 아래 속세와는 거리를 둔 현실 초월적인 존재라고 생각했기 때문에 그 반대 성격의 이접할 대상을 끌어오려고 한 것이다. 그러다 문득 시 쓰기 며칠 전인 그해 추석 전후에 고향집에서 목도한 일이 떠올랐다. 정말 "석어"와는 아무 관계도 없는 일이지만 시라는 것은 묘해서 어떻게든 그 일이 떠올랐다는 것은 나도 감지하지 못한 내적 연계성이 있기 때문이라고 믿었다. 고향집에서 목도한 일이라는 것은 어머니가 어떤 전화를 받고 통화한 일이었다. 통화 내용은 이랬다. 어머니 친구 분이 전화를 하셨는데 명절인데도 올 사람이 없고 힘들다는 얘기를 하셨고 어머니는 위로의 말씀을 해주신 거였다. 어머니 친구 분은 나도 잘 아는 분이었고 그래서인지 명절을 혼자 외롭게 보내시는 그 심정이 더 와 닿았었다. 간단한 내용의 통화였지만 여운은 오래 이어졌다.

나는 "석어"를 시의 중심에 놓고 "석어"를 보기 위해 산을 오르는 과정과 그 산행을 하는 "나"의 속세에서의 "고독", 또는 "외로움"이라는 심정을 교차하며 보여주는 방식으로 시를 구상하였다. 시에서는 전화를 내가 나에게 거는 듯한 상황으로 바꿨고 고독한 존재자가 자신의 처지와 비슷하다고 여기고 있는 "석어"를 찾아 나서고 동일성을 이루는 방향으로 쓰고자 한 것이다. 여기까지 생각이 이르러 나는 비로소 시의 첫 글자를 쓸 수 있었다.

계곡을 돌아나온 바람 끝에 폭포 소리가 묻어 있다
예민해진 귀는 푸른 물빛을 느낀다

느지막한 휴일 오후에 걸려온 전화의 목소리는 울고 있었다
언제부터 외로웠냐고 묻자 이번 생부턴 아니었을 거라며
수화기를 일세기에 걸쳐 내려놓는다

물소리는 점점 커졌다
용케도 폭포가 메마를 철을 피해 찾아온 것이다
지난 가뭄에 다 말라붙었어도 물길은 지워지지 않아
사막의 와디 같은 山客들이 여기저기서 합류하고 있었다

그들은 계류를 따라 세워진 돌무더기에
돌멩이를 쌓으며 소원을 빈다
자신들의 운명을 타고 난 별을 옮기는 중이다
사자자리 황소자리 처녀자리 물고기자리 물병자리가 지상에 그려지고
돌탑이 높아질수록 소원은 하도 간절하여
별을 얹는 동안 한 생애가 흘러간다

그 후로 전화는 다시 오지 않았다 외로움과 고독의 차이는 알리는

것과 알리지 않는다는 것에 있다 십년을 헤어져 있다가도 한 번 보고 나면 다시 십년을 견딜 수 있는 세속의 情理를 강요하고 싶지는 않다 아침마다 얼굴을 봐도 외롭기는 마찬가지니까 그럴 때가 있다 그런 날이면 나는 달을 주워 온다 달을 손바닥 위에 얹어 놓고 조금씩 사그라져 감쪽같이 사라질 때까지 바라보고 바라본다 가끔은 엄한 자리에 달을 놓아주기도 한다 미끄러져 달아나는 눈썹달의 지느러미가 흐릿하다 달을 들고 나는 울고 있었던 것이다

폭포 아래 용소에 石魚가 산다는 소문은 내게 간신히 전해졌다
실은 물속에 시퍼런 돌덩이가 잠겨 있을 뿐이지만
흐르는 물살을 거슬러 石魚는 상류로 상류로 헤엄치고 있었다
수 세기를 거슬러 기원전으로
다시 제 나이만큼의 세월 건너 저 자리로 돌아와 외로운 회향을 거듭하는
石魚
온통 푸른 눈물에 잠겨 있는
石魚

—「石魚」 전문

의도했던 대로 이질적 사건에 대한 기억을 결합하여 완성한 시라는 점에서 나름 기분이 좋았던 기억이 남아 있다. 생각해보면 우연히 주왕산에서 '돌덩이'를 보게 된 순간이 '시적 순간'이었던 것이다. 당시엔 시를 생각하지 않았으나 결국엔 시와 연결된 것이었으니 말이다. 또한 우연히 어머니의 통화를 목도하게 된 때도 '시적 순간'이다. 후에 시에 쓰일지는 몰랐으나 시화될 수 있는 명백한 '순간'이었던 것이다.

나로서는 '시적 순간'이 시로 이어지는 경우가 많다. '시적'에 중점을 둔다면 어떤 순간은 단순이 시적인 것 그 자체로서만 의미가 있을 것이다. 많은 경우 우리 일상은 관점에 따라 다르겠지만 '시적 순간'으로 충만하다. 다만 시로 이어지는 '시적 순간'은 일정한 시간이 흘러 시가 될 씨앗 같은 때이고 우리는 그 씨앗에 물과 거름을 주며 시가 나오기를 기다리는 것이다.

2. 앓고 휩싸이고

내 다섯 번째 시집의 표제작품인 「묵시록」 연작은 「묵시록 I」에서부터 「묵시록 X」까지 모두 10편으로 이루어져 있는데 약 7개월 동안 쓴 것이다. "묵시록"이라는 테마를 다섯 번째 시집의 전체 콘셉트로 잡고 시작한 것인데 막상 처음에는 몇 편까지 쓰게 될지 나 스스로도 알지 못했다. (시집에서는 「I」, 「II」 등으로 제목을 붙였는데 시집 전체가 "묵시록"의 연작이라는 의도에 의해 그렇게 한 것이다.) 연작시의 결말이 어떤 방식으로 나오게 될지 예측하기 힘들었던 것인데, 그 이유는 종말을 다루는 시여서 철저하게 예감이나 예지에 의지했기 때문이었다.

「묵시록 I」을 쓰게 된 것은 앓는 듯 무언가에 휩싸이게 된 '시적 순간'을 겪고 나서다. 4월 말의 어느 날 침대에 누워 있다 불현듯 떠오른 것은 구체적인 단어와 문장으로 다가온 종말의 순간과 종말 직후의 풍경이었다. 내가 무슨 특별한 예언의 능력을 갖고 있는 것도 아니어서 언제 벌어질지도 모를, 전혀 비현실적인 미래의 종말적 상황이 떠오른다는 것은 사실 상상일 뿐이다. 다만 나도 모르게 시의 뮤즈가 그러한 영감을 불어

넣어 주었을지도 모르겠지만. 그때 '시적 순간'의 한가운데에 놓였을 때, 순식간에 수많은 풍경이 떠올랐고 나는 그것을 두서없이 메모해놓았다. 그리고 어렴풋이 앞으로 전개될 "묵시록"의 방향과 내용에 대해 구상을 하였다. 그 '시적 순간'에서의 경험은 강렬한 것이었다. 신열을 앓는 듯하였고 진정 묵시의 현장에 와 있는 것처럼 느껴졌으며 그것을 시화하려는 전율과 욕동의 불길에 휩싸였다.

그러나 시로서의 「묵시록」은 어쩌면 망상에 불과할 종말의 세계를 여과 없이 담는 데 그칠 수는 없었다. 시는 '지금 여기'와 연결되어 있어야 하지 않을까 해서였다. 이로 인해 「묵시록」은 사랑의 종말과 세상의 종말을 겹쳐서 풀어내게 되었고 결국에는 종말, 또는 죽음을 통과해 가는 우리들의 뼈아픈 감정과 이야기를 보여주는 알레고리가 되었다.

「묵시록 X」은 9편의 「묵시록」 연작을 쓸 때까지의 전개 과정상 서사적 구조와 내용이 어느 정도 완결된 모양새를 갖춘 상태에서 마무리를 짓는 내용으로 쓰였다. 기독교적 상징을 고려해 13편까지 쓸 생각도 했었으나 더 이상 쓸 필요성이 없어 10편의 연작으로 끝내게 된 것이다. 2012년 11월 13일이었다.

X — i

추락이 전부가 아니라는 듯 낙엽은 음모를 품고 있다 지상으로 향한 비와 눈과 진눈깨비와 달빛과 햇살과 유성과 낙진과 무지개는 불멸의 비가역성을 믿고 있다 인간이 제외되었으므로 저들의 환생은 불온하다

늙은 바람이 지나간다 아주 오래된 이야기 나뭇잎의 입술을 빌어 언제나 예언을 전해왔지만 그건 바벨탑을 지나면서 갈라져 나온 알

수 없는 방언이었다 이번 생의 출구는 애초부터 막힌 것이다

나는 홀로 벤치에 앉아 있고 그녀는 아직 오지 않았다

Ⅹ— ii

이날 사람들은 같은 꿈을 꾸다 깨어나는 꿈을 꾸다 깨어나는 꿈을 꾸다 깨어나는 꿈을 꾸다 깨어나는

Ⅹ— iii

식탁에는 주기에 맞춰 미역국이 올라올 것이다
하루쯤 휴가를 내고 여행을 떠나고
어느 이국의 식물원에 심긴 화초처럼 낯선 땅에 안착할 수도 있다
다음 계절은 늘 저 너머에서 차례를 기다리고 있을 것이며
내년 달력은 어느 예언서보다 발 빠르고 정확하게 제작된다
그리 쉽게 오지 않을 거라고 했다 적어도 영겁은 기다려야 할 거라고도 했다
그렇게 천천히 눈멀어 온 것이다
은하의 눈꺼풀이 감기듯 봉인이 진행 중이었으므로
어제와 다름없는 저녁을 맞이했다고 생각한다
외면 없는 희망은 없다
그러므로 모든 희망은 슬프다

Ⅹ— iv

이날 너무나도 잠깐 사이 새들은 하늘을 뒤덮고 무덤들이 봉기하고 새어나올 수 있는 온갖 비명이 떠다닌다 아무도 보거나 들은 자가

없다

X－v

벤치에는 누군가 앉았다 간 흔적이 남아 있다 발 디딘 자리에 뭉개진 풀 그건 초조함 가운데가 빈 원을 그리며 쌓인 낙엽 그건 인내 아직 체적을 따라 남아 있는 온기 그건 격렬했던 체온 왕복을 거듭한 발자국 그건 미련 혹은 사랑

사랑 언젠가 스친 적도 있겠지 가벼운 감기처럼 아니면 입김처럼 왔다 갔겠지 때로 안아보았지 순식간에 신의 입자로 가득 찬 안개를 통과한 느낌 영원의 지느러미였을지도 모르지 인간의 것이 아니었으므로 온통 역린으로 뒤덮인 구토라고 명명해야 할 그것 사랑

그녀는 다시 오지 않았다 그녀라는 종말은

—「묵시록 X」 전문

연작을 완성하고 나서 묵시록과 같은 종말적 세계에 대한 관심과 영감과 예지 같은 것들도 사라졌다. 그 후로는 또 다른 세계에 진입하여 현재에 이르고 있다.

늘 '시적 순간'을 기다린다. 그러나 마중물이었던가, 줄탁동시였던가, 항상 시심으로 가득한 자에게만 '시적 순간'이 온다는 것을 믿는다. 나도 모르게 스쳐간 순간이 있을지도 모르겠다. 낯선 길을 걷다 마주친 반가운 얼굴처럼 내 앞에 서 있을지도 모르겠다.

'시적 순간'은 사건일 수도 있고 새롭게 발견한 사물일 수도 있지만 그

무엇보다 사람에게서 발생한다. 어떠한 재화보다도 사람이 삶을 풍요롭게 해주는 존재다. 그렇다면 나는 누군가에게 삶을 풍요롭게 해주는 존재일까. 누군가에게 '시적 순간'이 되어주는 사람일까.

사람인 나는 '시적 순간'이다.

김안

1977년 서울에서 태어나 2004년 《현대시》로 등단했다. 시집 『오빠 생각』 『미제레레』가 있으며 〈김구용시문학상〉을 수상했다.

비겁한 침묵

*

텍스트가 완성되는 순간, 종교도 완성된다. 이 완성의 기준은 물론 인간에 속한 것이기에, 종교가 된 텍스트는, 자신을 타자화하며 재해석한다. 완성의 재해석, 혹은 재단. 이 종교적 완성은 곧 배제를 만들어낸다. 이 배제의 방식은 폭력이고, 그 정당화의 수단은 신성이다. 그리하여 누군가는 지워지고, 또 다른 누군가는 죽는다. 보다 정확히 말하자면, 텍스트는 그것을 재해석하는 이들에 의해 곧 배제와 폭력의 신성불가침한 정당성의 근거가 되는 셈. 때문에 모든 쓰기의 영토들은 자신의 영토 바깥의 것들을 향하여 폭력이고, 파산의 선고이다.

그리하여 내게 시적인 순간은 그렇게 온다. 모든 확정적인 것들로부터의 도피. 도망치기. 도망쳐서 멀리에 서서 그 안에 남아 있는 나의 과거들을 응시하기. 아직 도망치지 못하고 있는 이들을 바라보기.

하지만 그게 다일까? 이러한 관념적 사유들은 늘 꼬리에 꼬리를 물고 이어지기 마련이고, 이 긴 관념의 행렬들은 곧 나 자신에게 사기를 치기 마련이다. 사기. 물론 속아주는 것과, 속는 것은 다르다. 속아주고 있다고 믿는 것과, 속는지도 모르는 채 속지 않았다고 여기는 것도 다르다. 대체 내가 알 수 있는 것은 무엇이고, 내가 모르는 것은 무엇인지 골똘히 생각해봐도 답은 없다. 그저 써야 하는 이유는, 그것이 써지기 때문이라고 할 도리밖에 없다. 그리고 지금의 나에게 쓰기를 추동하는 것에 대해서 말하는 것이, 지금의 나에게 가장 정직한 쓰기의 방식일 것이다.

*

2014년, 그해 딸이 태어났다. 그리고 그해, 나는 그 이유로 세상의 뉴스로부터 눈과 귀를 있는 힘껏 막아야 했다. 하지만, 배는 가라앉고 있었고, 그 이후로 살아나온 아이들은 없었고, 기적도 없이 참사는 곧 정치적 피아투쟁의 현장이 되어 갔다. 하지만 나는 세상의 뉴스로부터 눈과 귀를 막아야 했다. 침묵해야 했다. 그리고 이제 막 태어난 딸에게 사랑의 말을 전해주고, 기쁨의 노래를 불러줘야 했다. 광장에 나가 울 수도 없었고, 소리를 지를 수도 없었다. 침묵. 침묵. 무엇을 위한? 어느 날엔가 딸이 다니는 어린이집 학부모들과 대화를 나누다가, 그들 모두 나와 같았다는 것을 알게 되었다. 그들은 모두 그로 인해 괴로워했다. 모두 침묵했다. 이 침묵. 그것은 그 어떤 정치적 독재와 독재의 폭압보다도 강력한, 도저히 거역할 수 없는 정언명령과도 같았다. 가정. 가정의 행복. 가정이라는 절대. 가정의 행복이라는 절대종교.

대개의 부모들이 그러하듯, 나의 부모님도 언제나 내게 중간만 하라고 교육했었다. 나서지도 뒤처지지도 말고 그렇게 고요와 평범함을 삶의 최대 가치로, 최대 행복치로 여기는 삶. 어린 시절에야 물론 그게 진정한 삶이라고 여기지 않았었는데, 시를 쓰게 되면서 나는 그런 삶을 살고 있지 않다고 생각했었는데, 가정이 생기고, 딸이 태어나면서 어느새 나는 그 삶을 살고 있었다. 나는 그것이 부끄러웠고 죄스러웠고 무언가를 쓰기 위하여 책상에 앉을 때마다 짓눌려 있을 수밖에 없었다. 그리고……

*

여러 편의 시를 썼다. 그 괴로움을 말하고 싶었고, 나의 언어로 그들을 위무하고 싶었고, 저들을 고발하고 싶었다. 하지만, 나에게는 광장이 없었다. 여전히 나는 침묵. 그 비겁한 침묵을 유지하고 있었다. 때문에 그 모든 시들은, 이제 와 뒤돌아보면 모두 관념 덩어리이다. 실패다. 그리고 무엇보다도, 그것은 내 스스로 내게 준 면죄부였다. 그저 나 스스로를 위로했을 뿐이고, 나에 대해 고발할 자리에, 권력에 대한 고발을 뒤바꿔 놓았을 뿐이었다.

그리고 시적인 순간은 그렇게 왔다. 아니 그렇게 왔다고 그 당시는 여겼다. 우습게도 그것은 딸이 쏟기 시작하는 말들과 함께 왔다고. 딸의 그 말들. 아직 문법이 없는 말들. 문법이 없는.

*

문법이 없는. 딸이 쏟는 말을 들으며 이 말을 오랫동안 생각했다. 문법이 없는. 역으로, 말에서 문법이 사라지는 그 순간을 생각했다. 말에서, 문법이 사라지는 고통들을. 그리고 다시금 문법을 잃은 말들에 형상을 부여해 가는 과정. 그게 가능할까를. 하지만 그것 역시 불가능했음을 고백해야 하겠다. 리처드 로티는 『우연성, 아이러니, 연대성』에서 이론가는 오로지 자신만의 이론을 만들어내기 위해 재서술에 대한 재서술의 연쇄 고리를 이어가고 있는 것이라고 했는데, 쓰기에 있어서 내가 생각해 왔던 것들 역시 재서술에 대한 재—재서술일 수밖에 없었다. 실천이 없는 쓰기의 내적 에너지에 대한 천착들. 실천으로서의 대화가 없는 상태. 나의 독서 취향이 문학이 아닌, 보다 근원적인 사유들을 향해 가파르게 기울고 있는 것 역시, 이 때문이었다. 책상 앞에 나를 기다리고 있는 책들은 시집이나 소설이 아니라 갖가지 철학서들이었는데, 그것은 시가, 문학이 계속해서 나의 비겁함을 응시하게끔 만들기에 나 스스로 피해왔기 때문이었다. 복잡하고 창백한 이론들 속에서 나는 부유하고 있었다. 그리고, 아직도 나는 그 자리에서 허덕이고 있을 뿐이다.

서재 앞에 쌓인 책들을 뒤지는 것도, 어쩌면 지금 내 쓰기의 비겁함을 망각하게 해줄 주문을 찾는 행위일 뿐이다. 예를 들면,

> "예술과 글쓰는 행위 자체가 작가에게 부과하는 도덕성과 엄격성과 책임감이라는 정교한 그물이 존재하는 것입니다. 그것은 개성적이고 개별적인 것이지만, 그렇지만 존재합니다. 최상의 경우, 그것은 예술가와 매체 사이의 절묘한 결속을 낳습니다.
>
> 외면적인 규칙이 없다는 것은 상황을 복잡하게 합니다. 그러나 튼튼하고 진실하고 빛나는 상상력의 산물을 조합한 합성품과 구분하는 아주 가느다란 선이 있습니다. …(중략)… 문제는 일단 그것을 본 다음에는 안 본 것으로 할 수가 없다는 사실입니다. 일단 그것을 본 뒤에는 침묵을 지키고 아무 말도 하지 않는다는 것은 거기에 대해 발

언하는 것과 마찬가지로 하나의 정치적 행동이 됩니다. 순수라는 것은 없습니다. 어느 쪽으로든 책임을 지지 않으면 안 됩니다."

—아룬다티 로이, 박혜영 옮김, 「작가와 세계화」(『9월이여, 오라』, 녹색평론사, 2004) 부분

오랜만에 펼쳐든 아룬다티 로이의 책. 그리고 그 안에 언젠가의 내가 밑줄을 쳐놓은 저 부분.

*

문학에 있어서 '순수'란 존재하지 않는다. '순수'를 외치는 이들은 결국엔 그 어떤 책임도 지지 않겠다는 것. '순수'라는 이름의 폭력. 예를 들면 종교. 그리고 가정, 문학. '순수'는 곧 제 스스로를 종교화하고, 종교는 곧 제 안에 속하지 않은 이들은, 믿음의 강도만큼 잔혹하게 배제하고 재단한다. 그리고 내가 쓰고자 했던 것들. 그 마음의 방향들이 가르치는 쓰기에 있어서의 정치적 진술들은 우습게도, 어떤 '순수'를 향하여 있었다. 순수.

물론 그것은 나 스스로를 기만하는 형식을 띠고 있었기에 어리석게도 오랫동안 알지 못해왔던 것들이라고 변명하고 싶지만, 실상은 딸이 태어나던 그해 내가 끝끝내 침묵했던 그 삶의 방식이 여전히 나를 억누르고 있기 때문이고, 그 안에서 안온하게 부유하고 있었기 때문이다.

*

사람들은 언제나 새로운 희생자를 찾는다. 정의란 도구가 희생자의 사지를 붙잡고 찢는다. 그리고 그것을 바라보는 이들은 이 장면들 통해 제

스스로의 죄를 망각한다. 시적 순간을 말해야 하는 지금의 내게 있어 다름 아닌 '시'가 바로 그런 역할을 했다는 결론에 다다른 지금, 우습게도 나는 닥쳐온 마감에 시달리며 또 다른 시를 쓸 것이다.

*

도망쳤다고 생각했으나 여전히 제자리이고, 깨달았다고 생각했으나 책임을 회피하며 여전히 동어반복만 할 뿐이다. 동어반복이라는 비겁한 침묵.

길상호

1973년 충남 논산에서 태어나 2001년 《한국일보》 신춘문예로 등단했다. 시집 『오동나무 안에 잠들다』 『모르는 척』 『눈의 심장을 받았네』 『우리의 죄는 야옹』, 사진에세이 『한 사람을 건너왔다』가 있다. 〈현대시동인상〉 〈천상병시문학상〉 〈한국시인협회 젊은시인상〉 등을 수상했다.

이제 겨울이 녹기 시작했다

*

절집 마당에 저녁 햇볕이 따뜻하다. 황구와 백구가 나란히 몸을 웅크리고 누워 메리골드 꽃 옆에서 잠에 빠져든다. 말 그대로 꽃잠이다. 저곳에 나란히 누우면 영원히 행복한 꿈만 꾸게 될 것 같다. 그러나 나는 더욱 예민해져서 해가 지는 먼 하늘을 바라본다. 까마귀들은 어디로 가는 것인지, 이 산에서 저 산으로 그리고 또 산 너머로 무리 지어 사라지고 있다. 해는 어느새 세상의 저편으로 기울고 이제 절집의 주인은 어둠이다. 어둠과 더 어울려 이야기를 나누고 싶지만 나는 또 돌아가야 한다. 산 아래 세상에 내가 체온을 나누며 살아가야 할 그들이 기다리고 있는 것이다.

*

다섯 살 무렵 겨울 새벽이었다. 꿈속으로 어떤 목소리가 흘러들어왔다. 축축하고 따뜻하고 비린 목소리는 읊조림이 되었다가 노래가 되었다가, 빗줄기가 되었다가 안개가 되었다가, 기도가 되었다가 찬송이 되었다가, 나는 잠에서 깨고 싶지 않았지만 목소리는 그런 나를 자꾸만 흔들어 깨웠다. 무거운 눈꺼풀을 들어 올렸을 때 백열등 밑에서 어머니는 성경과 찬송가를 펴놓고 혼자만의 예배를 진행하고 있었다.

말이 예배이지 그것은 스스로의 울음을 쏟아내는 의식이었다. 찬송가는 더 이상 신을 위해 바치는 노래가 아니었고, 기도는 매번 한숨과 원망으로 채워졌다. 나는 이불을 끌어다 덮고 필사적으로 불빛이 새 들어오지 못하게 방어를 했다. 불빛에 닿는 순간 나의 삶도 울음에 감염되어 버릴 것 같았기 때문이다. 예배는 그날 이후로도 몇 달이나 계속되었고 결국 나는 언제부터였는지도 모른 채 숨어 흐느끼는 법을 배웠다.

*

눈이 참 많이 내린 날이었다. 나는 전화를 받고 고모네 집이 있는 옆 마을로 가기 위해 밤길을 나섰다. 하얀 길은 랜턴 없이도 아주 밝았다. 가로등 하나 없는 길이었지만 밤이 두렵지는 않았다. 터벅터벅, 많은 생각들이 오가는 동안 어느새 마을의 경계인 냇물 앞에 서 있었다. 징검다리를 건너야 했다. 징검돌마다 수북이 쌓인 눈을 발로 쓸어내면서 천천히, 천천히 앞으로 나아가는데 또다시 눈발이 퍼붓기 시작했다. 애써 치워놓은 징검돌에는 다시 하얗게 눈이 덮였다.

몇 년 만에 만나게 된 아버지는 술이 취한 채 방문을 열고 나왔다. 그리고는 고모가 시키는 대로 나의 어깨에 기대 비틀비틀 발걸음을 옮겼다.

나는 눈을 마주치지 않으려고 고개를 돌렸고, 그(나는 당시 아버지를 나와는 아무 관계가 없어져버린 사람으로 생각하고 있었다)는 아예 눈을 감고 걸었다. 한참을 걷던 중 그가 먼저 말을 꺼냈다. 나 잠깐… 좀…, 그는 길가 밭 가운데 서 있던 감나무 아래로 가서는 지퍼를 열고 오줌을 누었다. 따뜻한 오줌발에 쌓여 있던 눈이 녹아 허물어지는 게 보였다. 술을 얼마나 마신 것인지 일을 끝내는 데 한참이 걸렸다. 뒤에 서서 언 손을 비비며 기다리는데 그가 고개를 돌렸다. 나… 이제 니… 애비가 아녀!

*

세상에서 가장 아름다운 건 세상의 것들이 다 시들어버린 겨울에 태어났다. 나는 그날의 풍경을 조금 오려 와서 어두운 심장 한쪽 벽면에 걸어놓았다. 찬바람이 스치는 날이면 반짝반짝 빛나는 그림, 나는 그것을 보면서 어두운 겨울의 심장을 견뎌낼 수 있었다.

기온은 더 떨어져 있었다. 방바닥에도 이제는 온기가 얼마 남아 있질 않았다. 콧등에 내려앉는 바람이 귀신의 입김처럼 서늘했다. 그때 괘종시계가 세 번인가, 네 번인가 울다가 멈췄다. 아직 동이 트려면 먼 시간이었지만 이상하게 창호지 문이 환했다. 나는 깨어난 김에 화장실에라도 다녀올 겸 문 밖으로 나섰다. 그런데 마루에 발을 내딛는 순간 그 자리에서 더는 움직일 수가 없었다. 마당 한가득 보석들이 아름다운 빛을 쏟아내고 있었기 때문이었다. 먹구름이 마당에 눈을 깔아놓고 간 뒤 보름달이 그 위에 빛을 뿌려주고 있던 것인데, 가슴 벅찬 풍경이 그리 오래 가진 않았다. 그러나 아쉬워할 게 아니었다. 나는 이미 보석들을 훔쳐 심장 가득 채워놓았던 터이고, 이제부터는 혼자만 즐길 수 있는 풍경이 된 것이니까.

*

종종 눈앞에 귀신이 나타났다. 머리맡에 앉아서 혼자 중얼거리던 아이, 서로 손을 잡고 은행나무를 돌던 여자들, 정류장에 앉아 울고 있던 할머니, 그리고 네 몸엔 뜯어먹을 기억들이 많다면서 떠나려 하지 않던 남자까지. 아이와 할머니, 여자들과 남자라고 표현을 하고 있지만 사실 그들 중 하나라도 얼굴을 갖고 있는 귀신은 없었다. 그냥 느낌으로 그럴 것이라는 감이 왔고 그런 감을 나는 믿었다.

귀신들과 마주치는 게 그리 두렵지는 않았지만, 그들을 상대하고 나면 힘이 쭉 빠져나갔다. 그도 그럴 것이 그들은 하소연을 늘어놓기 바빴다. 한번이라도 나의 미래가 어찌 될 것이라는 이야기는 해주질 않았다. 나는 무조건 들어야 했고, 조금이라도 관심을 갖지 않는 것처럼 보이면 무서운 표정을 하고 겁을 주려 했다. 얼굴도 없이 지어내는 표정이 조금은 웃기기도 했지만 드러내놓고 그들을 무시하지는 않았다. 귀신을 만나게 되는 날에는 전생이 많이 궁금했다. 나는 어디에서부터 시작되었을까? 내 몸에는 어떤 기억들이 쌓여 있는 것일까? 문득문득 어디선가 만난 적 있는 것 같은 사람들은 나와 어떤 인연을 맺었던 것이었을까?

한번은 기억을 뜯어먹는 그 남자 귀신에게 나의 전생을 물어본 적이 있다. 그는 없는 고개를 가로저었다. 너무 많은 시간과 또 너무 많은 인연들이 얽혀 있는 게 하나의 사람이기 때문에 누구도 전생을 뭐라고 이야기할 수는 없는 거라고 했다.

*

시간이 지나면서 어머니의 울음은 조금 무뎌졌고, 그는 여전히 일 년에 한두 번씩 술에 취해 나타났다가 다시 사라지곤 했다.

*

이태원의 나날은 모든 게 뒤섞여 있었다. 나는 동물병원의 아픈 동물들(1층)과 떠들썩한 중국인들(3층), 다정한 미국 연인(4층) 사이에 끼어서 그곳의 시간들을 보냈다. 골목에는 밤이고 낮이고 취객들의 고성이 오갔다. 어떤 사람은 노래를 불렀고, 또 어떤 사람은 욕을 해댔다. 각기 다른 언어들을 사용하였으므로 그 내용을 다 알아들을 수는 없었다.

여자가 되고 싶은 남자도, 남자가 되고 싶은 여자도, 어느 것도 되고 싶지 않은 사람도 그곳에서 함께 살았다. 부유해서 돈이 가치 없어진 사람이, 가난해서 동전 하나가 아쉬운 사람이 함께 길거리를 오갔다. 어떻게 살든 모두가 아파 보였고, 나도 그곳에서 점점 앓기 시작했다. 소주를 냉장고에 가득 채우고 현관문을 걸어 잠갔다. 잠에서 깨면 소주를 마시고 또 잠에 들었다. 2주일 동안 딱 두 번 현관문을 열었는데, 그건 소주가 다 떨어졌기 때문이었다.

평소 알고 지내던 의사 형은 우울증과 강박증에 대해 이야기를 해주었다. 그리고 앞으로 겨울로 들어서고부터 빠져나오는 시기를 특히 조심하라고 했다. 호르몬 조절이 안 돼 계절적 정서장애가 반복될 수 있다는 거였다. 몇 가지의 알약이 들어 있는 약봉투를 받아오면서 내 몸의 녹지 않는 겨울을 떠올렸다.

*

어느 날 밤 고양이 '물어'가 왔다. 냐아옹~, 그리고 한참 뒤에 또 두 마리의 고양이 '운문'이와 '산문'이가 찾아왔다. 냐아옹~ 냐아옹~, 그러고 보니 물어도, 운문이와 산문이도 식목일을 전후해서 태어난 봄 고양이. 나는 몇 해의 겨울을 녀석들의 체온에 기대 무사히 넘길 수 있었다.

우울해 할 때마다 고양이들은 무릎으로 올라와 나의 가슴에 머리를 문질렀다. 그러면서 그 맑은 눈동자로 나를 물끄러미 쳐다보고는 했다. 녀석들의 눈 속에 그 옛날 마당에 가득했던 보석들이 반짝반짝 빛나고 있다는 걸 나는 뒤늦게야 깨달았다.

세 마리의 고양이와 함께하면서 그동안 보지 않았던 고양이들도 눈에 띄기 시작했다. 길거리에서, 숲속에서, 강가에서 녀석들은 저마다 생명을 목덜미를 물어 나르며 악착같이 세상을 살아내고 있었다. 내가 해줄 수 있는 것은 배고픈 녀석들 앞에 한 줌의 사료를 놓아주고, 오늘도 무사히 하루를 건너가기를 바라는 일뿐. 사료를 받아먹은 고양이들은 아직은 두려운 눈빛이었지만 고맙다는 듯 뒤돌아보며 인사를 잊지 않았다.

*

누나로부터 전화가 왔다. 아버지가 아프신데 한번 찾아가볼 생각이 없느냐는 것이었다. 내 기억이 닿지 않는 5년 가량의 시간만을 함께했던 사람, 몇 번 더 본 적이 있지만 그때마다 상처를 덧나게 했던 사람, 그가 자꾸만 나를 찾는다는 것이었다. 며칠을 고민한 끝에 나는 충주행 차에 올랐다.

몇 년 만에 마주한 그는 병색이 짙어 보였다. 당뇨가 심하다고 했다. 발목은 퉁퉁 부어올라서 걸을 때마다 누군가 옆에서 부축을 해주어야 했고 목소리에도 힘이 없었다. 몸을 움직일 때마다 쌔근쌔근 숨 쉬는 게 힘들게 느껴졌다. 그는 눈을 바로 쳐다보지도 못한 채 나에게 하루만 옆에서 자고 갈 수 있냐고 물어왔다. 그동안 미안했다, 그리고는 말을 잇지 못하는 그의 눈이 젖어들었다.

어색하고 불편한 밤, 어둠 속에는 전에 맡아보지 못했던 냄새가 짙게 배어 있었다. 썩어가는 살 냄새였다. 등을 돌리고 누워 잠깐 흐느끼다 잠이 들었고 꿈결에 그는 나의 손을 꼭 잡아주었다.

*

오늘도 사진기를 들고 산길을 떠돌다 돌아왔다. 언젠가부터 구름을 보면 마음이 뒤숭숭해서 견딜 수가 없었다. 구름을 따라서 한없이 걷다가 노을이 진 후에야 집으로 돌아오곤 했다. 누군가는 그만 좀 헤매고 다니라고, 그러다가 구름이 돼버릴 것 같다고 걱정을 했지만, 정작 나는 구름처럼 가벼워지고 싶었다. 어쩌면 이것도 그가 나에게 남겨놓은 유전자 때문일 거라는 생각이 들기도 했다.

*

다행히 마지막 두 달을 그는 나의 아버지로 돌아와 지내다가 먼 길을 떠나셨다. 장례식을 마치고 우리 형제들은 충주 쪽 동생들과 함께하는 식사 자리를 마련했다. 술잔이 오가고 그간 담고 살았던 서로의 마음을 풀어놓는 중 아버지 유품을 어찌 정리할 것인가 하는 이야기가 나왔다. 유품이라고 해봐야 그동안 떨어져 지냈던 우리 쪽 형제들에게 남긴 것은 없을 것 같아, 충주 동생들이 알아서 하는 것으로 의견이 모아졌다.

그런데 그때 충주 쪽 막내가 한 가지만은 꼭 전해줄 게 있다고 말을 꺼냈다. 아버지가 20년 가까이 지니고 계시던 지갑에 대한 이야기였다. 어느 날 신문을 사들고 들어온 아버지는 뭔가를 오려서 늘 지갑 속에 넣고 다니셨다고 했다. 명함이나 영수증들을 정리해 버릴 때도 그것만큼은 무슨 보물이라도 되는 것처럼 소중하게 지갑 맨 안쪽에 꽂아두셨다고 했다.

10년 넘게 품고 다니시는 게 뭔지 궁금해서 막내는 그걸 펼쳐보았다고 했다. 스크랩을 해놓은 신문에는 신춘문예에 당선된 아들의 시와 인터뷰 내용이 들어 있었다고, 그걸 펼쳐보실 때마다 늘 흐뭇해하시곤 했다고 막내는 기억을 풀어놓았다. 그때마다 자신은 내가 부러웠다고, 자신은 아버지와 함께 살면서도 늘 길상호라는 사람이 부러웠다고.

*

아버지께서 돌아가시고 난 후 나는 꿈을 꾸었다. 꽃밭에 앉아 꽃향기를 맡고 있는 그는 무척이나 행복해 보이는 얼굴이었다. 나는 처음으로 아버지가 보고 싶었고 그렇게 심장을 떠나지 않던 기나긴 겨울이 지나가고 있었다.

이 도서의 국립중앙도서관 출판시도서목록(CIP)은 서지정보유통지원시스템 홈페이지(http://seoji.nl.go.kr)와 국가자료공동목록시스템(http://www.nl.go.kr/kolisnet)에서 이용하실 수 있습니다.(CIP제어번호: CIP2018002882)

한국대표시인 22人이 들려주는 시적 순간들

시는 어떻게 오는가

초판 1쇄 인쇄 _ 2018년 1월 22일
초판 1쇄 발행 _ 2018년 1월 29일
지은이 _ 김언 외
펴낸이 _ 고영
책임편집 _ 서윤후
디자인 _ 헤이존
펴낸곳 _ 문학의전당
출판등록 _ 제2017-000002호
주소 _ 서울시 마포구 마포대로 11길 91, 3층
전화 _ 02-852-1977 팩스 _ 02-852-1978
전자우편 _ sbpoem@naver.com

ISBN 979-11-5896-358-3 03810